Reinhard Schmoeckel

Der tote Geiger

Reinhard Schmoeckel

Der tote Geiger

Historischer Krimi
aus „Preußens traurigster Zeit"
1806-1809

Die Deutsche Bibliothek verzeichnet diese Publikation in der Deutschen Nationalbibliographie; detaillierte bibliographische Angaben sind im Internet über
　　　　　　　　　httpt://dnb.ddb.de
abrufbar.

Graphik:　Andrea Egler, www.das-auge-denkt.com Köln

Printed in Germany, Herstellung und Verlag BoD – Books on Demand, Norderstedt.
ISBN: 9783752836066
Zu beziehen über jede Buchhandlung

Inhalt

Vorwort

Die traurigste Zeit Preußens, jenes inzwischen schon fast legendären Königreichs im Norden Deutschlands, das waren wohl die Jahre zwischen 1806 und 1810.

Unter einem König, der wenig von der Staatskunst und dem Charisma seines Großonkels Friedrich dem Großen geerbt hatte, war Preußen im Jahr 1806 in einen Krieg mit dem inzwischen übermächtigen Frankreich hineingestolpert, das unter dem „selbst gebackenen" Kaiser Napoleon sich anschickte, die Geschicke ganz Europas zu bestimmen.

Diesen Krieg verlor Preußen im Grunde schon wenige Wochen nach dem offiziellen Ausbruch, in zwei Schlachten in Thüringen (bei Jena und Auerstedt, Oktober 1806), obwohl sich der Krieg danach noch einige Monate fortschleppte. Nicht nur der König und seine Familie mussten Hals über Kopf aus der Residenz Berlin flüchten, sondern das taten auch die meisten seiner Truppen, die nach den beiden Schlachten übrig geblieben waren. Preußische Festungen ergaben sich reihenweise selbst kleinen französischen Patrouillen, die vor den Toren auftauchten.

Mit dem Friedensschluss in Tilsit, der nördlichsten Stadt Preußens (im damaligen Ostpreußen), wohin der König schließlich geflüchtet war, verlor das einst so mächtige Königreich im Juli 1807 alle seine Besitzungen westlich der Elbe sowie alle Teile des ehemaligen Polen, die es sich in den Jahren zuvor in Allianz mit Österreich und Russland gesichert hatte. Dazu kam eine für damalige Zeiten kaum vorstellbar hohe Kriegsentschädigung, die es an Frankreich zahlen sollte. Französische Besatzungstruppen überall im Land sollten dafür sorgen, dass diese Gelder auch tatsächlich schnell gezahlt wurden.

Genau in diese Zeit führt der historische Krimi „Der tote Geiger". Schriftsteller – hier im Gegensatz zu „Historikern" gemeint – aus Preußen oder allgemein aus Deutschland haben sich wohl selten bemüht, das Geschehen in jenen Jahren genauer aufzuklären und zu beschreiben, im Gegensatz zu der Zeit unmittelbar danach (1810 – 1815), die als „Epoche der preußischen Reformen" und als „Befreiungskriege" überschwänglich gelobt wurden, und über die es eine zahlreiche Literatur gibt, auch „schöngeistiger" Art. Daher existieren heute, 200 Jahre später, nur wenige Quellen für den Geschichtsforscher und für den Autor, der einen historischen Krimi aus der Zeit zwischen 1806 und 1809 schreiben möchte.

„Historischer Krimi" – das ist eine auf dem deutschen Buchmarkt nicht häufige Bezeichnung, obwohl es viele davon aus den verschiedensten Zeiten gibt. Für den Autor d i e s e s Buches bedeutet sie, dass in ihm mindestens 90 Prozent reale G e s c h i c h t e und höchstens 10 Prozent R o m a n enthalten sind. Im Grunde ist das Buch eher ein „historischer Sachroman", eine lebendige Beschreibung von Zuständen und Vorgängen in unserem Land vor längerer Zeit, eine Art Geschichtsbuch unterhaltsamer Art. Es gibt darin nicht einmal ein „happy end", sondern entsprechend den tatsächlichen Vorgängen damals ein sehr tragisches Ende.

H i s t o r i s c h   ist zum Beispiel die Existenz des uralten brandenburgischen Adelsgeschlechts der Herren Gans Edle zu Putlitz. Sitz eines der verschiedenen Zweige dieses Geschlechts war damals und noch bis 1945 das Schloss (oder der Gutshof) Pankow in der Prignitz (Land Brandenburg). Heute beherbergt das Gebäude eine weithin berühmte Augenklinik. Historisch waren auch die im Buch vorkommenden Angehörigen dieses Adelsgeschlechts, einschließlich ihrer Namen, ihres Alters und ihrer Lebensumstände. Der Autor hat sich nur erlaubt, die Tochter vom ältesten zum jüngsten Kind der Familie zu machen – und ihr eine Liebesbeziehung zu einem jungen preußischen Offizier anzudichten.

N i c h t   h i s t o r i s c h   ist allerdings die Verteilung französischer Truppen auf verschiedene große Adelsgüter, etwa in der Prignitz, wie im Buch beschrieben. Die zahlreichen nach dem Krieg 1806/07 in Preußen zurückgebliebenen oder dort neu stationierten französischen Einheiten blieben in Wahrheit lange in preußischen Festungen kaserniert, von Schlesien bis Pommern. Aber das Verhältnis der französischen Soldaten zu den Einwohnern des besetzten Landes, den „Prussiens", in diesen Jahren hatte wohl viele Seiten, böse und auch sehr persönliche, und um die zu beschreiben, bedurfte es einer „dichterischen Freiheit".

Jedenfalls wird das in diesem „historischen Roman" beschriebene Leben der Menschen im Innersten Preußens wahrscheinlich sehr viel realistischer geschildert, als man sich das etwa hundert Jahre später vorstellen wollte, vor Ausbruch des Ersten Weltkrieges und in einer Zeit, als man das „Preußentum" rund um die „Befreiungskriege" geradezu in den Himmel hob.

H i s t o r i s c h, und zwar bis in die Einzelheiten, ist dann jedoch wieder der Schluss des Buches, das tragische Ende der Soldaten des „ungestümen Schill", nur die Verlobung eines der Schill'schen Offiziere mit der Tochter vom Adelssitz der Edlen zu Putlitz ist wieder „dichterische Freiheit". Auch der Krimi innerhalb des „Sachromans" ist eine Erfindung des Autors; schließlich sollte das Buch ja auch richtig spannend sein ! Aber unwahrscheinlich war eine solche

„Spionagegeschichte" damals keineswegs, wie der Leser erkennen wird.

Wie die M e n s c h e n auf dem flachen Land, in der brandenburgischen Prignitz, hundert Kilometer von der Hauptstadt Berlin entfernt, die für den S t a a t so aufregenden Ereignisse des Krieges und der unmittelbaren Nachkriegszeit mitbekamen - das hat sowieso nie ein Historiker und vermutlich wohl auch kein „Literat" beschrieben.

Dies heutigen Lesern verständlich zu erzählen, blieb der Vorstellungskraft des Autors überlassen. Doch die wurde gefördert durch das Wissen über Empfindungen und Verhalten einfacher Menschen in unserem Land vor 500 oder 200 Jahren, das sich durch Forschungen für etliche „historische Sachromane" aus dem Deutschland zwischen Mittelalter und Neuzeit, gerade auch in der brandenburgischen Prignitz, beim Verfasser angesammelt hat.

Dortmund, im Frühjahr 2020   Reinhard Schmoeckel

Kapitel 1

„Was ist bloß mit diesem Preußen los ?"

Dezember 1806 – Juni 1807

Weihnachten – wunderschön und tieftraurig

Schloss Pankow (Prignitz), Weihnachten 1806

Im Salon des Schlosses Pankow hatte man für dieses Weihnachtsfest alles so hergerichtet wie in den früheren Jahren. Der Esstisch war in eine Ecke gerückt, damit für den Tannenbaum Platz wurde. Diese neumodische Erscheinung gab es im Schloss der Edlen zu Putlitz schon seit einigen Jahren; irgendwie war diese Mode aus dem Süden des Reiches [1] bis in den Norden eingewandert. Allerdings konnten sich nur reiche Gutsherren es leisten, eine der seltenen und daher teuren Tannen für diesen sentimentalen Schmuck fällen und in das Haus schleppen zu lassen. Doch nun war der Baum mit Ketten aus buntem Papier und mit an den Zweigen befestigten roten Äpfeln geschmückt. Er zog damit die Blicke jedes Menschen auf sich, der den Raum betrat.

Traditionsgemäß sammelten sich die Herrschaften am Weihnachtstag, dem 25. Dezember, gegen 6 Uhr abends in diesem Salon, um gemeinsam das höchste Fest der Christenheit zu feiern. Die anderen Feste, Ostern oder Pfingsten, gingen wenigstens den nüchternen Lutheranern hier in der Prignitz nicht so tief in die Seele.

An diesem Weihnachtsabend des Jahre 1806 war allerdings die Familie des Schlossherren stark zusammengeschrumpft. Nur vier Personen konnten an dieser Bescherung teilnehmen. Das waren die Eltern: der Vater Gebhard Gans Edler zu Putlitz, mit seinen 64

---

[1]   Gemeint das „Heilige Römische Reich deutscher Nation" als theoretischer Überbau aller souveränen Staaten wie dem Königreich Preußen, dem Erzherzogtum Österreich, dem Kurfürstentum Bayern und zahlreicher kleiner Staaten bis hin zu Reichsstädten, in den letzten Jahrzehnten kaum noch von politischem Einfluss, aber immer noch von einer Art mythischen Aura umgeben. Am 6. August 1806 legte der österreichische Kaiser und Erzherzog Franz, zugleich Kaiser dieses Reiches, die Reichskrone nieder und beendete damit die vielhundertjährige Existenz dieses Reiches.

Jahren noch immer ein lebhafter und keineswegs seniler Mann, aus dessen Gesicht die Klugheit eines Gelehrten und die Weisheit eines Philosophen leuchtete. Beides war er sein Leben lang gewesen, kein Soldat, wie sonst so viele Adlige im preußischen Königreich. Seine grauen Haare waren nach inzwischen reichlich altmodisch gewordener Sitte zu einem Zopf geflochten.

Neben ihm stand seine Gattin Juliane, zwölf Jahre jünger als ihr Mann und auch als würdige Matrone noch immer ein Abbild der Schönheit, für die sie in ihrer Jugend weithin berühmt gewesen war. Nach der Mode der Zeit trug sie einen weiten Rock, der infolge der darunter getragenen vielen Unterröcke weit vom Leib abstand.

Juliane hieß auch ihre Tochter, die mit ihren 17 Jahren offensichtlich die einstige Schönheit der Mutter geerbt hatte, so reizend sah sie aus mit ihren modischen Ringellocken.

Die beiden älteren Brüder Julianes fehlten an diesem Weihnachtsabend, denn beide waren als junge preußische Offiziere mit ihren Regimentern im Feld. Aber niemand auf Schloss Pankow wusste, ob sie noch lebten und wo sie eventuell steckten.

Einem alten Brauch folgend hatte der Schlossherr von Pankow auch den alten General Wichard von Moellendorf zum Weihnachtsessen eingeladen. Er war als Gutsherr von Gramzow gewissermaßen Nachbar, unverheiratet und alleinstehend, außerdem der Pate der beiden Söhne der Familie zu Putlitz; Mit seinen 82 Jahren benutzte er zwar einen Krückstock zum Gehen, machte aber nicht den Eindruck, dass er schon bald ins Gras beißen würde. Weihnachten gehörte er zur Familie Die junge Juliane nannte ihn „Onkel Wichard".

Vor dem Beginn des Diners [2] war es am Weihnachtstag bei den Herren zu Putlitz üblich, die gegenseitigen Geschenke zu öffnen, die in kleinen Leinwandbeuteln versteckt unter dem Weihnachtsbaum lagen. Da gab es ein aus Wolle gestricktes buntes Etui für die Brille des Vaters, ein mit Spitzenstickerei verziertes Taschentuch für die

---

[2]   Festliches Abendessen

Mama und einen mit den Initialen des Eigentümers geschmückten neuen Geldbeutel für Onkel Wichard. Diese Geschenke hatte die Tochter in wochenlanger Arbeit heimlich angefertigt.

Doch das größte Geschenk dieses Weihnachtsfestes stand schon seit einigen Wochen im Salon, bisher dezent unter einem großen Leintuch versteckt. Theoretisch sollte es eine Überraschung für die Tochter Juliane sein, doch wusste diese natürlich längst, was da vor einigen Wochen von einem stabilen Transportwagen mit vier Pferden davor abgeladen und in den Salon getragen worden war. Aber der Brauch der Überraschung musste eingehalten werden.

Als der Vater das Leintuch wegzog, kam ein keineswegs eingeübtes „Oh" aus dem Munde des jungen Mädchens, und dann eine ehrfürchtige Stille, bis Juliane in ihrer Begeisterung erst dem Vater, dann der Mutter um den Hals fiel. Denn dort stand ein leibhaftiges Pianoforte, wie man neuerdings die Musikinstrumente nannte, die moderne Weiterentwicklung des Cembalo. Es war eines der Instrumente, für die in den letzten Jahrzehnten die berühmten Komponisten Bach und Mozart, Haydn und Beethoven so wunderbare Musik geschrieben hatten.

Musik, erdacht und aufgeschrieben von mehr oder weniger berühmten Komponisten und wiedergegeben von einem kleinen oder sogar größeren Orchester, war seit gut einem Jahrhundert ein unerlässlicher Bestandteil des Zeitvertreibs der guten Gesellschaft an den Höfen der Könige, der Herzöge und Fürsten in ganz Europa. Zahlreiche begüterte Adlige, ja sogar wohlhabende Bürgerliche taten es ihnen nach. Mit dem Pianoforte von dem bekannten Instrumentenbauer Ibach aus dem Bergischen Land [3] hatten nun auch in Schloss Pankow mitten in der angeblich so kulturfernen Mark Brandenburg die schönen Künste Einzug gehalten.

Schuld daran war die junge Juliane zu Putlitz, die sich von Kindheit an für Musik begeisterte und auf einer Querflöte – dem

---

[3] Johann Adolph Ibach baute seit 1794 sogenannte „Tafelklaviere" (Pianoforte) in Barmen im Wuppertale, im damaligen Herzogtum Berg

einzigen leicht transportablen und einigermaßen preiswerten Musikinstrument – die an sich für ganz andere Instrumente aufgeschriebenen Noten nachspielte, die sie in den Druckausgaben der berühmten Komponisten fand, soweit sie die in ihrer abgelegenen Gegend bei einer Buchhandlung in Neuruppin bestellen konnte. Schon seit einem Jahr hatte sie ihrem Vater in den Ohren gelegen, ob er nicht auch für Schloss Pankow ein solches neumodisches Instrument anschaffen könne.

Nun stand es da, als Ausdruck der Güte - und auch ein wenig der Wohlhabenheit - des Vaters. Sofort setzte sich die junge Juliane auf einen Hocker vor das Gerät und versuchte zaghaft, ihm die ersten Töne zu entlocken. Wie die weißen und schwarzen Tasten angeschlagen werden mussten, wusste sie aus ihren theoretischen Studien recht gut, aber sie hatte natürlich nicht die geringste Übung. Das würde sich sicher in den nächsten Wochen ändern.

Schließlich aber fiel Juliane ein, dass ja der Bescherung das festliche Diner folgen musste. Seufzend stand sie auf, zog ihre Eltern zur großen Tafel und führte sie zu den angestammten Sitzplätzen. „Was ist das für ein schönes Weihnachten, liebe Eltern", rief sie aus, „mit diesem wunderbaren Geschenk !"

Doch als Juliane auch ihren üblichen Platz einnahm und dabei die Stühle frei ließ, wo nach dem Familien-Herkommen ihre Brüder zu sitzen hatten, entfuhr ihr der Seufzer: „und was ist das zugleich für ein trauriger Tag, ohne meine Brüder !"

Diese Erwähnung lenkte die Erinnerung aller Festgäste auf die Ereignisse der jüngsten Zeit in der großen weiten Welt, so weit weg vom abgelegenen Schloss Pankow in der brandenburgischen Prignitz - - und dennoch mit so unmittelbaren Einfluss auf das Leben dort.

Insgeheim dachte Juliane von Putlitz nicht nur an ihre Brüder, sondern vor allem an einen jungen Sekondeleutnant Albert von Wedell, den sie im Frühjahr bei einem Fest auf Schloss Wolfshagen bei den Schwerins kennen gelernt hatte. Er war irgendwie mit dieser in ganz Brandenburg verbreiteten Adelsfamilie entfernt verwandt, sie selbst auch.

Das hatte ihr im Frühjahr dieses Jahres die Einladung zu einer der berühmten „Wolfshagener Soirées" eingetragen, einem Wochenende mit musikalischen Vorführungen, einem in der Mark Brandenburg außerordentlich seltenen Ereignis. Von daher stammte die Begeisterung Julianes für die Musik, aber auch für den hübschen jungen Wedell, in den sich der Backfisch [4] prompt verliebt hatte – und umgekehrt auch. Beide hatten sich damals in einer zärtlichen Stunde versprochen, sich offiziell zu verloben, wenn Albert im kommenden Jahr sich auf Schloss Pankow einfinden werde, um, wie es sich gehörte, die Einwilligung der Eltern einzuholen. Aber zu diesem versprochenen Besuch war es in diesem Jahr nicht gekommen, und daran waren die politischen Ereignisse schuld.

Als die Suppe aufgetragen war und alle die köstliche Rinderbouillon löffelten, nahm Vater Gebhard das Wort, wie es ihm als Familienoberhaupt zustand. „Was ist nur mit diesem Preußen los ? Bereits die ersten Schlachten, die es in diesem Krieg geführt hat, waren vernichtende Niederlagen [5]. Inzwischen ist der König und seine Familie aus Berlin geflüchtet, bis nach Ostpreußen, wie man hört, und die Franzosen sind ihm dicht auf den Fersen, haben Berlin besetzt und rücken nach Pommern vor. Und von unsern Söhnen, die ihrem König als junge Offiziere dienen, haben wir seit Monaten nichts gehört."

Das Verhältnis der uralten brandenburgischen Adelsfamilie der Gans Edle zu Putlitz zu den Kurfürsten von Brandenburg und späteren preußischen Königen war von jeher etwas kompliziert. Einst, vor 600 Jahren, war ein Adliger mit dem seltsamen Familiennamen „Gans" an der Spitze einer größeren Gruppe von Bauern aus dem südlichen Holstein in die Gegend der Wenden östlich der Elbe gezogen, als es darum ging, die dortigen Heiden zu Christen zu machen - - und natürlich den deutschen Bauern und ihren adligen Anführern neues fruchtbares Land zu verschaffen.

---

[4] heute etwa „Teenager" genannt
[5] gemeint sind die Schlachten bei Jena und Auerstedt (14. Oktober 1806) in Thüringen, die die preußischen Truppen gegen die französische Armee vernichtend verloren hatten.

Im Örtchen Putlitz im nördlichen Brandenburg hatten die Nachkommen dieses Gründervaters eine erste Burg gebaut und nannten sich danach „Gans Edle zu Putlitz". Aber anders als vielen einflussreichen Adelsfamilien im Westen des „Heiligen Römischen Reiches", wie etwa den Edelherrn zur Lippe oder Waldeck, gelang es den Edelherren zu Putlitz in Brandenburg nie, vom Kaiser verliehene Titel wie „Graf" oder „Fürst" zu erhalten; die später aus ihnen souveräne Landesherren machten.

Stattdessen setzte ihnen Anno 1415 der Kaiser einen landfremden Günstling, einen Grafen Friedrich von Hohenzollern und Burggrafen von Nürnberg, als Kurfürst vor die Nase, der sofort auch die faktische Oberhoheit über die vielen Adligen in Brandenburg beanspruchte. Zu dem und zu den meisten seiner Nachkommen behielten die Edlen zu Putlitz fast immer kritische Distanz, wenn auch offene Feindschaft nur in den ersten Jahren des neuen Kurfürsten zutage trat.

Selten oder nie hatten Angehörige der Familie derer Gans Edle zu Putlitz Dienste unmittelbar am Hof der Kurfürsten und später der preußischen Könige verrichtet, wie es ihrem hohen Rang zugestanden hätte. Aber immerhin hatten junge Leute aus der inzwischen in viele Zweige verbreiteten Familie als Offiziere in der preußischen Armee gedient, so auch die beiden Söhne Gebhards.

Der pensionierte General Wichard von Moellendorf zeigte sich trotz seines hohen Alters erstaunlich gut über die Ereignisse des letzten Jahres informiert, er bestritt daher mit Gebhard die Unterhaltung an diesem Weihnachts-Diner auf Schloss Pankow, während die beiden Damen schweigend, aber interessiert zuhörten.

Es war nicht leicht, aus den vielen Gerüchten – oder zutreffenden Berichten ? – der letzten Monate den tatsächlichen Ablauf der Ereignisse in Europa zusammenzusetzen, hier in der abgelegenen Prignitz in Nordwesten der Mark Brandenburg, weitab von der Hauptstadt Berlin und ohne jede wirklich verlässliche Information. Doch das war ja auch in allen früheren Jahrhunderten nicht anders gewesen, also nichts Ungewöhnliches.

Der alte Moellendorf liebte es, mit seinem großen Wissen über die Weltgeschichte zu protzen, wenn er, der Junggeselle, einmal Zuhörer fand. Das war auf jeden Fall zu Weihnachten gegeben, wenn er bei den Putlitzens eingeladen war. Die Familie des Schlossherrn auf Pankow hörte ihm auch gerne zu, denn auch wenn die Vorträge des Gastes meist ziemlich lang waren, so waren sie doch nicht langweilig.

„Anno 1792 hat Preußen schon einmal einen Krieg gegen Frankreich geführt [6], Sie erinnern sich, liebe Freunde ? Damals hatten die Sanscoulotten [7] in Frankreich ihren von Gott gegebenen König erst entmachtet und dann hingerichtet, sogar die Königin ! Leider hat der Kampf der Preußen, der Österreicher und der Reichstruppen gegen das aufständische Gesindel nicht viel erbracht. In den Jahren darauf haben die Franzosen sogar alles Reichsgebiet links des Rheins besetzt und annektiert. Auch wir Preußen haben damals schon einige kleinere Gebiete verloren, die jenseits des Rheins lagen. Aber wir bekamen Ersatz im Osten, weil die Polen große Gebiete an uns und an Russland abtreten mussten. Seitdem hat Preußen einen direkten Zugang nach Ostpreußen, das man vorher nur über polnisches Gebiet erreichen konnte." [8].

Der alte General legte den Löffel beiseite, als er seine Suppe aufgegessen hatte und zwirbelte gewohnheitsmäßig die langen Spitzen seines Schnurrbartes. Die Unterbrechung seines Vortrags war auch sinnvoll, denn nun trug der Leibdiener Georg, genannt Gurgen, mit würdevoller Miene die große Platte mit einer gut gebratenen Gans auf, dem traditionellen Weihnachtsessen auf Schloss Pankow. Zur Tradition gehörte es auch, dass die Familie mit Rufen wie „Was für eine schöne Gans" das Festessen begrüßte. Während sich der Hausherr wie üblich daran machte, den großen

---

[6] Der sogenannte „1. Koalitionskrieg" von Preußen, Österreich, zahlreichen anderen Staaten des Reichs und Englands gegen Frankreich, dauerte bis 1794.

[7] Wörtlich: „ohne Kniehosen", so wurden die proletarischen Revolutionäre in Frankreich häufig genannt

[8] Die „zweite Teilung Polens" von 1793 (große Gebiete des alten Königreichs Polen mussten an Preußen und Russlansd abgetreten werden)

Vogel kunstgerecht zu tranchieren [9], schien dem alten Moellendorf eine Fortsetzung seines Vortrages über die gegenwärtigen schlimmen Zeitläufte angemessen.

„Wissen Sie, liebe Putlitzens, was um uns herum in den letzten Jahren in Europa passiert ist ? Ich muss zugeben, dass ich da auch den Überblick verloren habe. Immer war da eigentlich Krieg, aber wir Preußen waren daran bisher nie beteiligt. In Frankreich muss irgendwann ein Mann namens Bonaparte an die Macht gekommen sein, erst als General, dann als sogenannter ,erster Konsul' und schließlich seit zwei Jahren, glaube ich, als Kaiser. Denken Sie, liebe Putlitzens, er hat sich selbst die Kaiserkrone aufgesetzt !"

„Das hat der Hohenzollern-Kurfürst Friedrich I. auch getan, lieber Moellendorf, als er sich Anno 1701 in Königsberg die Königskrone auf den Kopf hob !" unterbrach Gebhard von Putlitz den Monolog des Generals, vielleicht mit einem etwas despektierlichen Ton in der Stimme. Die Ehrfurcht der Familie zu Putlitz vor den Hohenzollern-Königen hielt sich noch immer in Grenzen.

„Na ja, wie dem auch sei," setzte General von Moellendorf seinen Vortrag fort, „jedenfalls hat fast ständig Österreich gegen Frankreich Krieg geführt, meist irgendwo in Süddeutschland, denn dem Franzosen war es gelungen, die Herrschaften in Bayern und Baden und in Württemberg auf seine Seite zu ziehen. Zum Schluss stand zwar Russland auf Österreichs Seite, da haben Russen in der Schweiz und in Oberitalien gegen Franzosen gekämpft. Wie sie da hin gekommen sind, weiß ich auch nicht. Und im vorigen Jahr haben die drei Kaiser irgendwo in Böhmen gegeneinander gekämpft. Bei Austerlitz gab es eine Schlacht [10], die die Kaiser von Österreich und Russland trotz ihrer Allianz gegen den Kaiser Napoleon verloren haben, so lässt dieser Kerl sich jetzt nennen. Österreich musste danach Frieden mit Frankreich schließen."

---

[9]   Geflügel kunstgerecht in Stücke zerlegen
[10]   die berühmte „Schlacht von Austerlitz", 1. Dezember 1805, auch „Dreikaiserschlacht" genannt.

„Ach, lieber Onkel Wichard," meldete sich die Tochter Juliane zu Wort, „wissen Sie denn auch, wie nun unser Königreich Preußen in den Krieg gegen Frankreich kam ?" Ihr Interesse an Dingen, die nach seiner Meinung Frauen nichts angingen, war dem alten General fast ein wenig unheimlich, aber er antwortete sachlich: „Ja, das ist gar nicht so leicht zu beantworten, ich weiß da selbst viel zu wenig darüber. Was da an Demarchen [11] zwischen Berlin und Paris hin und her gegangen sind, ist ja sowieso geheim, und das Wenige, was man veröffentlicht hat, habe ich ja auch nur durch Gerüchte und durch Zufall erfahren."

Für ein paar Minuten beschäftigten sich alle schweigend mit den Gänsekeulen und -brüsten auf ihren Tellern, dann fuhr der alte Soldat fort. „Ich meine, irgendwie hat der Kriegsaubruch gegen Frankreich etwas mit dem Kurfürstentum Hannover zu tun, das ja, wie Sie sicher wissen, vom englischen König in London regiert wird, der zugleich Kurfürst von Hannover ist. Frankreich hatte das Gebiet schon seit mehr als einem Jahr besetzt, aber ich glaube, es hat dieses Land Hannover dem preußischen König angeboten, sicher um das bisherige Bündnis Preußens mit England zu hintertreiben. Was da zwischen den Höfen in Berlin, London und Paris hin und her gespielt worden ist, davon weiß ich nichts, am Ende aber hat Preußen den Franzosen den Krieg erklärt und war auf einmal wieder mit den Engländern verbündet."

„Wann ist der Krieg denn eigentlich ausge-brochen ?" fragte die neugierige junge Juliane. „Das muss Ende August diesen Jahres passiert sein", gab der alte Moellendorf Auskunft, „aber wie immer dauerte es lange, bis die gegnerischen Armeen so weit marschiert waren, dass sie sich zur Schacht gegenüberstellen konnten. Die Franzosen hatten viele Truppen bereits in Bayern stehen, denn der neugebackene König in München ist eng mit Napoleon verbündet. Von Bayern aus sind die Franzosen wohl nach Norden marschiert. So kam es wohl, dass im Oktober im nördlichen Thüringen zwei Schlachten am gleichen Tage ausgetragen wurden."

---

[11]   diplomatische Schriftstücke

General von Moellendorf legte Messer und Gabel beiseite und stützte mit einer Geste der Verzweiflung sein Gesicht in beide Hände. „Leider Gottes muss ich Ihnen berichten, dass beide von den Preußen und ihren Verbündeten, den Sachsen, verloren wurden [12]. Seitdem scheint die einst so ruhmreiche preußische Armee auf der Flucht vor den Franzosen zu sein, immer nach Norden, bis nach Pommern und Ostpreußen. Bereits Ende Oktober ist der Kaiser Napoleon an der Spitze seiner Truppen in Berlin eingezogen. Unser König und seine Familie sind gerade noch rechtzeitig geflohen, wahrscheinlich halten sie sich jetzt in Ostpreußen auf."

„Haben Sie eine Ahnung, lieber Moellendorf, wo der General von Ruechel gekämpft hat ?" fragte Gebhard zu Putlitz. „Unsere beiden Söhne stehen bei Regimentern, die meines Wissens diesem Befehlshaber unterstellt waren."

„Das weiß ich leider nicht," musste der sonst so gut informierte alte Soldat gestehen. „Aber wer als Soldat die Schlachten überlebt hat und nicht getötet, verwundet oder gefangen genommen wurde, der ist jetzt auf der Flucht in die nördlichsten Teile Preußens. Wenn ich den Gerüchten glauben soll, dann muss ich mich für meine Offizierskameraden schämen. Denn reihenweise haben preußische Festungen vor zum Teil nur kleinen französischen Streifscharen kapituliert, die vor deren Toren erschienen sind."

„Wie ist das möglich, Moellendorf „ fragte Gebhard von Putlitz erregt, „was ist aus der ruhmreichen preußischen Armee geworden ?"

„Zu einem kleinen Teil kann ich das beantworten", gab der alte General zu. „Unter anderem liegt das an der preußischen Pensionskasse für Offiziere. Es gibt im preußischen Etat [13] eine solche Kasse, aus der wegen ihres Alters aus dem Dienst entlassene Offiziere ihre Pension erhalten. Ich selbst bin Anno 1791 noch ganz normal mit 67 Jahren in die Pension geschickt worden und erhalte

---

[12]   Die Schlachten von Jena und Auerstedt (25 Kilometer von einander entfernt), am 14. Oktober 1806.
[13]   Staatshaushalt, die einzelnen Ausgabeposten werden theoretisch jedes Jahr neu festgesetzt, in Preußen damals allerdings nur in großen Abständen.

regelmäßig von dort meine Bezüge. Doch seitdem sind mehrere Dutzend hohe Offiziere in das Pensionsalter vorgerückt, aber das Geld dort reicht nicht, ihnen Pensionen zu zahlen. Also müssen sie im aktiven Dienst bleiben, auch wenn sie inzwischen noch so alt geworden sind. Dafür reicht das Geld, denn das kommt aus einem anderen Etat-Posten im preußischen Staatshaushalt. Ich würde mir allerdings in meinem Alter nicht mehr zutrauen, eine belagerte Festung zu kommandieren, doch meine bedauernswerten Kollegen mussten es tun, zum Teil sind sie noch älter als ich – mit dem Ergebnis, das wir jetzt vor uns sehen !" [14]

Nach einer kurzen Pause fuhr Herr von Moellendorf fort: „Im Übrigen habe ich meine Zweifel, ob die Soldaten in Reih und Glied heutzutage noch so gut gedrillt sind wie zu des großen Friedrichs Zeiten. Schon als ich in Pension ging, war an der Disziplin nach meinem Dafürhalten Manches auszusetzen, und besser geworden ist es damit wohl in den letzten fünfzehn Jahren auch nicht."

Nach einer langen Gesprächspause, in der alle vier Festgäste schweigend mit dem Genuss der gebratenen und mit Äpfeln gefüllten Gans und dem leckeren Rotkohl beschäftigt waren, ließ sich zum erstenmal auch die Hausfrau hören: „Wo mögen nur meine Söhne sein, Karl und Eduard ? Es ist so schrecklich für eine Mutter, nichts über das Schicksal der eigenen Kinder zu wissen !" Sie zog ein großes Taschentuch aus ihrem Pompadour [15] und putzte sich damit die Nase. „Liebe Frau Juliane," versuchte Herr von Moellendorf, für einen alten Soldaten ungewöhnlich mitfühlend, die Gastgeberin zu trösten, „das ist nun aber einmal seit Menschengedenken so, wenn Soldaten für ihren König oder Landesherrn in den Krieg ziehen. Wir müssen uns damit abfinden. Erst wenn Waffenstillstand oder noch besser Frieden geschlossen worden ist, gibt es eine Chance, dass die Söhne zurückkehren oder man wenigstens die Hoffnung haben kann, etwas über ihr Schicksal zu erfahren. Daran kann niemand etwas ändern."

---

[14] Der erzählte Zustand ist historisch belegt !
[15] beutelartige Damenhandtasche des 18. Jahrhunderts, benannt nach der Maitresse Ludwigs XV.

Die Stimmung im Salon des Schlosses Pankow wurde an diesem Weihnachtsabend nicht besser. Trübe Gedanken beherrschten die alten Herrschaften. Sie wurden nur zeitweise aufgeheitert durch den Versuch der jungen Juliane, auf ihrem neuen Pianoforte die Töne des Weihnachtsliedes von Martin Luther „Macht hoch die Tür, die Tor macht weit…" zu spielen. Die Fehler, die sie bei jedem zweiten Ton machte, brachten sie zur Verzweiflung und ihre Eltern und den Gast eher zu einem leichten Lachen. Jeder wusste ja, dass die junge Musikantin auf diesem Instrument noch keinerlei Erfahrung hatte.

Schill macht es den Franzosen heiß

Im westlichen Hinterpommern, Februar 1807

Nur etwa fünfhundert Schritt vom Camminer Tor des pommerschen Kleinstädtchens Naugard entfernt lag ein kleines Dorf. Der Schnee des Winters war schon weitgehend geschmolzen und lag nur noch auf den unberührten Ackerflächen.

Zwischen den wenigen Bauernhäusern herrschte ein lebhaftes Treiben. Zahlreiche Soldaten, manche in der dunkelblauen Uniform mit dem typischen weißen Leder-Bande-lier [16] der Dragoner, wimmelten herum, sattelten ihre Pferde oder packten Fässer, Körbe und andere Behälter auf einige Bauernwagen. Mehrere der Soldaten hatten dicke weiße Verbände um Arme, Kopf oder Beine. Viele der Soldaten trugen allerdings auch andere Uniformen, wie sie in der preußischen Armee üblich waren. Hier stand offensichtlich eine militärische Einheit kurz vor ihrem Aufbruch, eine Einheit, die sich aus verschiedenen Truppenteilen zusammensetzte. Gar nicht so wenige der Männer, die da herumwimmelten, waren offensichtlich auch Zivilisten, junge Bauern-burschen, denen man noch keine Uniform hatte geben können. Der befehligende Offizier hatte sich einen Hocker vor die Tür eines der Bauernhäuser gestellt und überblickte mit wachen Augen das nur scheinbar ungeordnete Treiben.

Gelegentlich ertönte ein Schuss, den eine Kette von etwa sechs Dragonern mit ihren Karabinern [17] in Richtung auf das Camminer Tor in Naugard abgab. Das sollte das französische Infanterie-Regiment, das sich in dem Städtchen festgesetzt hatte und schon seit Tagen die preußischen Soldaten verfolgte, abschrecken und an einem Ausbruch aus der schützenden Stadtmauer hindern. Mit dieser Taktik

---

[16] Schulterriemen
[17] Damals übliches Militärgewehr, Vorderlader

hatten die preußischen Dragoner schon seit 14 Tagen den Vormarsch der Franzosen hier in Hinterpommern ganz erheblich verzögert.

Ein schnauzbärtiger Sergeant [18] baute sich vor dem Offizier auf seinem Hocker auf, salutierte vorschriftsmäßig und meldete: „Halten zu Gnaden, Herr Leutnant, soeben sind vier preußische Soldaten hier eingetroffen. Dabei ist auch ein Offizier, der Herrn Leutnant sprechen möchte." Der Angesprochene winkte: „Bitte Er ihn zu mir, Sergeant!"

Damit erhob er sich und blickte dem Ankömmling neugierig entgegen. Der war ein junger Leutnant in der Uniform eines preußischen Artillerie-Regiments. Er stellte sich in „Hab-acht-Stellung" [19] vor den Dragoner-Offizier, salutierte und stellte sich vor: „Sekonde-Leutnant Leopold Jahn vom 4. preußischen Fuß-Artillerie-Regiment von Natzmer, aus Stettin. Melde mich gehorsamst zum Dienst unter Herrn Premierleutnant[20] von Schill !"

Erstaunt sah der Dragoneroffizier den Besucher an, winkte dann einer bereitstehenden Ordonnanz [21], der sofort eine andere Sitzgelegenheit aus dem Bauernhaus holte, auf der der Besucher Platz nehmen konnte. „Albert von Wedell", stellte er sich seinerseits vor, „Sekondeleutnant, einst im 3. preußischen Dragoner-Regiment von Treskow, jetzt im Freikorps des Hauptmanns Ferdinand von Schill. Was verschafft mir die Ehre Ihrer Anwesenheit, Herr Kamerad ?"

„Ich komme aus Stettin, Herr Kamerad", gab der Ankömmling Auskunft. „Diese preußische Festung hat doch aber schon, so weit ich weiß, Ende Oktober vorigen Jahres vor den Franzosen kapituliert", entgegnete Leutnant von Wedell. „Wie wollen Sie da jetzt, mehr als ein Vierteljahr später, aus Stettin kommen ? Das macht mich, um es ehrlich zu sagen, etwas misstrauisch !"

---

[18] Unteroffizier
[19] Auch Präsentier-Stellung genannt, „Stillgestanden"
[20] Oberleutnant; Sekonde-Leutnant = Leutnant
[21] Für Melde-Aufgaben bereitstehender Soldat

„Das ist eine lange und eigentlich auch wieder kurze Geschichte, Herr Kamerad", antwortete der fremde Leutnant. „Darf ich sie Ihnen erzählen ?" – „Ich bitte darum !"

„Als der Herr General von Romberg, der Befehlshaber der preußischen Festung Stettin, damals, am 29. Oktober 1806, vor zwei Schwadronen französischer Husaren kapitulierte, haben das viele meiner Kameraden in unserer Garnison in Stettin als eine Schmach empfunden; schließlich waren wir mehr als 2000 Soldaten des Königs von Preußen in dieser Stadt. Aber der alte Herr – er zählt schon 79 Jahre – war nach den Gerüchten über die Niederlagen des preußischen Heeres Anfang Oktober in Thüringen so verzweifelt, dass er wohl keine Nerven für eine lange Belagerung unserer Stadt und Festung hatte. Wie auch zahlreiche andere meiner Kameraden habe ich in den Tagen danach versucht, über die Oder nach Hinterpommern zu entkommen. Sie mögen es Befehlsverweigerung nennen, Herr Kamerad, aber ich war nicht bereit, mich mit der Kapitulation in französische Gefangenschaft zu begeben."

Der junge Offizier stockte, schluckte und fuhr dann aber in seinem Bericht fort. „Zwei volle Taler musste ich einem pommerschen Fischer bezahlen, damit er mich, mein Pferd, meinen Burschen und zwei andere Soldaten aus meiner Batterie [22], die zu diesem Abenteuer bereit waren, über die Oder fuhr. Doch beim Einschiffen hat eine französische Patrouille uns erwischt. Beim Kampf mit Säbeln bekam ich einen stark blutenden Hieb auf die Schläfe, aber mein treuer Bursche [23] hat mich in das Boot gerettet und dann zusammen mit den beiden anderen Soldaten mich in ein Bauernhaus bei Greifenhagen [24] schaffen können, wo man mich und meine Begleiter versteckt, rührend gepflegt und verpflegt hat. Ich bin diesen pommerschen Bauern zu tiefem Dank verpflichtet."

---

[22] Kleine Einheit eines Artillerie-Regiments, meistens aus drei Geschützen und deren Bedienungsmannschaften bestehend
[23] persönlicher Diener eines Offiziers
[24] Kleinstadt in Hinterpommern, südöstlich von Stettin

Er machte eine Pause, wie, um sich an diese für ihn so wichtige Zeit noch einmal zu erinnern. „Jetzt bin ich aber wieder voll einsatzfähig und habe mich mit meinen Leuten abseits von den französischen Truppen durchs Land geschlagen, um mich dem Freikorps von Schill anzuschließen. Das ganze Land ist voll des Lobes über diese mutigen preußischen Soldaten, die dem französischen Eroberer noch Widerstand entgegensetzen. Mit Ihren Leuten hier habe ich dieses Korps ja nun wohl erreicht, Herr Kamerad ! Darf ich mich Ihnen anschließen ?"

„Ich habe nichts dagegen, Herr Kamerad, möchte aber doch die endgültige Entscheidung meinem Befehlshaber überlassen, dem Herrn Hauptmann von Schill", antwortete der Sekonde-Leutnant von Wedell.

„Mein Chef, Herr Ferdinand von Schill, ist übrigens seit kurzem schon Hauptmann" fuhr er fort, „erst vor wenigen Tagen hat Seine Majestät, der König von Preußen, geruht, meinen Chef zum Hauptmann zu ernennen und ihm den Orden Pour le Mérite [25] zu verleihen. In seinem augenblicklichen Hauptquartier in Königsberg hat der König davon erfahren, dass die von ihm gesammelten und geführten Soldaten offenbar die einzigen sind, die hier östlich von Stettin noch den Vormarsch der Franzosen aufhalten.

Leutnant von Wedell machte eine kurze Pause, um seine Gedanken zu sammeln, dann fuhr er fort: „Herr von Schill sieht es als seine Aufgabe an, den Vormarsch der französischen Truppen von Westen her so gut wie möglich zu verzögern. Es sollen mehrere Divisionen sein, wie man sagt. Schließlich ist der Krieg zwischen Seiner Majestät dem König von Preußen, und dem französische Kaiser Napoleon ja noch längst nicht zu Ende, obwohl unser einst so ruhmreiches Heer eine schreckliche Niederlage erlebt hat. Und die Wochen danach mit der Kapitulation so vieler preußíscher Festungen ist auch kein Ruhmesblatt. Der Franzose hat ja Berlin besetzt, kurz nachdem die Familie unseres Königs von dort mit ein paar

---

[25] Hoher preußischer Orden, an Offiziere bis zum 1. Weltkrieg für besondere Tapferkeit oder andere militärische Leistungen verliehen .

Angehörigen des Hofstaats geflüchtet war. Ich weiß nicht, ob Ihnen das bekannt geworden ist, wo Sie in dieser Zeit ja auf einem pommerschen Bauernhof versteckt waren und Ihre Blessur [26] auskurierten. Der König und seine Frau und seine Kinder flohen gleich nach Ostpreußen, um von dort her die Verteidigung Preußens zu organisieren."

„Danke, Herr Kamerad, für diese Informationen, die mir tatsächlich bisher unbekannt waren", bedankte sich Sekondeleutnant Jahn. „In der Abgeschiedenheit dort im pommerschen Bauernhaus habe ich ja nichts mitbekommen, was in der Welt passiert ist. Könnten Sie mich nicht ins Bild setzen, wie es eigentlich überhaupt jetzt mit dem Krieg zwischen Preußen und Frankreich steht ?"

„Gerne will ich das versuchen, Herr Kamerad". Leutnant von Wedell nahm die Finger zu Hilfe, um aufzuzählen, was ihm einfiel. „Ich weiß das alles natürlich nur aus Gerüchten, und ich bin nicht sicher, ob man alles glauben soll. Schon unmittelbar nach den Schlachten bei Jena und Auerstedt hat unser stets ‚treuer' Verbündeter, der Kurfürst von Sachsen, die Seiten gewechselt. Jetzt ist er mit Napoleon verbündet und darf sich neuerdings als König bezeichnen. Nur der russische Zar hält noch zu Preußen, und er hat einige Truppen nach Ostpreußen geschickt. Aber so viel ich weiß, hat dort im Februar eine schreckliche Schlacht stattgefunden, bei der viele Russen und fast ebenso viele Franzosen gefallen sein sollen [27]. Sie ging wohl unentschieden aus. Seitdem sind die Kämpfe erst mal abgeflaut, auch wenn es keinen Waffenstillstand gab, so viel ich weiß."

„Waren da auch preußische Truppen beteiligt ?" fragte Leutnant Jahn. „Ich habe nichts davon gehört," gab sein Gesprächspartner Auskunft. „Es gibt ja kaum noch intakte Einheiten der preußischen Armee. Das ist ja das Furchtbare an unserer Lage. Nur die Festungen Colberg und Danzig sind noch in der Hand preußischer

---

[26] Verwundung
[27] Die Schlacht bei Preußisch-Eylau (in Ostpreußen , südlich von Königsberg), am 7. und 8. Februar 1807,

23

Truppen, und noch sind die Franzosen auch nicht so nahe an sie herangekommen, um sie belagern zu können. Und unser Hauptmann von Schill ist der Einzige mit seinen von überall her aufgelesenen Leuten, der noch sich Mühe gibt, dem Feind im freien Feld Widerstand zu leisten."

„Sie brechen offenbar bald auf, Herr Kamerad," stellte Sekondeleutnant Jahn nach einem Blick in die Runde sachverständig fest. „Aber hätten Sie vielleicht trotzdem Zeit, mir kurz zu erzählen, wie es zu diesem ‚Freikorps Schill' gekommen ist?"

„Wir sollen erst am frühen Nachmittag aufbrechen, da ist noch etwas Zeit, Herr Kamerad", antwortete Herr von Wedell freundlich. Sein anfängliches Misstrauen gegenüber dem Neuankömmling war vollständig verschwunden. „Unser Hauptmann von Schill ist ein wunderbarer Mensch, er hat uns Offiziere und auch die Mannschaften , die sich ihm angeschlossen haben, vollkommen verzaubert."

„Ich will Ihnen erzählen, Herr Kamerad, was ich über Herrn von Schill weiß; auch ich bin erst vor wenigen Wochen zu dieser Truppe gestoßen, so ähnlich wie Sie. Er wurde, so viel ich weiß, in der Schlacht bei Auerstedt durch einen Säbelhieb über den Kopf verwundet, wohl so wie Sie auch. Er konnte sich aber – wiederum ähnlich wie Sie – mit Hilfe einiger einfacher Soldaten erst nach Magdeburg retten, wo er ein paar Tage im Lazarett gepflegt werden konnte. Noch rechtzeitig vor der Kapitulation dieser Festung gelang es ihm, weiter nach Stettin zu flüchten und, wiederum rechtzeitig vor der Kapitulation auch aus dieser Stadt und Festung, die Sie ja noch mit erlebt haben, weiter nach Colberg [28]. Hier stellte er sich dem Befehlshaber dieser Festung, dem Herrn Oberst von Lucadou, zur Verfügung, da er inzwischen wieder genesen war. Von dem erhielt er den Auftrag, nach Süden Streifzüge zu machen und Lebensmittel,

---

[28]   Hafen- und Festungsstadt an der Ostsee in Hinterpommern, zwischen Stettin und Danzig die einzige preußische Festung an der Ostsee. Seit der Mitte des 19. Jahrhunderts heißt die Stadt **K**olberg.

Geld und möglichst Rekruten mitzubringen, die für die Verteidigung der Festung Colberg nützlich sein könnten."

„Das allein kann aber Herrn von Schill doch nicht so berühmt gemacht haben, dass man in ganz Pommern von ihm spricht", warf Leutnant Jahn ein. „Nein", erwiderte sein Gesprächspartner, „er hat den Befehl so ausgelegt, dass er auch aktiv den Feind bei seinem Vormarsch gen Norden nach Hinterpommern hinein stören und aufhalten soll. Und überall schließen sich ihm brave preußische Soldaten und Offiziere an, die versprengt hier in der Gegend umherirren, so wie Sie und ich, Soldaten, die bereit sind, ihr Leben zu riskieren, um den König von Preußen und sein Land zu verteidigen. Die Franzosen waren überhaupt nicht in der Lage, die vielen tausende preußischer Soldaten, die sich ihnen bei den Kapitulationen der Festungen ergeben haben, in Gefangenschaft zu nehmen. So irren jetzt, so weit ich durch Gerüchte gehört habe, Hunderte, ja Tausende von ihnen in Vor- und Hinterpommern herum, meist noch mit ihren Waffen. Unser Hauptmann von Schill hat die Absicht, so viele davon wie möglich in seinem Freikorps zu sammeln und gegen die Franzmänner, die uns verfolgen, einzusetzen, um deren Vormarsch so gut wie möglich aufzuhalten."

„Das ist ja wunderbar, Herr Kamerad," platzte der Artillerie-Leutnant heraus, „ganz so, wie ich es mir gewünscht habe, als ich in dem pommerschen Bauernhaus im Bett lag und Zeit hatte, mir auszumalen, was ich machen wollte, wenn ich wieder auf den Beinen sein würde."

„Ja," bestätigte Herr von Wedell. „Herr Hauptmann von Schill hat als Parole für unsere Leute ausgegeben: Wir machen es den Franzosen heiß – für unseren König von Preußen und unsere Vaterland. Er selbst ist gestern schon nach Colberg aufgebrochen, mit einem großen Teil der angesammelten Truppen, um sie dort als Verstärkung der Garnison anzubieten, damit diese Festung sich endlich einmal nicht in Schande vor den Franzosen ergibt."

„Ich selbst soll heute mit dieser kleinen Nachhut nachkommen," setzte der junge Offizier seinen Bericht fort, „und vor allem auch Lebensmittel, neue Soldaten und Geld mitbringen, um einer Belagerung der Festung gut widerstehen zu können. Allerdings muss ich Ihnen im Vertrauen verraten, dass wohl unser Hauptmann von Schill sich nicht gut mit dem Befehlshaber von Colberg verträgt. Der ist ein alter verknöcherter Griesgram, der nur sein Exerzier-Reglement kennt, dieser Herr Oberst von Lucadou, übrigens aus einer alten Hugenotten-Familie [29]. Ich glaube nicht, dass die beiden sich länger als zwei Tage gegenseitig aushalten können. Aber jetzt lassen Sie mich wieder meine Arbeit machen. Es ist Zeit, bald von hier aufzubrechen, doch so, dass es die Franzosen nicht so schnell merken, die dort hinter der Stadtmauer stecken." Dabei deutete Leutnant von Wedell auf die nahe liegende kleine Stadt Naugard. „Sie können mich gerne dabei unterstützen, Herr Kamerad, ich werde Sie sofort als meinen vorläufigen Stellvertreter einsetzen."

---

[29] Hugenotten: Am Ende des 17. Jahrhunderts nach Preußen und anderen deutschen Ländern ausgewanderte Franzosen, die wegen ihres religiösen Bekenntnisses ihre Heimat verlassen mussten. Sie waren Protestanten. Darunter waren auch viele Offiziers-Familien.

Französische Einquartierung

Schloss Pankow, März 1807

Mit allen Anzeichen des Entsetzens platzte der Leibdiener der Schlossherren-Familie, der alte Gurgen [30] Krüger, in den Salon der Herrschaften, die hier noch nach dem Mittagessen zusammensaßen und sich sorgenvoll über die Zeitläufte unterhielten. „Gnädiger Herr", rief er aufgeregt, „Entschuldigung, gnädiger Herr, unten auf dem Schlosshof steht eine halbe Schwadron französischer Reiter. Wie ich sie verstanden habe, wollen sie hier ins Schloss Pankow. Ich kann ja nicht Französisch. Gnädiger Herr, bitte kommen Sie schnell, die Leute sehen gefährlich aus!"

Entgegen seiner Gewohnheit, sich stets bedächtig und würdig zu bewegen, sprang Gebhard Gans Edler zu Putlitz von seinem Stuhl auf und lief zur Treppe. Wie schnell er die Stufen herab eilte, bewies, dass der hochadlige Schlossherr keineswegs ein unbeholfener Greis war, wie es sein Alter vielleicht nahe gelegt hätte.

Vor der Haustür, auf dem Treppenpodest zum Schlosshof hin, nahm er allerdings wieder rasch die würdige Haltung an, die er seiner Stellung in der Gesellschaft schuldig zu sein glaubte. In geläufigem Französisch, aber in einem sehr entschiedenen Ton, fragte er: „Wer ist hier der befehlshabende Offizier ?"

Ein junger Offizier in der Uniform der französischen Dragoner – seltsamerweise sah sie der der preußischen Dragoner ziemlich ähnlich – trat vor, salutierte und stellte sich

---

[30]   Niederdeutsche Form: Georg

vor: „Seconde-Leutnant Edmond de Seaumont ! Im Namen Seiner Majestät, des Kaisers der Franzosen, Napoleon, verlange ich nach Kriegsrecht Quartier für mich und meine Männer hier auf diesem Gut !"

„Gut, Herr Leutnant", antwortete Gebhard zu Putlitz, „ich weiß, dass es im Krieg üblich ist, wenn Soldaten Quartier in einem Bürgerhaus, vielleicht auch auf einem adligen Gut, verlangen, seien es Angehörige der eigenen Armee oder Feinde. Ich habe keine Macht, das zu verhindern. Ich werde Sie also hier auf dem Gut unterbringen, Wann ziehen Sie weiter ?"

Doch die Antwort des jungen Offiziers, vorgebracht in einem sehr überheblichen Ton, überraschte den preußischen Adligen doch. „Sie werden sich wohl auf eine ziemlich lange Anwesenheit dieser Besatzungstruppe auf Ihrem Gut einrichten müssen, Euer Hochwohlgeboren ! Wir gehören zum 16. französischen Dragoner-Regiment, das von unserem Kaiser mit der Besetzung der Landschaft namens Prignitz beauftragt worden ist, solange zwischen Ihrem Land Preußen und dem französischen Kaiserreich Kriegszustand herrscht. Wir haben den Auftrag, jede Zuwiderhandlung der hiesigen Einwohner gegen Anordnungen der französischen Besatzungsbehörde auf das Nachdrücklichste zu unterbinden, gegebenenfalls zu bestrafen. Richten Sie sich bitte danach !" Der Tonfall des Leutnants machte den Eindruck, als habe er den Wortlaut der entsprechenden Anordnung der französischen Besatzungsbehörde auswendig gelernt und schnurre ihn jetzt ab.

„Ich mache darauf aufmerksam, dass Sie meine Soldaten und mich sowie unsere Pferde angemessen unterzubringen und zu verpflegen haben", setzte der französische Leutnant im gleichen Ton hinzu, „anderenfalls werden wir von unserem Recht als Sieger und Soldaten Gebrauch machen und uns

28

notfalls mit Waffengewalt nehmen, was man uns verweigern sollte."

Der Gutsherr war bleich geworden, und für einen Augenblick fehlten ihm die Worte. Obwohl er wie alle Gebildeten in Preußen fließend Französisch sprach, begann er seinen Protest in Deutsch. „Das ist unerhört, Herr Leutnant...". Dann fuhr er in Französisch fort: „Proteste scheinen ja angesichts Ihrer militärischen Übermacht keinen Sinn zu haben, ich beuge mich daher der Waffengewalt, aber keineswegs aus Feigheit, sondern, sondern weil ich als Zivilist – das sind übrigens alle meine Bediensteten hier auf dem Hof – keine Möglichkeit habe, mich Ihren Befehlen zu widersetzen. Dennoch erkläre ich, dass ich Ihre Anordnungen nur unter Protest akzeptieren kann."

Der Gutsherr sah sich nach seinem Leibdiener um, der aus alter Gewohnheit dicht hinter ihm stand, bereit, jeden Befehl seines Herrn sofort auszuführen oder an einen Zuständigen weiterzugeben. „Gurgen, sag' dem Gutsverwalter, er soll die Pferde so gut wie möglich in unserem Pferdestall unterbringen, wir haben ja im Moment nur wenige dort stehen. Die Mannschaften können drüben im Knechtshaus unterkommen, Strohsäcke werden ja wohl noch aus den Scheunen zu füllen sein. Der Herr Offizier hier bekommt ein Gästezimmer im 2. Stock."

Der französische Leutnant hatte zwar die Befehle des Gutsherrn nicht verstanden, aber ihren Inhalt erraten.

„Denken Sie daran, Monsieur, dass meine Leute auch Hunger haben. Wir wünschen ein Diner [31] heute Abend, das uns satt machen kann, und keine ‚Kartoffelsuppe', hören Sie !" Das deutsche Wort „Kartoffelsuppe" hatte der Franzose

---

[31] Abendessen

wohl irgendwo aufgeschnappt und sprach es mit einer deutlichen Verachtung in der Stimme aus.

So kam das Gut Pankow in der Prignitz in diesem März 1807 zu einer französischen Besatzung, mit der es anscheinend auf längere Zeit zu leben hatte.

Das erste Diner der Gutsherren-Familie im Schloss Pankow nach der Ankunft der Franzosen verlief sehr frostig. Dem Gutsherren war nichts anderes übrig geblieben, als seinen höchst unerwünschten Gast, den französischen Leutnant, dazu zu bitten. Unbekümmert um die Gefühle seiner Gastgeber plauderte der junge Mann unentwegt, während die Gastgeber schwiegen. Er konnte im übrigen davon ausgehen, dass die preußischen Adligen ihn verstanden, da sie ja alle gut Französisch sprachen. Doch ob ihm das überhaupt bewusst war, war fraglich.

Was er unaufhörlich erzählte, waren Episoden aus der Schlacht von Jena im vergangenen Oktober, bei denen natürlich seine französischen Kameraden und vor allem er selbst die Heldenrollen spielten. Welchen Eindruck das auf seine unfreiwilligen Gastgeber machte, war ihm offenbar gleich. Die dachten dabei nur an ihre Söhne und Brüder, die ja nach allem, was man wusste, in eben dieser Schlacht auf preußischer Seite beteiligt gewesen waren. Wie mochte es um sie stehen ? Auf Gut Pankow hatte man in all den vielen Monaten seither nichts von ihnen gehört.

Dem Leutnant de Seaumont fiel natürlich während des Essens auf, dass da ein wunderhübsches junges Mädchen mit am Tisch saß, mit geringelten blonden Locken, die wie ein Rahmen das schöne Gesichtchen umgaben. Einige etwas unbeholfene Komplimente versuchte der junge Mann bei ihr loszuwerden, doch der Gesichtsausdruck der jungen Juliane zu Putlitz blieb versteinert und abweisend.

Die Wochen vergingen auf Schloss Pankow; notgedrungen hatten sich die Schloss-Herrschaft und das gesamte Gesinde an die ungewollte Einquartierung gewöhnt. Immer wieder machten sich kleine Pelotons [32] unter Führung eines Unteroffiziers auf einen Ritt durch Dörfer der Umgebung, um die Tatsache deutlich kund zu tun, dass große Teile des Territoriums Preußens gegenwärtig vom Feind besetzt waren, vor allem aber auch, um die Küchen und Scheunen der dortigen Bauern zu plündern. Die Bauern, soweit sie Erbuntertänige des Gutes Pankow waren, kamen dann regelmäßig zum Gutsherren, um sich zu beklagen. Doch der konnte nur versuchen, sie zu beruhigen. Helfen konnte er ihnen auch nicht, nur klarmachen, dass er selbst genauso wie sie selbst unter der Ungerechtigkeit der Feinde zu leiden habe, aber nicht imstande sei, etwas dagegen zu tun.

Im Laufe der Zeit stellte sich heraus, dass die Verteilung der französischen Besatzungstruppen in der Prignitz – wahrscheinlich auch in andern Teilen Preußens – von Seiten der feindlichen Generalität gut überlegt war. Vor allem die größeren Gutshöfe des preußischen Adels waren von jeweils kleinen Gruppen französischer Soldaten belegt worden, im Abstand von nur wenigen Meilen voneinander, so dass die Präsenz überall sichtbar war und sich die kleinen Kontingente im Notfall gegenseitig zu Hilfe kommen konnten. Diese großen Gutshöfe, fast immer Adligen gehörend, waren auch am leichtesten in der Lage, je eine halbe oder Drittel Schwadron der Besatzungssoldaten unterzubringen und zu verpflegen. Aus nahe liegenden Gründen sollten die französischen Truppen nicht in zu kleine Gruppen aufgespalten werden, damit sie sich im Notfall gut gegen etwaige Angreifer verteidigen konnten.

---

[32] kleine Soldaten-Abteilung, 6´10 Mann

In den kleinen Städten der Prignitz, in Neuruppin, Pritzwalk, Perleberg oder Havelberg, waren ebenfalls kleine französische Kontingente untergebracht, doch schien es auf den großen Gutshöfen leichter, die zum Quartier in Kriegszeiten gehörende Verpflegung aufzubringen.

In den Städten waren es die Getreide-Magazine, die als erstes von den Franzosen leer gemacht wurden, natürlich ohne etwas dafür zu bezahlen und ohne Rücksicht auf den eigentlichen Zweck dieser Magazine.

Der große Preußenkönig Friedrich II. hatte vor gut 60 Jahren, noch in seiner allerersten Regierungszeit, die Anordnung erlassen, in allen größeren Städten Preußens seien Getreide-Magazine anzulegen und zu unterhalten. In jedem Jahr zur Erntezeit sollten die Verwalter dieser Magazine Getreide verschiedener Sorten aufkaufen und einlagern, zu möglichst günstigen Preisen. Die Kosten für den erstmaligen Ankauf wurden aus der preußischen Staatskasse ersetzt. Falls in späteren Jahren die Getreidepreise steigen sollten, wegen Missernten oder aus anderen Gründen, waren die Magazinverwalter berechtigt und verpflichtet, Leuten, die der hohen Preise wegen sonst hätten hungern müssen, Vorräte aus ihrem Magazin zu verkaufen, zu den einstigen billigen Preisen. Das sorgte für einen gerechten Ausgleich im Auf und Ab der Preise und zugleich für einen Vorrat der wichtigsten Lebensmittel für den Fall von allgemeinen Notzeiten.

Diese überall in Preußen wohl gefüllten Magazine waren in den Jahren 1806 und 1807 mit die ersten Ziele des französischen Militärs, wenn es in einer preußischen Stadt eingezogen war, gleich nach den städtischen Steuerkassen im Rathaus. Beide, Kassen und Getreidemagazine, waren danach leer.

Auf dem Lande, wo ja die meisten Franzosen einquartiert waren, blieb es auch nicht aus, dass es zu Prügeleien zwischen deutschen Bauern und Knechten und Soldaten kam. Denn die jungen Vertreter des Empire [33] des Kaisers Napoleon machten natürlich den deutschen Mädchen und jungen Frauen schöne Augen, manchmal auch etwas mehr, und das passte natürlich ihren deutschen Freunden oder Männern nicht. Die französischen Offiziere waren so klug, gegen die daraus entstehenden Prügeleien nicht einzuschreiten, sofern es dabei nur blaue Flecke oder andere harmlose Wunden gab. Denn genauere Untersuchungen, etwa durch einen französischen Auditeur [34], hätte unter Umständen Vorgänge aufgedeckt, die nicht unbedingt zum Ruhm der glorreichen französischen Armee gedient hätten.

---

[33] Französisch auszusprechen; Ampihr; das französische Kaiserreich
[34] Militärrichter

Schlechte Nachrichten aus Ostpreußen –
und eine gute aus Magdeburg

Schloss Pankow, Prignitz, Mitte Mai 1807

Nachbar von Moellendorf war wieder einmal zu Besuch im Putzlitz'schen Gutshof. Er war mit seinem Phaeton [35] am Tag zuvor nach Neuruppin gefahren, um in dieser Stadt einige Dinge mit seinem Bankier zu besprechen. Bei der Gelegenheit hatte er auch alle möglichen Bekannten und entfernten Verwandten in der Stadt besucht, die er sonst auf seinem abgelegenen Gut nicht zu sehen bekam. So ein Besuch in der Stadt war auch die einzige Möglichkeit, Nachrichten aus der Welt zu erfahren, die nicht reine Gerüchte waren. Jetzt wollte der alte Herr sein neues Wissen bei den vertrauten Nachbarn loswerden.

Er hatte Glück, denn die lästige Einquartierung, der französische Dragoner-Leutnant, war wieder einmal mit einer kleinen Gruppe seiner Dragoner zu einem Ritt über Land, um dort die Bauernhöfe zu „inspizieren" – gemeint war, deren Vorräte an Branntwein und frisch geschlachteten Schweinen zu beschlagnahmen - und im übrigen den ungebildeten „Boches" [36] die kulturelle Überlegenheit der „grande nation", der Franzosen, leibhaftig vor Augen zu führen.

So konnte die Familie des Pankower Gutsherren mit seinem Gast ungestört zu Mittag essen und sich dabei nach Herzenslust unterhalten und auf die Franzosen allgemein und die Besatzungssoldaten speziell schimpfen.

---

[35] Kleiner leichter zweispänniger Pferdewagen mit offenem Verdeck , für einen Kutscher und zwei Insassen
[36] Französisches Schimpfwort für die Deutschen

Das Wichtigste an dem, was Wichard von Moellendorf aus der großen Stadt [37] mitgebracht hatte, waren Nachrichten aus Ostpreußen. Dorthin hatte sich in den letzten Monaten das Zentrum des preußischen Staates geflüchtet. Die Königsfamilie hatte zuerst in Königsberg, zuletzt sogar in Memel [38] Zuflucht vor den französischen Armeen gesucht. Doch längst war selbst dieses ferne Ostpreußen nicht mehr vor den Franzosen sicher.

Im Gegenteil, gerade dort schienen sich wieder Schlachten vorzubereiten. Nach den Nachrichten, die nach Neuruppin gedrungen waren und die der Herr von Moellendorf nun nach Pankow mitbrachte, zogen mehrere große russische Armeen und französische Truppen südlich von Königsberg in Ostpreußen umeinander herum und suchten den Platz für eine große, möglichst entscheidende Schlacht.

Der preußische König hatte in seiner letzten Zuflucht Memel noch ein paar Schwadronen Husaren als eine Art Leibgarde, sonst aber keine Truppen. Die letzten preußischen Truppen, die sich noch nicht den Franzosen ergeben hatten, waren die Besatzungen der Festungen Colberg und Danzig, die aber inzwischen auch von überlegenen französischen Truppen belagert wurden. Vor allem in Colberg wurde tüchtig gekämpft; man sprach von einem Hauptmann Gneisenau, der ein sehr tüchtiger Soldat sein sollte und auf königlichen Befehl den unfähigen Oberst von Lucadou als Befehlshaber in Colberg abgelöst hatte.

Der Hauptmann von Schill hatte sich nach einem Streit mit von Lucadou mit den relativ wenigen berittenen Soldaten seines Freikorps eingeschifft, um sich in Vorpommern [39] mit dem

---

[37]   Die Stadt hatte damals etwa 4000 Einwohner. 1787 hatte ein furchtbarer Brand die Stadt heimgesucht worden, sie war aber danach mit finanzieller Hilfe des Staates wieder neu aufgebaut worden.
[38]   Nördlichste Stadt Preußens, am Memel-Fluss, der Grenze zum damaligen Russland
[39]   Vorpommern = Pommern westlich der unteren Oder, gehörte damals formell zu Schweden, das in diesem Krieg eine unklare, zumeist neutrale Haltung einnahm.

preußischen General von Blücher zu vereinigen, der dort immer noch einige tausend preußische Soldaten befehligte, die sich nicht den französischen Truppen ergeben hatten. Das war geschehen, kurz bevor die tatsächliche Belagerung der Stadt Colberg begonnen hatte.

Die junge Juliane zu Putlitz hätte viel darum gegeben, wenn sie erfahren hätte, dass auch ihr Jugendschwarm und heimlicher Verlobter, der Sekondeleutnant Albert von Wedell, unter den Leuten des berühmten Schill und – wenigstens vorläufig – in Sicherheit war. Aber natürlich wusste in der Prignitz kein Mensch davon.

Doch eine ganz schreckliche Nachricht hatte der alte General aus der Stadt Neuruppin selbst mitgebracht, Dort hatte der Bürgermeister ein Reskript [40] aus Berlin erhalten. In der preußischen Hauptstadt amtierte immer noch die preußische Regierung, wenigstens pro forma. In Wahrheit hatten die dortigen Minister auszuführen, was die französische Besatzungsbehörde anordnete. Und die verlangte von Preußen bereits vor Abschluss eines Friedensvertrages eine Kontribution [41]; man munkelte von vielen Millionen Francs, die Preußen an das französische Kaiserreich zu zahlen habe.

Um diese Summen aufzubringen, von denen schon in wenigen Wochen eine erste Rate abzuführen war, hatte die preußische Staatsregierung zu dem Ausweg gegriffen, die Kassen der größeren Städte in den einzelnen Provinzen zu verpflichten, dem preußischen Fiskus [42] etliche tausend preußische Taler als Anleihe zu gewähren. Denn die Steuerkassen der Städte waren gleichzeitig so etwas wie die Finanzämter des Staates, weil sie auch staatliche Steuern und Abgaben einzuziehen hatten. Für die kleine Stadt Neuruppin bedeutete das, dass sie allein zur Bezahlung der französischen Kontribution 300 000 preußische Taler in barer Münze nach Berlin abzuführen hatte, wenn auch in mehreren Raten über Jahre verteilt.

---

[40] Schriftliche Anweisung
[41] Kriegsentschädigung in Geld
[42] Die Finanzverwaltung und das Vermögen des Staates

Das Gespräch am Esstisch der Putlitzens schweifte weiter. Gebhard zu Putlitz erkundigte sich: „Was sagt man denn von der Haltung des russischen Zaren ? Er ist ja noch der einzige Verbündete unseres Königs, und er hat ja wohl auch sehr viele Soldaten ?"

„Ja, liebe Familie Putlitz, da schaue ich nicht so recht durch", meinte General a. D von Moellendorf vorsichtig. „Meine Gewährsleute in Neuruppin wussten davon auch nicht viel zu erzählen. Der Zar in St. Petersburg [43] ist ja seit Jahren ein Gegner Napoleons und hat schon vor zwei Jahren zusammen mit Österreich gegen den Emporkömmling Napoleon gekämpft. Aber Österreich und Russland haben ja Anno 1805 eine große Schlacht gegen den französischen Kaiser verloren [44] und haben danach einen Frieden mit Napoleon schließen müssen. Vor allem Österreich ist das nicht gut bekommen. Der russische Zar Alexander soll, so sagt man, ein ziemlich wetterwendischer Potentat sein, auf dessen Wort man nicht unbedingt vertrauen kann. Jetzt allerdings scheinen die Russen die einzigen zu sein, die ihrem Verbündeten Preußen noch helfen können."

„Ach ja," fiel dem alten Herrn ein, „etwas wurde auch noch erzählt in Neuruppin, von einer sogenannten Kontinentalsperre. Kaiser Napoleon soll sie erlassen haben, und sie soll, wie ich das verstanden habe, sämtlichen Handel zwischen dem Königreich England und dem europäischen Kontinent verbieten. Nun weiß ich allerdings nicht, was das praktisch zu bedeuten hat. Ich habe mein Lebtag lang noch nichts aus England gebraucht."

„Irren Sie sich da nicht, lieber Gevatter"; fiel erstmals die Hausfrau auf Schloss Pankow in das Männergespräch ein. „Haben Sie noch nie Zucker benutzt, diese braune Süßigkeit [45], die uns viele Dinge besser schmecken lässt ? Oder Kaffee ? Das sind Waren, die kommen, so weit ich weiß, von den Inseln in Amerika, die den Engländern gehören."

---

43   Damalige Hauptstadt Russlands
44   Die Schlacht bei Austerlitz in Böhmen Oktober 1805
45   Der aus Zuckerrohr gewonnene Zucker hat eine bräunliche Färbung.

„Na, wenn schon", polterte der alte General, „darauf kann man ja auch mal verzichten, auf diesen ausländischen Firlefanz. Ein kräftiges Bier ist mir sowieso lieber als Kaffee, der so irre teuer ist."

Gebhardt zu Pulitz hatte als viel belesener Gelehrter vielleicht mehr Erfahrung selbst mit für die brandenburgische Prignitz so abgelegenen Dingen wie dem Warenverkehr über die Grenzen Preußens. „Ja, teuer ist Kaffee und auch Zucker, weil er von so weit her kommen muss. Aber viele haben sich daran gewöhnt und werden beide Genüsse schwer vermissen, wenigstens die. die sich so etwas bisher leisten konnten. Und ich gehe jede Wette ein, dass in einiger Zeit die Engländer und die Leute an den Küsten unseres Kontinents Europa Mittel und Wege finden werden, um diese begehrten Waren trotzdem hierher zu schmuggeln. Aber es gibt noch viele andere Waren, so weit ich weiß, die wir bisher aus England bezogen haben. Manche unserer Spinnereien, die früher Schafswolle zum Weben versponnen haben, haben sich schon auf Baumwolle umgestellt, und die kommt nun einmal von den Inseln in Mittelamerika, die den Engländern gehören. Da wird dieses Verbot der Einfuhr manche unserer Manufakturen hart treffen. "

Langsam glitt das Gespräch am Esstisch auf Schloss Pankow in privatere Sphären ab, auf den Ärger, den es ständig mit der französischen Besatzung auf dem Gut gab. Empört berichtete die junge Juliane, dass dieser Flegel von Leutnant de Seaumont es ständig darauf anlege, sie auf den Gängen im Schloss unbeobachtet zu treffen und sie wohl zu einer „Knutscherei" abzufangen. Diesen Begriff hatte das Edelfräulein von den jungen Mägden im Schloss aufgeschnappt, ohne recht zu wissen, was das wohl bedeuten könnte.

Mit einem guten französischen Cognac – er hatte vor Jahren für teures Geld den Weg in die abgelegene Prignitz gefunden – wurde der vertraute Gast und Nachbar verabschiedet, ehe er in seinen leichten Reisewagen stieg und sich nach Haus kutschieren ließ. Beruhigend und aufmunternd waren die Nachrichten ja nicht gerade gewesen, die er den Putlitzens hatte mitbringen können.

Wenige Tage später kam jedoch ein Brief auf dem Schloss an, der helle Freude bei der Familie des Gutsbesitzers auslöste. Diese Freude musste aber sorgfältig vor den Blicken und Ohren des französischen Aufpassers im Haus verborgen bleiben.

Der Knecht des Pankower Dorfkruges, der gleichzeitig Umspannstation für die Postkutsche war, brachte dem Gutsherren einen Brief. Denn die regelmäßige Strecke dieser Postkutschen-Linie führte von Potsdam über Pankow nach Wittenberge. Der Postillion hatte den Brief aus seinem großen Postsack gekramt und dem Knecht geraten, den gnädigen Herrn auf dem Gut vorsichtig nach einem Trinkgeld zu fragen. Tatsächlich war der Schlossherr so erfreut über den Brief – er hatte ihn nur kurz geöffnet und nach dem Absender geschaut – , dass er dem Überbringer sage und schreibe drei Silbergroschen in die Hand zählte [46].

Der Brief veranlasste Herrn zu Putlitz sogleich, seine Frau und seine Tochter zu sich in den Salon zu rufen, um ihnen den Brief vorzulesen. Er stammte vom jüngeren Sohn der Familie, dem Sekondeleutnant Eduard. Von ihm hatte man auf Pankow seit einem Dreivierteljahr nichts mehr gehört. Umso erfreulicher war dieses erste Lebenszeichen.

Der Brief kam aus Magdeburg. Hier in der einstigen preußischen Festung hatte Eduard den größten Teil dieser Zeit verbracht, als Gefangener der französischen Armee. In seinem Brief schilderte er recht ausführlich, was er davor erlebt hatte.

Die Schlacht bei Jena Mitte Oktober hatte er glücklicherweise unverwundet überstanden. Zusammen mit den Resten seines Regiments und anderen Grüppchen preußischer Soldaten war das, was von der einstigen Armee des Generals Hohenlohe übrig geblieben war, in Eilmärschen nach Norden gezogen, immer auf der Flucht vor den französischen Verfolgern. Schließlich ganz im Norden der Mark Brandenburg, bei Prenzlau, hatte ihr Oberbefehlshaber, der General und Prinz von Hohenlohe, sich der verfolgenden französischen Kavallerie ergeben müssen. An die 12 000 Preußen waren so in französische Gefangenschaft geraten.

---

[46]   30 Silbergroschen = 1 Taler

Den Franzosen war es unmöglich, so viele Feinde in Kriegsgefangenschaft zu nehmen. Sie verfielen daher auf den Ausweg, die einfachen Soldaten und die Unteroffiziere einfach nach Hause zu schicken, nachdem sie ihnen die Waffen und manche Teile der Uniform abgenommen hatten. Nur die Offiziere wurden festgehalten. Sie zu ranzionieren [47] war unmöglich, denn die preußische Armee hatte in diesem merkwürdigen Krieg ja praktisch keinen feindlichen Offizier in ihre Gewalt bringen können. So wurden die Offiziere vor die Wahl gestellt, entweder an Eides Statt zu versichern, dass sie in diesem Krieg nicht mehr gegen Frankreich kämpfen würden – oder aber in der ehemals preußischen Festung Magdeburg interniert zu werden. Nur eine kleine Zahl der Offiziere war zu der schändlichen Verpflichtung bereit, der Rest – an die 150 Offiziere verschiedenen Ranges – musste unter französischer Bewachung zurück bis Magdeburg marschieren und sich in den Mannschaftsunterkünften der einstigen preußischen Festung einschließen lassen.

Zu dieser Kriegsgefangenschaft gehörte auch, dass es den Gefangenen verboten war, Briefe zu schreiben. Erst jetzt war es dem jungen Edlen Eduard zu Putlitz möglich gewesen, einen Brief herauszuschmuggeln, in der Hoffnung, dass er von einer Postkutsche mitgenommen und bis Pankow in der Prignitz befördert würde [48].

Er hoffe, schrieb Eduard, dass bald ein Frieden zwischen Preußen und Frankreich geschlossen und er und seine Kameraden dann freigelassen würden.

Die Familie der Edlen zu Putlitz gehörte nicht zu den Frömmlern, die ständig in die Kirche liefen und beteten. Aber jetzt, nach dem Empfang dieses Briefes, beschlossen ihre drei Mitglieder, doch gleich am nächsten Tag in die kleine Dorfkirche von Pankow zu gehen und dort eine Kerze für die glückliche Heimkehr ihres Sohnes

---

[47]   gegen Lösegeld freigeben oder austauschen
[48]   Ein Postwesen existierte damals durchaus bereits in Preußen, nur keine Briefmarken, Poststellen und Briefträger.

und Bruders anzuzünden – und gleich noch eine weitere Kerze für den bisher immer noch vermissten ältesten Sohn Carl Theodor.

Kapitel 2

Preußen in seiner tiefsten Erniedrigung

Juli – Dezember 1807

Frieden – aber die fremde Besatzung bleibt

Schloss Pankow (Prignitz), Ende Juli 1807

Am letzten Sonntag des Monats Juli in diesem schrecklichen Jahr 1807 läutete die Glocke der kleinen Dorfkirche zu Pankow besonders früh und besonders lange. Das war ein Zeichen für Bauern und Gutsherrschaft, dass in diesem Sonntags-Gottesdienst eine wichtige Nachricht zu verkünden sei. Im Königreich Preußen war es schon seit Langem üblich, solche Informationen des Königs an seine Untertanen drucken und durch Kuriere an alle Pfarrer im Land verteilen zu lassen. Die hatten sie dann im Anschluss an den gewöhnlichen Gottesdienst zu verlesen. So konnte man sicher sein, dass praktisch alle Untertanen davon Kenntnis bekamen.

An diesem Tag verlas der Pfarrer im Dörfchen Pankow die in dürren Worten von der preußischen Staatsregierung formulierte Nachricht, Seine Majestät, der König von Preußen, habe am 9. Juli currentis [49] mit Seiner Majestät, dem Kaiser der Franzosen in Tilsit in der Provinz Ostpreußen Frieden geschlossen. Preußen habe darin eingewilligt, der „Kontinentalsperre" beizutreten und jeglichen Handel mit dem Königreich Großbritannien zu unterbinden, Außerdem müsse es dem Sieger Frankreich eine Kriegskontribution in Höhe von 140 Millionen französischer Francs zahlen. Je nach dem Fortschritt der Begleichung dieser Schuld würden die französischen Besatzungstruppen allmählich aus Preußen abziehen, die letzten erst, wenn die letzte Rate der Kriegsentschädigung gezahlt sei. Außerdem habe Preußen verschiedene Herrschaften abzutreten: alle Gebiete westlich der Elbe sowie die von Polen im letzten Friedensvertrag mit diesem Königreich erhaltenen Gebiete. Der König ermahne seine Untertanen, streng die Verpflichtungen dieses Friedensvertrages einzuhalten.

Die vielen Menschen in der kleinen Pankower Kirche schwiegen bei diesen Nachrichten entsetzt, obwohl vermutlich nur die

---

[49] „laufenden Jahres", gemeint 1807

Angehörigen der Familie zu Putlitz die wirkliche Bedeutung ermessen konnten. Bei der letzten Verkündung eines Friedensschlusses im Jahre 1794 hatte die Mitteilung in der Kirche spontanen Beifall hervorgerufen.

Bedrückt und schweigend wanderte die Gutsherrschaft den kurzen Weg in ihr Schloss zurück. Dort goss sich der Schlossherr ein Glas von dem kostbaren Cognac ein und verkündete dann: „Mit diesem Frieden ist Preußen auf dem tiefsten Punkt seiner Erniedrigung angekommen. Ich war bisher stolz, Untertan dieses Königreichs zu sein, jetzt bin ich das nicht mehr. Ich werde morgen nach Neuruppin reisen. Ich muss unbedingt erfahren, wie das passieren konnte. Dort gibt es ja einige Leute, die vielleicht mehr wissen. Ich werde in Kyritz [50]" übernachten müssen, aber das ist es mir wert."

So fuhr denn der Pankower Schlossherr mit seinem Kutscher Karl am nächsten Morgen in die nächste größere Stadt, auf der Suche nach Erkenntnissen über die Katastrophe, die ganz offensichtlich über das Königreich Preußen hereingebrochen war.

Als er nach viert Tagen zurück kam – immerhin waren Hin- und Rückweg auch mit einer schnellen Pferdekutsche nicht unter anderthalb Tagen zu schaffen – versammelte der Hausherr seine Frau und seine Tochter zu einem vertraulichen Gespräch in seinem Arbeitszimmer. Er vergewisserte sich, ob auch keiner der Bediensteten oder gar einer von den französischen Besatzungssoldaten an der Tür lauschen könne. Dann erstattete er ihnen Bericht.

„Es ist so furchtbar, ihr Lieben"; stöhnte er. „Ich hatte Glück, ich traf in Neuruppin einen Oberst von Bockum, der auf der Reise zu seinen Verwandten in der Nähe von Rathenow war. Er hatte jetzt Urlaub, war aber vor einem Monat selbst in Ostpreußen und irgendwie an den Friedensverhandlungen beteiligt. Er war wie ich über dieses Ende des Krieges gegen Napoleon entsetzt. Aber zugleich schien dieser junge Mann – er ist wohl noch unter seinem 50. Lebensjahr – von einer seltsamen Hoffnung beseelt: er meinte,

---

[50]   Kleinstadt in der Ost-Prignitz

46

diese Niederlage müsse der Anstoß für grundlegende Reformen in unserem Preußen sein. Er kannte wohl einige Offiziere und auch andere hohe Beamte, die wie er ihr Bestes geben würden, um die bisher restlos veralteten Verhältnisse im preußischen Militär und im Leben der Menschen auf dem Lande und in den Städten umzukrempeln."

„Aber das will ich euch ja gar nicht erzählen," unterbrach Gebhard zu Putlitz selbst seinen vom eigentlichen Thema abschweifenden Bericht. „Mitte Juni hat die russische Armee eine schwere Niederlage gegen die Franzosen in einer Schlacht bei Friedland [51] erlitten. Die Russen haben sofort Waffenstillstand mit Napoleon geschlossen, und der Zar Alexander hat in Gesprächen mit dem Sieger sogleich die Seite gewechselt. Es soll eine Verhandlung zwischen den beiden Kaisern auf einem Floß in der Memel, dem Grenzfluss zwischen Ostpreußen und Russland, gegeben haben, und Russland hat ein Freundschaftsbündnis mit Frankreich geschlossen. Dadurch stand der König von Preußen ohne jeden Verbündeten da. Er war nicht einmal zu den Verhandlungen zugelassen worden, obwohl er sich in unmittelbarer Nähe, im Städtchen Tilsit, aufhielt. Mein Gewährsmann wusste, dass einen Tag davor unsere Königin Luise einen Bittgang zum Kaiser Napoleon persönlich gemacht hat. Aber auch ihrem Charme und ihrer Klugheit ist es nicht gelungen, den Emporkömmling Napoleon umzustimmen. Er beharrte auf den harten Bedingungen des Friedensvertrages, dem unser König Friedrich Wil- helm III. in Tilsit zustimmen musste."

Erschöpft lehnte sich der Gutsherr in seinem Stuhl zurück und trank noch einmal einen Schluck von dem kostbaren Cognac. „Der preußische König hat alle Herrschaften verloren, die seinem Haus in den letzten Jahrhunderten durch Erbschaft oder Vertrag im Westen des Reiches zugefallen waren: die Herzogtümer und Grafschaften Cleve, Mark und Ravensberg, Ostfriesland und Tecklenburg, die Bistümer Münster, Minden, Paderborn und Magdeburg – davon ging

---

[51] südwestlich von Königsberg in Ostpreußen

das Meiste an ein Königreich Westphalen [52], dem Napoleon seinen unfähigen Bruder Jerome als König gegeben hat. Und im Osten musste unser König alles Land abtreten, was Preußen im Vertrag mit Polen Anno 1794 erhalten hat, Posen und Thorn und Kalisch. Auch Danzig ist nicht mehr preußisch, sondern wieder angeblich selbständig. Preußen hat fast die Hälfte seines Gebiets eingebüßt."

Gebhard zu Putlitz seufzte und fuhr mit seinem Bericht fort: „Aber in meinen Augen das Schlimmste an diesem Vertrag sind die Kontributionen, die Preußen an Frankreich zahlen muss. Insgesamt sollen es 140 Millionen Francs sein, das sind, wie mein Gewährsmann wusste, der Herr von Bockum, etwa 46 Millionen preußische Taler. Wie soll unser armer Staat die aufbringen? Und ehe nicht der letzte Franc bezahlt ist, ziehen die französischen Besatzungstruppen nicht von hier ab, nur ganz allmählich, je nachdem, wie viel Preußen bezahlt hat. Wir müssen uns hier in Pankow also noch auf eine lange Zeit mit unseren französischen ‚Freunden' einrichten. Auch die Kriegsgefangenen sollen erst dann entlassen werden, wenn die Truppen abziehen." Erschöpft lehnte sich der sonst so beherrschte Gutsherr nach vorne und bedeckte sein Gesicht mit beiden Händen.

---

[52] Die Schreibung des Landesnamens mit „ph" ist zeitweise von den französischen Herrschern dieses Gebietes benutzt worden; sie wird heute von Historikern verwendet, um es von der (historischen) Landschaft Westfalen zu unterscheiden.

Ungewisse Zukunft

Nahe Köslin (Hinterpommern), Ende August 1807

Etwas außerhalb der Stadt Köslin bewegten sich zahlreiche Soldaten in preußischen Uniformen zwischen Zelten, Pferden und einigen Fourage-Wagen [53]. Vor wenigen Tagen waren sie auf einer kleinen Flotte von Fischerkähnen und Handels-Seglern von Stralsund in Vorpommern hierher nach Köslin gebracht worden, in Erfüllung des Waffenstillstands und des anschließenden Friedensvertrages zwischen Preußen und Frankreich. Vorher, bis zum Ende des Krieges, hatten sie mehrere Wochen tatenlos auf dem Territorium des Königreichs Schweden, eben in Vorpommern [54], verbringen müssen.

„Es ist eine Schande," grollte ein noch junger Offizier mit den Sternen eines Majors auf der Schulterklappe seiner Uniform, „wie man mit uns umgegangen ist." Es war Ferdinand von Schill, Kommandeur eines inzwischen weit bekannten preußischen Freikorps, der mit einigen seiner Offiziere auf Pferdesätteln um ein Lagerfeuer saß und die Ereignisse der letzten Wochen in einem ungezwungenen Gespräch Revue passieren ließ. „Erinnert Euch, meine Kameraden, wie uns Seine königliche Majestät Ende April nach Schwedisch-Pommern geschickt hat, um zusammen mit schwedischen Truppen den Franzosen hier in Pommern in den Rücken zu fallen. Immerhin waren ja hier an die tausend Mann preußischer Soldaten mit ihren Waffen und Pferden versammelt, sie hatten sich beim überhasteten Rückzug unserer Truppen auf schwedisches Gebiet gerettet. Und wir alle waren ja bis zum Äußersten entschlossen, gegen die Franzosen zu kämpfen. Dann kam auch noch der Generalleutnant von Blücher zu uns, um den Befehl über uns Preußen zu übernehmen, der Mann, den wir wegen seiner

---

[53]   (Pferde-)Wagen zum Transport von Lasten (militärisches Zubehör, Verpflegung usw.)
[54]   Westlich der Odermündung, Hinterpommern liegt östlich davon.

Tapferkeit und seiner bekannten Feindschaft gegen die Franzosen alle nur achten konnten."

Major von Schill schwieg einen Moment und stocherte mit einem trockenen Ast im Lagerfeuer herum. „Aber dann - - dieser verdammte schwedische König, er konnte und konnte sich nicht entscheiden, ob er mit uns zusammen gegen diesen sogenannten Kaiser Napoleon kämpfen sollte, der immerhin bereits die Hälfte von Schwedisch-Vorpommern mit seinen Truppen besetzt hatte. Bis der Herr in Stockholm sich entschieden hatte, mussten wir stillhalten. Und dann kam die Schlacht von Friedland, dort in Ostpreußen, die die Russen gegen die Franzosen so grandios verloren haben. Diese russische Niederlage bedeutete auch das Ende des mit dem Zaren verbündeten Preußen. Sofort musste unser preußischer König sich dem Diktat Napoleons beugen. Und wir, wir mussten tatenlos zusehen !"

„Ja, Herr Major," warf der Sekondeleutnant Albert von Wedell ein, der zu dieser Gesprächsrunde gehörte, „aber immerhin hat die Festung Colberg sich bis zuletzt tapfer verteidigt, die konnten die Franzosen nicht einnehmen. Wie es heißt, ist Colberg die einzige preußische Festung gewesen, die bis zum Friedensschluss in unserer Hand geblieben ist. Sie, Herr Major, haben ja viele Soldaten noch rechtzeitig dorthin bringen können, und der Hauptmann von Gneisenau hat dann die Verteidigung sehr tapfer und erfolgreich geleitet. Aus der Bürgerschaft der Stadt Colberg hat ihn, so habe ich gehört, ein Schiffer namens Nettelbeck mit außerordentlichem Elan unterstützt. Das ist doch wenigstens ein Ruhmesblatt für unser Land, meine ich. Und der König hat doch auch Ihren Einsatz gewürdigt, Herr Major, indem er Ihnen erst in den letzten Tagen Ihre Beförderung zu diesem hohen Rang zukommen ließ."

„Das mag ja alles sein, Wedell," brummte seine Vorgesetzter missmutig, „aber Tatsache ist doch, dass wir jetzt hier in dieser gottverdammten pommerschen Einöde sitzen und uns langweilen und nicht wissen, wie es weitergehen soll. Immerhin, unsere Truppen hier sind wohl die einzigen preußischen Militär-Einheiten, die nicht vor den Franzosen kapituliert und sich schmachvoll ergeben haben. Selbst die Festung Danzig, die sich ja auch lange erfolgreich verteidigt hat, musste noch kurz vor Kriegsende kapitulieren, weil die Menschen dort fast verhungerten und die vielen Polen unter den preußischen Soldaten zu Hunderten zu den Franzosen desertierten."

„Und unser König hat sich in das letzte Mauseloch in seinem Staat flüchten müssen, bis nach Tilsit an der Memel", warf leise ein anderer Offizier der Runde ein; was er sagte, war ja im Grunde nichts anderes als eine Majestätsbeleidigung. „Genützt hat ihm diese Flucht auch nichts, wie man so hört. Der einzige Mensch in dieser Sippschaft da oben muss die Königin Luise gewesen sein, die noch Mumm in den Knochen hat. Es heißt, sie habe mutig mit dem Sieger Napoleon geredet und vor der Unterschrift unter den Diktat-Frieden noch um bessere Bedingungen gebeten. Allerdings soll der Franzmann das rundheraus abgelehnt haben."

„Manchmal frage ich mich," meinte der Sekondeleutnant von Wedell, auch er mit leiser Stimme, „ob es nicht auch für Preußen sinnvoll wäre, wenn einmal eine Königin die Regierung übernähme. Denken Sie an die englische Königin Elisabeth, die vor über 150 Jahren ihr Land zur Größe gesteuert hat."

„Hören Sie auf, Wedell," mahnte Major von Schill, „jetzt kommen wir auf sehr dünnes Eis. Fragen wir uns lieber, was aus unseren Truppen hier wird, die ja eben nicht kapituliert haben. So aus vielen Regimentern und Truppenteilen zusammengewürfelt, wie wir jetzt hier sind, werden wir nicht bleiben. Außerdem, wenn wir länger hier vor Köslin lagern, werden wir bald an Hunger zugrunde gehen. Denn die Bauern hier in der Umgebung sind ja alle schon von den Franzosen ausgeplündert worden, als sie das nahe gelegene Colberg belagerten. Von dem hiesigen Bauern und Gütern kriegen wir und unsere Pferde nichts mehr, was unsere Mägen füllen könnte." [55]

„Aber ich hoffe doch, dass unser König – oder wenigstens die Militärs in seiner Umgebung – den Wert unserer Truppen hier

---

[55]   Bis weit ins 19. Jahrhundert hinein mussten Soldaten im Feld von der Verpflegung zu leben, die sie von den Bauern und Städten der näheren Umgebung plündern konnten,

erkennen und uns anderswohin schicken werden." Der Major von Schill fand doch bald wieder zu seinem bekannten Optimismus, ja Selbstüberschätzung zurück. „Ich habe eigentlich keine Zweifel, dass für jeden Offizier und Unteroffizier, der hier gelandet ist, eine weitere militärische Karriere offen steht. Irgendwie muss ja Preußen auch in Zukunft eine Armee haben, auch wenn sie nicht mehr so groß sein wird, wie vor dem Kriegsausbruch."

„Wenn Sie erlauben, Herr Major, kann ich dazu vielleicht etwas sagen", meldete sich ein Premierleutnant aus der Runde. „Ich weiß von meinem Vetter, der jetzt noch in der nächsten Umgebung des Königs in Tilsit ist und zu seinem militärischen Stab gehört, dass es einige wichtige hohe Offiziere am Hof gibt, die grundlegende Reformen im preußischen Militär für unbedingt notwendig halten, und zwar schon vor den beschämenden Niederlagen unserer Armee im letzten Herbst. Unsere Armee ist bisher im Grunde eine Söldner-Armee wie in den letzten Jahrhunderten. Sie müsste aber eine Volks-Armee aus Soldaten werden, die gerne und aus Stolz auf ihr Land in der Armee dienen, so wie das heutzutage die Franzosen tun. Ja, glauben sie mir, meine Herren Kameraden, die meisten Franzosen – ich meine nicht nur die Offiziere, sondern auch die einfachen Soldaten – dienen gerne und freiwillig unter ihrem Oberbefehlshaber Napoleon, den sie verehren. Das hat die Revolution des sogenannten „dritten Standes" in Frankreich vor fast 20 Jahren bewirkt, so blutig diese Ereignisse dort auch waren."

Nach einer kurzen Pause fuhr der von diesen Ideen mitgerissene Offizier in der Runde um das Lagerfeuer fort: „Solche Zustände müssten wir auch in Preußen einmal bekommen. Mein Vetter hat mir erzählt, dass es einige Offiziere in der Umgebung des Königs gibt, die das erreichen wollen."

Zum Erstaunen der anderen in der Runde mischte sich der junge Sekonde-Leutnant von Wedell hier wieder in das Gespräch. „Zuerst mal müssten in unserem Militär diese entsetzlichen und entwürdigenden Körperstrafen abgeschafft werden: das ‚Gassenlaufen' für nur recht harmlose Vergehen. Für jeden, der freiwillig und gerne in unseren Regimentern dienen will, ist das doch die abstoßendste Form der Strafe."

Jeder in der Runde kannte die seit undenklichen Zeiten im preußischen Militär übliche Bestrafung: Die Soldaten einer Kompanie mussten eine lange Gasse zwischen sich bilden, jeder mit einer kräftigen Haselrute bewaffnet. Der Delinquent musste in dieser Gasse auf und ab laufen und erhielt von jedem Soldaten, den er passierte, einen Hieb mit der Rute auf den bloßen Rücken, je nach Schwere des Vergehens zehnmal oder auch dreißigmal.

„Nun ja, meine Herren Kameraden", mühte sich der dienstälteste Offizier in der Runde, der Major von Schill, das Gespräch wieder auf etwas unverfänglichere Themen zu lenken. „Ich werde bald mal zu unserem Kommandierenden hier, dem General von Blücher, gehen, um zu hören, ob er etwas weiß, wie es mit uns hier weiter gehen soll. Ich gestehe offen, dass ich dieses Nichtstun hier nicht mehr lange aushalte."

„Eine überflüssige, ja schädliche Reform"

Schloss Pankow, Anfang November 1807

Das Jahr begann, sich dem Ende zuzuneigen. Die Ernte war eingebracht, sie war nicht besonders gut ausgefallen, aber auch nicht gerade schlecht. Man würde im kommenden Jahr sein Auskommen finden, meinte der Gutsherr Gebhard zu Putlitz, als er mit seinem Gutsverwalter die Vorräte in den Scheunen inspizierte, die zum Schloss Pankow gehörten. Nur die zusätzlichen Esser, die lästigen französische Besatzer, die ja immer noch im Gut herumlungerten, störten das prekäre Gleichgewicht zwischen Nahrungsangebot und dem vermutlichen Verbrauch durch Mensch und Vieh im Dorf und Schloss Pankow während des kommenden Jahres. Große Überschüsse hatte das Gut in den letzten Jahrzehnten sowieso nie abgeworfen, Dennoch musste natürlich im Laufe eines Jahres ein wenig von dem geernteten Getreide, Gemüse und auch Schlachtvieh in die Städte verkauft werden, um etwas Bargeld in die Hände der Bauern und des Gutsherren zu bringen.

Letzteres schien in diesem Jahr durch die französischen Soldaten unmöglich zu werden. 25 zusätzliche Seelen auf dem Gut, in einem Dorf von vielleicht 90 Einwohnern – das war eine Belastung, die auch für einen als reich geltenden Gutsbesitzer schwer zu tragen war. Noch dazu waren diese 25 Franzosen ja „unproduktiv"; im Gegensatz zu den Bauern und ihren Familien trugen sie mit keinem Handschlag zur Erzeugung von Lebensmitteln bei. Sorgenvoll berechnete manchmal Gebhard zu Putlitz im Stillen die Verluste, die er ganz persönlich durch den unsäglichen Frieden von Tilsit zu tragen haben würde, zusätzlich zu dem, was er als Untertan des preußischen Staates für die Kriegskontribution an Lasten würde aufbringen müssen.

An einem trüben Novembertag erreichte ein Reiter das Schloss Pankow, der sich durch ein Billet [56] der preußischen Staatsregierung als Bote legitimierte, mit dem Auftrag, dem „Adelsmarschall der Prignitz, Seiner Hochwohlgeboren Gebhard Edler Gans zu Putlitz" ein schweres Paket auszuhändigen. Beim Auspacken des Paketes zeigte sich, dass zahlreiche gedruckte Broschüren darin enthalten waren. Der Titel dieser Broschüren hieß: „Edikt zum erleichterten Besitz und des freien Gebrauchs des Grund-Eigentums sowie die persönlichen Verhältnisse der Land-Bewohner. – Memel, den 9. October 1807". Gedruckt war die Schrift von Georg Decker, kgl. Preußische Hofbuchdruckerei in Königsberg.

Ein dem Paket anliegendes Schreiben, unterschrieben vom preußischen Minister Freiherr vom Stein, befahl dem Adelsmarschall der Prignitz, die anliegenden Broschüren umgehend an die Inhaber adliger Güter in dieser Provinz des preußischen Königreichs verteilen zu lassen.

Den Titel „Adelsmarschall" hatte das Geschlecht der Gans Edle zu Putlitz seit Jahrhunderten inne, weil es den höchsten Rang innerhalb der einheimischen Adelsfamilien bekleidete. Der uralte Titel „Edler" stand über dem eines Freiherrn, wenn auch unter dem eines Grafen. Doch alte Grafenfamilien gab es in der Kurmark überhaupt nicht mehr, die letzte, die von Ruppin, war im Jahr 1524 ausgestorben und hatte ihr Ländchen dem Kurfürsten von Brandenburg vererbt. Sonst war der Ehrentitel „Adelsmarschall" eine Sinekure [57] für die Familie der Gans Edlen zu Putlitz gewesen, eigentlich nichts mehr, als alle paar Jahrzehnte eine Versammlung aller Adligen der Prignitz einzuberufen und dort den Vorsitz zu führen. Jetzt aber verlangte der im Namen des Königs ausgesprochene Befehl, auf eigene Kosten Reiter auszuschicken, um alle 97 adlige Güter in der Prignitz mit einem Exemplar dieser Broschüre auszustatten.

---

[56] hier: ein kurzes Schreiben
[57] Amt ohne Arbeitsaufwand

Gebhard zu Putlitz ließ sich die innere Empörung über diese Zumutung nicht anmerken, als er seinem Gutsverwalter die nötigen Befehle erteilte, um Knechte seines Gutes als Kuriere in alle Himmelsrichtungen der Prignitz zu schicken, damit die Standesgenossen mit diesem merkwürdigen königlichen Edikt beliefert werden konnten. „Was das an zusätzlichen Kosten verursacht!" dachte der Gutsherr bei dieser Tätigkeit.

Doch wirklich aufgeregt wurde Gebhard zu Putlitz erst, als er in seinem Arbeitszimmer sich daran machte, das umfangreiche königliche Edikt zu studieren. Nachdem er es einmal durchgelesen hatte, hielt es ihn nicht mehr in seinem Lehnstuhl. Er sprang auf und rief laut durch das Haus, seine Frau und seine Tochter sollten zu ihm kommen. Das war eine völlig unübliche Abweichung vom gewohnten Tageslauf im Schloss Pankow, aber gehorsam kamen die beiden weiblichen Teile der Familie zum Ehemann und Vater, neugierig, was das wohl zu bedeuten hätte. An sich gingen diese Dinge eigentlich die „Weibsbilder" nichts an, meinte der empörte Gutsherr zu sich selbst, aber jetzt brauchte er Gesprächspartner, denen er vertrauen konnte, und das waren nur einmal einzig und allein seine Frau und seine Tochter.

Mit kurzen Worten erklärte Gebhard, dass er zum ersten Mal in seinem Leben in seiner Eigenschaft als Adelsmarschall der Prignitz dazu gezwungen worden sei, ein königliches Edikt in gedruckter Form an alle seine Standesgenossen in der ganzen Provinz verteilen zu lassen.

Aber das sei noch keineswegs der Höhepunkt an Zumutungen für ihn, den Edlen zu Putlitz und seine Standesgenossen, schnaubte der Gutsherr aufgebracht. „Was in diesem Edikt unseres Königs steht, lässt eine über Jahrhunderte gewachsene und gut bewährte Ordnung zusammenbrechen. Es ist das Ende der alten Lehnsverhältnisse und der uralten Abhängigkeit der Bauern von den Adligen, deren Vorfahren sie einst in dieses Land geführt haben, der Erbuntertänigkeit [58]. Sie hat unsere Gegend, die Prignitz, erst zu

---

[58] „Erbuntertänigkeit". In anderen Gebieten „Leibeigenschaft" genannt.

dem blühenden Land gemacht, das wir heute hier finden. Jeder Bauer wusste, wo sein Platz war und was seine Pflicht und Schuldigkeit war, er hatte sein Haus und seinen Acker, sein Vieh und seine Weide, die ihm niemand nehmen konnte. Und der adlige Gutsherr garantierte ihm diese Rechte, und er half ihm, wenn er unverschuldet in Not geraten sollte. Das waren Bande, die Adel und Bauern miteinander verknüpften und die in Jahrhunderten gewachsen waren, Warum soll das plötzlich alles zu Ende sein ?"

Aufgeregt tippte der Gutsbesitzer auf die gedruckte Broschüre, die vor ihm lag. „Hört euch das nur an, was hier gedruckt steht: ‚Mit dem Martini-Tage [59] Eintausend Achthundert und Zehn hört alle Guts-Unterthänigkeit in Unseren sämtlichen Staaten auf. Mit dem Martini-Tag 1810 gibt es nur freie Leute.' Habt ihr begriffen, was das für uns heißt ? Dann können die Bauern hier im Dorf tun und lassen, was ihnen passt, und dass das nicht immer vernünftig sein würde, wisst ihr ja selbst sehr gut. Ich kann ihnen dann als Gutsherr nicht mehr sagen, wo sie in diesem Jahr den Roggen säen und die Kartoffeln pflanzen sollen, Ich muss ihnen für viel Geld ihre überzähligen Zentner an Getreide oder Heu abkaufen und ihre Schweine - - und woher sollte ich das Geld nehmen dafür ? Könnt ihr mir das sagen, he ?"

Die Erregung hatte rote Flecken in das Gesicht des Gutsbesitzers treten lassen, als er jetzt schwieg. Die ältere Juliane, Gebhards Ehefrau, hielt den Mund. Über solche Probleme hatte sie sich noch nie Gedanken gemacht, außerdem wusste sie aus Erfahrung, dass es unangenehm werden konnte, wenn sie ihrem Ehemann widersprach, obwohl er nicht zu der leider so häufigen Sorte der jähzornigen adligen Gutsbesitzer gehörte.

---

[59] Martini-Tag: 11. November (angeblich Todestag des Heiligen Martin), im Mittelalter und der frühen Neuzeit ein wichtiger Termin im bäuerlichen Jahr: zu diesem Datum konnte man als abhängiger Knecht oder Magd seine Stellung kündigen und einen neuen Dienst antreten; auch zahlreiche wiederkehrende Verpflichtungen der Bauern begannen oder endeten mit diesem Datum.

Aber zum Erstauen des Vaters meinte die junge Juliane, seine 17-jährige Tochter: „Ich finde es eigentlich gut, wenn in unserem Land alle Menschen frei sind. Denkt doch nur an die schwarzen Sklaven, die es drüben in Amerika geben soll, Menschen, die auf einem Markt verkauft werden können und die der Besitzer prügeln lassen kann, Herr Vater. Das habe ich in einem Buch gelesen, das mir neulich der Buchhändler aus Neuruppin geschickt hat."

„Davon verstehst du nichts, Juliane"; erwiderte Gebhard Putlitz ziemlich ungehalten. „Unsere Erbuntertänigkeit hierzulande kann man überhaupt nicht mit der Sklaverei drüben in Amerika vergleichen." Er musste es wissen, denn anders als die meisten adligen Standesgenossen hatte er zahlreiche wissenschaftliche und philosophische Bücher gelesen und galt unter Seinesgleichen als ausgesprochener Gelehrter.

„Denk' doch nur, Juliane, dass die Vorfahren unserer Bauern vor gut 600 Jahren hier in dieses Land gezogen sind, unter Führung von Vorfahren unserer Familie und der anderen Adligen. Angeleitet von uns Adligen haben die Bauern damals die Wälder gerodet und die Sümpfe trocken gelegt, sie haben sich Häuser gebaut und Äcker angelegt, besät und geerntet, sie haben Gärten mit Gemüse und Obst um ihre kleinen Höfe angelegt, sie haben Kühe und Schweine und Ziegen gezüchtet, alles nach den Weisungen des Adels. Denn die meisten Bauern sind leider auch heute noch zu dumm, um von sich aus das Richtige zu machen. Wenn diese Bauern nicht erbuntertänig wären und sich nach dem richten müssen, was ihre Gutsherren ihnen sagen, weiß ich nicht, wie heute unsere Dörfer und unsere Gutshöfe aussehen würden."

Der adlige Gutsherr schwieg eine Weile, und seine Familienangehörigen schwiegen ebenfalls. Er schien vergessen zu haben, was in den letzten Jahrzehnten passiert war in den Dörfern Brandenburgs und auch in denn anderen preußischen Provinzen.

Natürlich hatte sich in den letzten Jahrhunderten des ständigen Zusammenlebens eine enge Verbundenheit zwischen Bauern und ihren adligen Herren entwickelt, ein Zusammengehörigkeitsgefühl, das nicht auf schriftlichen Verträgen oder Gesetzes-Paragraphen beruhte, sondern auf einer Bindung anderer, seelischer Art, von beiden Seiten, von oben und von unten. Der alte Spruch „Adel verpflichtet" hatte Folgen auch für das Verhalten der adligen Herren. Dieser Bindung konnte man nicht leichtfertig entkommen, etwa indem man als Bauer irgendwo anders hin zog. Allerdings war auch das immer wieder geschehen, wenn auch selten.

Doch Gebhard zu Putlitz machte sich bei seiner Verteidigungsrede der alten adligen Privilegien nicht klar, dass gerade sie schon seit langer Zeit in ungeahnter Weise angewachsen waren. Überall hatten die Gutsherren die einst nur „gemessenen" Dienste [60] ihrer Bauern Stückchen für Stückchen in „ungemessene Dienste" umwandeln können, so allmählich, dass ihre Untertanen das kaum merkten. Erst war es nur ein Tag in der Woche, an dem die Bauern und ihre Familienangehörigen unentgeltlich für den Schlossherrn zu arbeiten hatten, auf den Feldern des Gutes, in den Ställen oder im Schloss. Für den Rest der Woche hatten die Bauern Zeit, sich um ihre eigenen Äcker, Ställe oder Häuser zu kümmern. Doch wohl überall auf adligen Gütern waren inzwischen ganz allmählich die „ungemessenen Dienste" der Bauern so angestiegen, dass den Bauern kaum noch ein Wochentag für die Sorge um den eigenen Hof übrig blieb. Und aus der einst tiefen gefühlsmäßigen Verbundenheit zwischen Adligen und Bauern war heute, am Beginn des 19. Jahrhunderts, ein in Paragraphen gefasstes Rechtsverhältnis entstanden, die „Erbuntertänigkeit".

Auch das durchaus nicht immer standesgemäße Verhalten vieler Adliger schien Gebhard zu Putlitz vergessen haben. Wie oft hatten adlige Gutsherren sich beim Bau ihrer Schlösser finanziell übernommen und hatten auf Kosten ihrer Bauern Kredite von Bankiers aufnehmen müssen, wie oft waren solche verarmten Adligen gezwungen gewesen, ihre aufwendig neu gebauten Gutshöfe an andere Standesgenossen zu verkaufen, die dann natürlich keinerlei

---

[60] „Gemessene Dienste": In schriftlichen oder mündlichen Verträgen exakt festgelegte Verpflichtungen der Bauern zu Arbeiten auf dem Adelshof,.

althergebrachten seelischen Bindungen an die Bauern ihres Gutes hatten.

Der Adlige Gebhard zu Putlitz dachte jetzt auch wohl nicht daran, dass keineswegs alle Bauernstellen in der Provinz Brandenburg von Adligen abhängig waren, sondern viele auch dem „Domänengut" unterstanden, das direkt dem König gehörte. Hier waren allerdings meist reiche Bürger Pächter dieser Königs-Domänen, und sie hatten dann mehr oder weniger die Rechte eines Gutsbesitzers. „Erbuntertänig" waren die Bauern auch dort, allerdings mit genau definierten, von den Rechten und Pflichten auf Adelsgütern meist leicht abweichenden Festlegungen.

Andere „Rechte", vielleicht auch nur selbstverständlich von den Adelsfamilien in Anspruch genommene Folgen für die „erbuntertänigen" Bauern, waren gerade in den letzten Jahrzehnten immer häufiger und damit Gewohnheitsrecht geworden: etwa die Patrimonialgerichtsbarkeit der Adligen über ihre Bauern in allen strafrechtlichen und zivilrechtlichen Fragen [61], das Recht der Gutsherren, seinen Bauern die Ehe zu genehmigen – oder zu versagen – ; oder auch das immer häufiger gewordene „Bauernlegen", der Brauch, untertänigen Bauern ihr Haus und ihr Land für einen meist sehr geringen Betrag zwangsweise abzukaufen und die Familie entweder zu vertreiben oder zu direkten Knechten und Mägden des Adelsgutes zu machen.

Auch wichtige Veränderungen bei der Verarbeitung der landwirtschaftlichen Erzeugnisse hatten sich in den letzten Jahrzehnten eingestellt; die Bauernfamilien waren nicht mehr überall darauf angewiesen, mit eigener Hand alles bis zum letzten Knopf selbst herzustellen, etwa die Kleidung aus gewebtem, gefärbten und zu Anzügen oder Frauenkleidern genähtem Wollstoff oder

---

[61] Bis ins 18. Jahrhundert das Recht eines adligen Gutsbesitzers, über alle Rechtsstreitigkeiten seiner Bauern untereinander, aber auch über Strafrechtsfälle selbst urteilen zu können. Größere Adelsgüter hatten meist einen besonderen Gerichtsverwalter dafür angestellt. Die staatliche Justiz galt im Wesentlichen nur für „Städter".

Leinenstoffen: Es gab inzwischen Manufakturen [62] für die Aufbereitung von Schafswolle oder den Fasern der Leinpflanze und das Färben dieser Tuche, bis hin zu zahlreichen Schneidern in den Städten, die fertige Kleidung in verschiedenen Formen und Größen zum Verkauf bereit liegen hatten.

Gebhard zu Putlitz hatte zwar viel gelesen in seinem Leben, durchaus im Gegensatz zu vielen seiner Standesgenossen, auch über die allmählichen Veränderungen im Leben der traditionellen Stände; manche Philosophen und Historiker hatten in den letzten Jahren umfangreiche Werke darüber verfasst. Man fasste diese Schriftsteller unter dem Namen „Aufklärer" zusammen, gleichgültig, ob sie ihre Werke in Französisch oder Deutsch schrieben. Aber jetzt, in der Erregung über die Zumutung, die ihm das neueste Edikt seines Königs auferlegte, waren ihm diese Gedanken in seinem Gehirn nicht präsent. Wohl aber schienen diese Erkenntnisse die Herren zu bewegen, die sich jetzt irgendwo im äußersten Zipfel Ostpreußens um den König gesammelt hatten und offenbar gewillt waren, den Staat Preußen gründlich zu reformieren, nachdem er in die schwerste Krise seiner Geschichte gestürzt war.

Irgendwie meinte Gebhard zu Putlitz, es sei wohl besser, diese recht einseitige Aussprache mit seiner Familie zu beenden. Unbewusst bekam er das Gefühl, dass mehr in dieser Erklärung seines Königs stecke, die einst dem Adel gehörenden Bauern sollten in drei Jahren „freie Leute" sein. Für seine junge Tochter, unbeschwert von der Erinnerung an die Jahrhunderte der althergebrachten Gemeinsamkeit zwischen Bauern und Adel, schien jedenfalls die Ankündigung des königlichen Edikts eine viel verheißende Ankündigung für eine freiere Zukunft.

Mit seinen Händen blätterte Gebhard zu Putlitz in dem Papierheft, das vor ihm lag: „Allzu viel Genaues steht ja merkwürdigerweise nicht in diesem Gesetz drin, das uns der König hier hat schicken

---

[62] Manufakturen: Am Ende des 18. Jahrhunderts die noch weitgehend handwerksmäßigen Vorgänger von „Fabriken" zur Herstellung spezieller Erzeugnisse.

lassen. Es ist ja auch noch drei Jahre bis dahin, wo das in Kraft treten soll. Vielleicht erfährt man inzwischen Genaueres, wie das gedacht ist. Dieses Druckwerk hier scheint mir ein Teil der Reformen zu sein, von denen mir der Herr von Bockum unlängst in Neuruppin erzählt hat, über die sich manche Herren in der Umgebung unseres Königs die Köpfe zerbrechen. Es kann ja sein, dass unserm Staat Preußen gewisse Reformen gut täten, Aber diese hier scheint mir höchst überflüssig, ja schädlich zu sein."

Neue Besatzer, alte Lasten

Schloss Pankow, Mitte Dezember 1807

Der Dezember hatte der Prignitz einigen Schnee gebracht, doch jetzt hatte es schon einige Tage nicht neu geschneit. Auf den Fußwegen zwischen den Gebäuden des Gutes war der Schnee geschmolzen und hatte Wasserpfützen hinterlassen. Es war früher Nachmittag, die Gutsherrschaft und die Knechte und Mägde im Schloss waren mit ihren üblichen Tätigkeiten beschäftigt. Doch sie alle ließen ungewöhnte Töne sofort ins Freie oder an die Fenster eilen. Eine Trompete kündigte militärischen Besuch an.

Tatsächlich: da näherte sich eine Schar von gut 20 Reitern in militärischen Uniformen der Schlosstreppe und hielt nach einem entsprechenden Signal des Trompeters exakt in Reih und Glied an. Nicht nur die preußischen Schlossbewohner waren durch das Signal aufgestört worden, sondern auch die französischen Dragoner, die nun schon seit neun Monaten als Zwangs-Einquartierung sich auf Schloss Pankow aufhielten. Sie kamen aus dem Pferdestall, in dem ihre Pferde und die einfachen Soldaten selbst zu schlafen und sich aufzuhalten pflegten, und sahen neugierig nach, wer da mit den bekannten Trompeten-Signalen sich als Besuch ankündigen würde.

Ein junger Sekonde-Leutnant in der Uniform der französischen Husaren stieg vom Pferd, salutierte schneidig vor dem Befehlshaber der bisherigen Besatzungstruppe und stellte sich vor: „Sous-Lieutenant Thierry de Neuville vom 12. Husaren-Regiment Seiner Majestät, des Kaisers der Franzosen. Ich habe dem Herrn Kameraden diese Mitteilung des Armee-Oberkommandos zu übergeben." Damit überreichte er seinem Gegenüber einen Brief und erklärte zugleich den Zweck seines Besuches: „Die kaiserlichen Dragoner werden hiermit von ihrem Dienst auf Schloss Pankow abgelöst und angewiesen, sich zusammen mit den anderen Teilen ihres Regiments in der Stadt Kassel zu sammeln. Die Besatzung des

Schlosses Pankow übernimmt meine Abteilung des 12. Husaren-Regiments. Danke, Herr Kamerad."

Diese unerwartete Veränderung innerhalb der Besatzungstruppe brachte natürlich nicht nur die Mundwerkzeuge der Franzosen in Bewegung, sondern auch die praktisch aller Preußen auf dem Gut, sobald einmal die offiziellen Teile der Dienst-Übergabe vorüber waren.

Es blieb nicht aus, dass die beiden französischen Offiziere von der Schloss-Herrschaft an diesem Abend zum Diner eingeladen werden mussten, nicht nur aus der angebrachten Höflichkeit, sondern auch aus Neugier, um Genaueres zu erfahren. So saßen denn am Abend im Esszimmer des Schlosses Pankow diesmal zwei französische Offiziere in trauter Runde mit der kleinen Familie der Edlen zu Putlitz und parlierten in geübtem Französisch über die Weltereignisse des Dezembers 1807, soweit die Beteiligten selbst davon wussten.

Der Leutnant de Neuville war einige Jahre jünger als sein Kollege von den Dragonern, und er war auch vielleicht ein wenig geschmeidiger im Umgang mit den im Stillen verachteten „Prussiens". Er erzählte von verschiedenen Erlebnissen in Berlin, wo er die letzten Monate verbracht hatte, natürlich aus der Sicht eines französischen Besatzungssoldaten. Mit innerem Schaudern vernahm Gebhard zu Putlitz, wie sehr offenbar die in Berlin verbliebenen hohen preußischen Beamten sich liebedienernd den Wünschen der französischen Besatzungsmacht unterordneten, bisher wenigstens.

Jetzt, im Dezember des Jahres 1807, sah offenbar das französische Armee-Oberkommando – oder die Behörde, die die finanziellen Folgen des Friedensvertrages von Tilsit zu überwachen hatte – es als angemessen an, dass die Besatzungstruppen aus einigen Provinzen Preußens abgezogen werden konnten, nachdem die Preußen bereits einen beachtlichen Teil ihrer Kriegskontribution bezahlt hatten. Doch für die Prignitz und Schloss Pankow würde sich vorerst nichts ändern. Auch von einer Freilassung der bisher in der Festung Magdeburg gefangenen preußischen Offiziere war bisher offenbar noch keine

Rede. Gebhard zu Putlitz hatte das durch eine vorsichtig gestellte Frage erfahren müssen.

Nur die Franzosen, die im Schloss herumlungerten und samt ihren Pferden auf Kosten des Gutsherren verpflegt werden mussten, blieben, wenn sich auch ihre Uniformen verändert hatten. Immerhin, es waren offenbar ein paar Mann weniger, und ihr neuer Befehlshaber, der Leutnant de Neuville, machte einen etwas umgänglicheren Eindruck als sein Vorgänger.

Der preußische Schlossherr musste selbst gar nicht nachfragen, das tat schon der französische Dragoner-Leutnant, der natürlich gerne Genaueres über seine künftige Verwendung wissen wollte. In Kassel sollte sich das 16. französische Dragoner-Regiment sammeln; bisher war es in knapp fünfzehn kleinen Gruppen über die größeren Adelshöfe der Prignitz verteilt als Besatzung stationiert gewesen, doch offenbar waren die französischen Herren Obersten und Generäle im Stillen der Meinung, dass diese Reiter nun vorerst genug der Faulenzerei hinter sich hatten und erst mal wieder als Reiter und Soldaten tüchtig gedrillt werden mussten. Das klang indirekt aus den Worten des französischen Husaren-Offiziers heraus, der davon berichtete, dort in Kassel am Hof des neuen Herrschers von Westphalen, Seiner Majestät König Jerome, werde das Dragoner-Regiment bis auf weiteres zur Armee dieses Fürsten gehören.

Gerüchtweise hatte man schon in Pankow davon gehört, dass Kaiser Napoleon beschlossen hatte, seinem jüngsten Bruder Jerome auch ein eigenes Königreich zu verschaffen, so wie er das schon vorher für andere Brüder getan hatte: Joseph war König von Spanien geworden, seine Schwester Elisa Großherzogin der Toskana, Louis König von Holland. Und nun hatte der allmächtige Oberherr ganz Europas, Napoleon, beschlossen, auch für den jüngsten Bruder Jerome eine eigene standesgemäße Versorgung zu schaffen. Er annektierte einfach zahlreiche Herrschaften, Bistümer und Herzogtümer im nordwestlichen Deutschland und nannte das Ganze „Westphalen" mit der Hauptstadt Kassel. Mit dem Tilsiter Frieden hatte Preußen ja große Teile seiner einstigen Besitzungen westlich der Elbe an Frankreich abtreten müssen; Napoleon überließ diese Gebiete nun großzügig dem „kleinen Bruder", zusammen mit zahlreichen anderen Herzogtümern, Graf- und Herrschaften. Natürlich musste dieser neue „Rheinbund-Staat" [63] auch eine eigene Armee haben. Doch bis genügend deutsche Rekruten ausgehoben, ausgebildet und auf den König Jerome – und natürlich indirekt auf Kaiser Napoleon ! – vereidigt waren, brauchte Seine Majestät König Jerome einige zuverlässige Besatzungstruppen aus „echten" Franzosen. Jedem in der kleinen Runde am Esstisch der Putlitzens auf Schloss Pankow war das klar, auch wenn kein Wort darüber gesprochen wurde.

Im Bemühen, den unfreiwilligen Quartiergebern etwas Angenehmes zu sagen, erzählte Leutnant de Neuville etwas, was er kurz vor seinem Abmarsch aus Berlin aufgeschnappt hatte. Es hieße in Kreisen der Preußen, dass der Königshof bald aus dem ostpreußischen Königsberg nach Berlin zurückkehren werde, sobald die französischen Besatzungstruppen von dort alle abgezogen seien. Gebhard zu Putlitz merkte sich diese Information, ohne seinem Tischgenossen eine Reaktion dazu zu offenbaren.

Der französische Husarenoffizier schien ein etwas schwärmerisch veranlagter junger Mann zu sein, der die Pläne seines Kaisers Napoleon in politischer Hinsicht allzu wörtlich nahm. Ein Bündnis des „großen Preußens" – so drückte Thierry de Neuville sich aus – mit dem unüberwindlichen Frankreich würde für die Zukunft Europas einen ewigen Frieden garantieren und beiden Seiten, den Franzosen wie den Preußen, eine glückliche Zeit garantieren. Gebhard zu Putlitz war klug genug, nicht näher darauf einzugehen und mit unauffälligen Phrasen ein anderes Gesprächsthema einzuleiten.

---

[63]   „Rheinbund", ein von Napoleon geschaffenes Bündnis aller nach der Auflösung des „Heiligen Römischen Reiches Deutsche Nation" im Jahr 1806 übrig gebliebenen Länder (außer Preußen und Österreich-Ungarn) in engem Bündnis mit Frankreich

Allmählich glitten die Gesprächsthemen am Esstisch der Putlitzens auch auf privatere Bereiche. Die junge Juliane begann von ihren Übungen auf dem Clavicord oder Pianoforte zu berichten, wo sie inzwischen schon etliche Fortschritte gemacht hatte. Sie meinte wohl, auch etwas zum Tischgespräch beisteuern zu müssen. Zum großen Erstaunen aller Tischgäste meldete sich der junge Leutnant de Neuville, auch er habe einige Erfahrungen auf dem Pianoforte; wenn es dem Gnädigen Fräulein genehm sei, werde er gerne bei weiteren Übungen behilflich sein. Außerdem besitze er eine Oboe und habe einige Übung im Gebrauch dieses Musikinstruments. Vielleicht könne man gelegentlich einmal zusammen musizieren. Ein freundliches Lächeln war die Antwort.

Kapitel 3

Ein Frühjahr mit freudigen Überraschungen

Februar – Mai 1808

Die glückliche Heimkehr der jungen Putlitzens

Schloss Pankow, Ende Januar 1808

Der Winter hatte tüchtig zugeschlagen in diesem Jahr 1808, in der Prignitz hatte es ausgiebig geschneit. So musste es aber auch sein, damit das im Herbst ausgesäte Wintergetreide vor allzu starkem Frost im Boden geschützt lag und nach der Schneeschmelze schnell aus dem Boden wachsen konnte. Für Besuche zwischen den Dörfern und Schlössern war das allerdings keine geeignete Zeit.

Deshalb liefen alle Dienstmägde, die nicht gerade in der Küche beschäftigt waren, innen am Schlosstor zusammen, als es in der Mittagszeit dort kräftig klopfte. Wer mochte in dieser Jahreszeit das Schloss Pankow besuchen ? Der Leibdiener des Gnädigen Herren, der alte Gurgen Krüger, war es schließlich, der von seinem Privileg Gebrauch machte, das doppelflügelige Schlosstor zu öffnen.

Die Person, die dort vor der Tür stand, war auf den ersten Anhieb nicht zu erkennen. Gekleidet wie ein Bauer, mit festen Stiefeln und einem Hut von undefinierbarer Farbe, mit langen Bartstoppeln im Gesicht, der Mantel vom draußen leise rieselnden Schnee weiß eingefärbt - - wer mochte das sein ? Der alte Krüger musste nachfragen: „Was willst du, Bauer, von unserem Gnädigen Herrn, dass du hier so laut an die Schlosstür klopfst ?"

Der Ankömmling lachte leise: „Ich muss ja schrecklich aussehen, Gurgen, dass du mich nicht erkennst. Ich bin doch Eduard, des Herren Sohn ! Endlich kann ich nach Hause kommen ! Lass mich zu meinen Eltern !" Damit umarmte er den alten Leibdiener, den Vertrauten seiner Kinderzeit. Sprachlos ließ der diese Übertretung jeglicher Benehmensregeln zwischen Adligen und ihren Bediensteten über sich ergehen. Mit Tränen in den Augen führte der alte Mann den jungen Herrn an der Hand zum Arbeitszimmer des Schlossherrn, Eduard hatte ihn nicht losgelassen.

Es sollte einige Stunden dauern, bis Eduard sich aus einem verdreckten, ungepflegten Bauern wieder in einen jungen Adligen verwandelt hatte und seine Mutter zufrieden mit ihm war. Die in den Pausen zwischen dem Ausziehen der alten Bauernkleidung, dem Waschen, Rasieren und Anziehen sauberer Wäsche bereits erzählten Bruchstücke musste Eduard nun natürlich beim Diner im Kreis seiner Eltern und seiner Schwester noch einmal von sich geben. Gebhard zu Putlitz war es gelungen, den Zwangsgast bei den abendlichen Diners, den französischen Leutnant de Neuville, zu bewegen, ausnahmsweise einmal nicht mit am Esstisch zu sitzen. Überraschenderweise hatte der junge Franzose so viel Anstand gezeigt, dass er zu diesem Verzicht bereit war, ohne sich beleidigt zu zeigen.

Ob die Franzosen, unter deren Bewachung Eduard zu Putlitz seit über einem Jahr in den Kasematten [64] der Festung Magdeburg als Kriegsgefangener hatte hausen müssen, es leid waren, die überflüssigen Esser weiter zu verpflegen oder ob tatsächlich nach irgendwelchen Berechnungen die preußischen Schulden gegenüber Frankreich soweit abgetragen waren, dass die Freilassung von Gefangenen gerechtfertigt war, das wusste keiner der Betroffenen. Jedenfalls wurden ab Beginn des Jahres 1808 in kleinen Gruppen die dort gefangenen Offiziere freigelassen. Man drückte ihnen noch einen kleinen Brotkanten in die Hand und bedeutete ihnen, so schnell wie möglich zu verschwinden. Ihre früher einmal so ansehnlichen Offiziers-Uniformen waren längst zu Lumpen zerfallen, und es war dem Geschick der einst so stolzen Offiziere überlassen, sich in den nächsten Dörfern von Bauern irgendwelche Kleidung zu erbetteln, die sie jetzt im Winter einigermaßen vor der Kälte schützen konnte.

Das hätten sich die jungen Leutnants oder Hauptleute, viele davon Mitglieder des preußischen Adels, nicht träumen lassen, dass sie einmal in ihrem Leben nicht wie die erbuntertänigen Bauern, sondern, viel schlimmer noch, wie heimatlose Bettler sich ihren Unterhalt zusammenschnorren mussten, um auf ihrem Weg zu den heimatlichen Gütern nicht zu verhungern. Vielleicht war es diese Erfahrung, die mehrere hundert junge preußische Adlige nach der

---

[64]   Kasematten: Gegen Beschuss gesicherte unterirdische Räume in Festungen, auch als Schlafräume für Soldaten, Gefangene benutzbar

Niederlage Preußens auf dem Schlachtfeld und ihrer Kriegsgefangenschaft machen mussten, die sie später zu neuem Denken im Verhältnis zu dem eigenen preußischen Staat und den darin lebenden verschiedenen Volksschichten befähigte.

Gebhard zu Putlitz hatte durch gezielte Fragen an seinen Sohn versucht, aus ihm etwas über die allgemeinen Absichten der Franzosen herauszubekommen, die jetzt hier in Preußen überall als Besatzungsmacht in Erscheinung traten. Doch Eduard musste gestehen, hierüber nicht das Geringste zu wissen.

Natürlich wurde ihm auch lang und breit erzählt, was sich inzwischen hier auf Schloss Pankow ereignet hatte, dass es eine französische Husaren-Abteilung mit einem Sous-Lieutenant de Neuville hier gab, vor dem man sich vorsehen müsse.

Drei Wochen vergingen, in denen die Anwesenheit eines weiteren Mitgliedes der Familie der Edlen zu Putlitz auf Schloss Pankow zur Normalität wurde. Dann schien sich der dramatische Vorgang an der Haustür des Schlosses zu wiederholen.

Wieder klopfte es an der Tür des Schlosses, und wieder stand ein Mann davor, den man nicht auf den ersten Blick erkennen konnte. Diesmal war es Carl, der um ein Jahr ältere Bruder Eduards, der ebenfalls aus französischer Kriegsgefangenschaft heimkehrte.

Einst war er als stolzer Offiziers-Bewerber in das 6. preußische Kürassier-Regiment unter Oberst von Quitzow eingetreten, um dort wie nahezu alle jungen preußischen Adligen seinen Weg durch das Militär zu machen. Das war noch in den glücklichen Friedenszeiten Anno Domini 1805 gewesen, doch dann kam der unselige Krieg gegen Napoleon und die Niederlage der meisten preußischen Regimenter in Thüringen bei Jena und Auerstädt im Oktober 1806. Die Reste von Carls Regiment verschlug es bei der hektischen Flucht nach Nordosten, in die östliche Kurmark. Jenseits von Berlin wurde eine Schwadron, die, in der der junge Unter-Leutnant Carl zu Putlitz

Dienst tat, zur Verstärkung der Festung Cüstrin [65] abkommandiert. Doch diese Festung ergab sich schon am 1. November 1806 dem halben Regiment französischer Dragoner, das am anderen Ufer der Oder auftauchte. Der Rest der einst so stolzen preußischen 6. Kürassiere kapitulierte nur wenige Tage später zusammen mit anderen preußischen Truppen-Resten in Anklam in Vor-Pommern. Auch hier waren die gemeinen Soldaten und die Unteroffiziere von den siegreichen Franzosen gleich nach Hause geschickt worden, nachdem sie ihre Waffen abgegeben hatten. Nur die Offiziere mussten sich in Kriegsgefangenschaft begeben, die sie in den Kasematten der Festung Cüstrin zu verdämmern hatten, mehr als ein Jahr lang. Auch hier an der Oder waren die Gefangenen zu Anfang des Jahres 1808 freigelassen worden.

Auf seinem langen Bettel-Weg quer durch die Hälfte des verbliebenen Preußens, von Cüstrin bis in die Prignitz und Schloss Pankow, hatte der junge Carl einige Tage in Berlin verbracht. Er hatte sich dort bei entfernten Verwandten, den Schwerins, etwas besser ausstaffieren und auch den schlimmsten Hunger stillen können.

Was er aus der Hauptstadt Preußens berichten konnte, wurde vom Vater und Pankower Schlossherrn mit Begierde aufgesogen, auch wenn es nur winzige Brocken an Information waren.

Nach dem Abzug der französischen Besatzungstruppen aus Berlin hatte der preußische Königshof den Umzug von Königsberg in Ostpreußen nach Berlin angetreten, wenn auch nur nach und nach. Jetzt, im strengen Winter mit zugefrorenen und überschneiten Straßen, war es besonders günstig zu reisen, weil die Pferdeschlitten auf diese Weise ungehindert über die Straßen gleiten konnten, ohne in Morast zu versinken oder vom Staub umweht zu werden. Die Insassen der Schlitten mussten nur gut in Pelzmäntel und Decken verpackt sein. Leider waren nun einmal selbst die besten

---

[65] Cüstrin, ab 19. Jhd. Küstrin geschrieben, preußische Festung am Zusammenfluss der Warthe mit der Oder.

Verbindungsstraßen in Preußen in einem solchen Zustand, dass der Sommer keine günstige Reisezeit war.

Nach der Ankunft erster Teile des Königshofs in Berlin – der Hofmarschallin, einiger Kabinettsräte des Königs und anderer Hilfskräfte, die einst mit nach Ostpreußen ausgewichen oder später dorthin nachgekommen waren – wucherten in Berlin die Gerüchte über die vielen Reformen, die der König demnächst für sein Land Preußen durchführen würde. Gewisse Kreise in Berlin, so wusste der Putlitz-Sohn Carl zu berichten, schwärmten von grundlegenden Reformen, die dem preußischen Staat not täten, und die nun endlich durchgeführt werden konnten, wobei der Staat des französischen Siegers hier erstaunlicherweise positive Beispiele liefern könne.

Im Salon der Grafen Schwerin in ihrem Berliner Stadt-Palais war viel darüber diskutiert worden, gerade als der junge Verwandte Putlitz dort zu Gast war. Unter den Mitgliedern der Grafen-Familie gab es einige, die erstaunlich gut über den „Code Napoleon" [66] Bescheid wussten, dieses Gesetzgebungswerk des Nachbarlandes, das erstaunlicherweise die Grundforderungen der einstigen Revolution von 1789 für jedermann in Gesetzes-Paragraphen umsetzte. Dieses Gesetz versprach persönliche Freiheit für jeden [67], Gewerbefreiheit, Gleichheit vor den Gesetzen und Schutz des Privateigentums. Das waren Versprechungen, die für die Untertanen des preußischen Königs in diesem Jahr 1808 wie Phantastereien klangen, doch gab es offenbar viele gebildete Menschen in Preußen, die solche Zustände auch für ihr Heimatland für erreichbar hielten.

„Ja, man hat damit schon angefangen", brummte Gebhard zu Putlitz empört dazwischen, „du wirst es nicht erfahren haben, lieber Carl, aber schon vor ein paar Monaten hat der König ein Dekret erlassen und alle unsere erbuntertänigen Bauern der Adelsgüter für freie Männer erklärt, allerdings erst ab Martini 1810. Ich habe keine

---

[66]   „Code Napoleon", umfassendes Gesetzgebungswerk vom Jahr 1804, zum Teil noch heute gültig. In Deutschland entspricht diesem Werk das heutige Bürgerliche Gesetzbuch (BGB), das zum Teil daraus erwachsen ist.
[67]   Allerdings nur für Männer !

Ahnung, was daraus einmal werden soll, ich fürchte, es wird furchtbar werden ! Sowohl der preußische Adel wie der Bauernstand werden alles verlieren, was sie einmal mehrere Jahrhunderte lang unterschieden und was zugleich ihren Wert ausgemacht hat."

Gebhard zu Putlitz war darauf aus, mit seinen Söhnen einen langen Disput über die grundlegenden Unterschiede zwischen dem Adel und dem Bauernstand, seit Jahrhunderten gültig und daher doch auch für die Zukunft maßgeblich, zu führen. Doch hier machte einmal seine Frau Juliane der Rederei der Männer ein Ende. „Nun lass doch mal unsere Söhne in Ruhe, Gebhard", meinte sie, „die haben im Augenblick an Anderes zu denken. Vor allem sollten wir überlegen, was die beiden nun anfangen sollten, jetzt, wo ihre Militärkarriere vorbei ist. Sollten wir nicht in der Lage sein, sie beide auf die Universität zu schicken, damit sie etwas Ordentliches lernen ?"

„Erst einmal sollen sie hier zur Ruhe kommen und sich von der Zeit ihrer entwürdigenden Gefangenschaft erholen, liebe Juliane", widersprach Gebhard energisch. „Ich sehe auch nicht, wie ich ein teures Studium der Herren Söhne finanzieren sollte, bei der kaum zu stemmenden finanziellen Belastung, die uns unsere französischen ‚Freunde' auferlegen. Lass uns noch eine Weile abwarten damit. Vielleicht sieht in einem Jahr die Lage anders aus."

Ein musikalisches Frühjahr

Schloss Pankow, Februar bis April 1808

Der Frühling kam ausgesprochen früh in diesem Jahr, der Schnee schmolz und verwandelte wie jedes Jahr die Straßen in Schlammlöcher, die jede Reisetätigkeit fast unmöglich machten, allerdings nur für recht kurze Zeit. Selbst die üblichen Tagesausflüge der französischen Besatzer in die umliegenden Dörfer – offiziell, um eventuelle anti-französische Umtriebe rechtzeitig zu entdecken und den Bauern die Anwesenheit französischer Besatzungstruppen leibhaftig vor Augen zu führen, tatsächlich, um auf den Bauernhöfen Schnaps und Schinken oder andere Zusatz-Verpflegung mitzunehmen – mussten unterbleiben.

So blieb es nicht aus, dass die Schlossbewohner sich auf Tätigkeiten im Haus beschränken mussten. Es hatte sich ergeben, dass das Gnädige Fräulein Juliane jeden Tag mindestens eine Stunde auf dem Pianoforte übte, nach gedruckten Noten, die sie von ihrem Buchhändler in Neuruppin geschickt bekommen hatte. Darunter waren Musikstücke der bekannten Herren aus Wien, Joseph Haydn und Wolfgang Amadeus Mozart. Sogar ein oder zwei Hefte waren dabei, die von dem berühmten Komponisten Ludwig van Beethoven stammten. Die Klavierstimme dieser Konzerte lernte die junge Juliane immer besser vortragen. Häufig saß der junge Franzose auf einem Stühlchen dabei und korrigierte die Handgriffe der Pianistin, die auf diese Weise immer mehr Übung bekam.

Es hatte sich ein eigenartiges Verhältnis zwischen den jungen Leuten im Schloss Pankow eingespielt. Mit dem französischen Besatzungsoffizier de Neuville ging die Familie der Putlitzens wie üblich höflich-distanziert um. Man musste seine Anwesenheit ja nun einmal ertragen, das war ein Teil des Beitrags der Edlen zu Putlitz zu den allgemeinen Kriegslasten Preußens nach dieser schmählichen Niederlage.

Doch daneben entwickelte sich eine weitere Ebene im persönlichen Umgang, wenigstens der jungen Leute im Schloss. Das waren nunmehr drei junge Putlitzens und ein praktisch gleichaltriger junger und gebildeter Franzose. Drei davon vereinte die Liebe zur Musik. Juliane ging immer mehr auf in ihren Übungen auf dem Pianoforte; dafür ließ sie die früher so viel benutzte Querflöte nun meistens liegen. Dieses Instrument nahm nun der jüngste Putlitz, Eduard, gerne an den Mund und übte in einem abgelegenen Zimmer, damit er die anderen nicht störte. Und gelegentlich – in letzter Zeit immer häufiger – packte der junge Leutnant de Neuville seine Oboe aus, die er sich von seinen Eltern in der Normandie hatte nach Berlin nachschicken lassen.

Seine Eltern dort in Nordfrankreich waren in den neunziger Jahren des vorigen Jahrhunderts vor den Vorfolgungen der Adelsfamilien durch die wütenden Revolutionäre, die „Sanscoulotten", für einige Jahre nach England geflohen. Aber als der Usurpator Bonaparte in Frankreich die Macht ergriffen hatte, war eine seiner wichtigsten Maßnahmen gewesen, einen Aufruf zu erlassen, der diese Emigranten in die Heimat zurückrief und ihnen anbot, wieder im Heer oder an anderen Stellen des Heimatlandes wichtige Aufgaben zu übernehmen. Der junge Leutnant de Neuvillle aus einer dieser Familien war ein glühender Verehrer dieses Mannes Bonaparte, der seit einigen Jahren als Kaiser Napoleon hieß.

Für die jungen Musiker auf Schloss Pankow gab es leider ein Problem. Kaum ein von einem bekannten Komponisten niedergeschriebenes Musikstück erlaubte den drei dort nur vorhandenen Instrumenten ein gemeinsames Musizieren. Man improvisierte dann und spielte einfach zu dritt, wie man glaubte, dass die drei Instrumente zusammen passen würden. Die Eltern Putlitz und einige ältere Bedienstete des Schlosses, darunter der alte Leibdiener Gurgen Krüger, saßen dann als Zuhörer dabei und spendeten eifrig Beifall. Auch der ältere Bruder Carl gehörte zu den Zuhörern, ihm fehlte offenbar die musikalische Ader seiner beiden jüngeren Geschwister, aber er war dennoch stolz auf das kleine Orchester im Schloss Pankow, wie er die drei Musikanten zu nennen pflegte.

Das gemeinsame Musizieren von Juliane und Eduard Putlitz sowie Thierry de Neuville sorgte für ein ganz besonderes Verhältnis zwischen diesen drei jungen Leuten. Sie mochten sich, ohne sich allzu nahe zu kommen. Für den Franzosen, der wohl ein feines Gespür für die Stimmungen anderer Menschen hatte, war bald klar, dass er offenbar keine Chance hatte, in die tieferen Herzens-Sphären des liebreizenden jungen Mädchens vorzudringen, mit dem er in letzter Zeit fast täglich gemeinsam musizierte. Dabei war ihm diese Deutsche durchaus sympathisch, wenn sie ihn auch nicht aufreizte, sie wild zu umarmen und zu küssen.

Auf der anderen Seite machte sich Juliane immer wieder klar, dass die Liebe ihres nunmehr achtzehnjährigen Herzens dem jungen preußischen Leutnant Albert von Wedell gehörte, den sie vor nunmehr fast zwei Jahren bei Verwandten auf Schloss Wolfshagen kennen gelernt hatte, der ihr jugendlicher Schwarm war und mit dem sie sich damals heimlich verlobt hatte. Ob er überhaupt noch lebte ? Manchmal kam sich Juliane wie eine alte Witwe vor, die mit einem schwarzen Schleier über dem Haar ereignislos vor sich hin zu leben hatte. Aber eine solche alte Witwe war sie ja nun einmal überhaupt nicht, sie war jung und voller Gefühle, die sie allerdings in ihrer Unerfahrenheit nicht einzuordnen wusste.

Irgendwann wuchs in ihrem hübschen kleinen Kopf eine Idee, die nach einiger Zeit zu einem festen Plan wurde. Zaghaft erst, später immer entschiedener, bat sie ihren Vater, ob nicht das kleine Musik-Trio, das sich in den letzten Wochen auf Schloss Pankow gebildet hatte, durch einen weiteren Musiker zu einem Quartett erweitert werden könne. Am besten sei jemand, der eine Geige spielen könne, dann seien alle wichtigen Musikinstrumente hier versammelt. Jeder wisse doch, dass solche Geiger immer wieder einmal durch das Land zögen, um in kleinen Kapellen in den Dörfern oder Kleinstädten mitzuspielen und sich dadurch ihren Lebensunterhalt zu verdienen. Das seien dann natürlich keine berühmten Virtuosen, die es nur in den großen Hauptstädten wie Wien oder Berlin oder Mannheim gebe, doch immerhin Musiker, die ihr Instrument einigermaßen beherrschten, und es dürfte nicht besonders teuer werden, sie zu bezahlen.

Wenn es gelinge, einen solchen Geiger zu finden, habe man auf einmal auf Schloss Pankow ein eigenes kleines Orchester, natürlich keines, das sich mit den berühmten Musikern in Wien vergleichen könne, aber für den Hausgebrauch und für die bisher so kultur-ferne Prignitz würde das doch schon eine Sternstunde sein.

Der nüchterne und auf Sparsamkeit bedachte Gebhard zu Putlitz fand diesen Gedanken seiner Tochter zunächst gar nicht gut, aber die so oft wiederholten Bitten seiner Tochter und, zugegebenermaßen, auch ein gewisser Stolz auf seine musikalische Tochter und seinen jüngeren Sohn, der ihr in dieser Hinsicht nachzueifern begann, ließen ihn wankend werden.

Zuerst brummte er, er gehöre nun einmal nicht zu den so reichen Adligen wie es wohl der Graf Esterhazy im fernen Ungarn sei, der ein riesiges Orchester finanziere, und der es sich leisten könne, als dessen Leiter einen weltberühmten Komponisten wie Joseph Haydn zu beschäftigen. Doch im Laufe der Zeit gab der Vater nach. „Na gut, man kann ja sich mal umhören, ob es so einen Geiger hier irgendwo in der Gegend gibt", erklärte er sich einverstanden, „aber viel bezahlen kann ich so einem Musikus bestimmt nicht. Macht euch da keine Illusionen !"

Ein wunderschöner Maien-Tag

Schloss Pankow, Mitte Mai 1808

Die Sonne schien, und überall entfalteten sich die Knospen an den Bäumen zu vollen Blättern. An diesem schönen Tag im Mai erregte die Ankunft von zwei Reitern auf dem Hof des Schlosses Pankow Aufsehen bei allen Knechten, die dort ihren verschiedenen Arbeiten nachgingen. Die beiden Männer stiegen von ihren Pferden ab und übergaben sie einem Knecht, der die Reittiere, wie bei Gästen üblich, in einen der Pferdeställe bringen und sie dort mit Wasser und Heu versehen sollte.

Einer der beiden Männer war einfach gekleidet, offensichtlich war er ein Bediensteter des zweiten Herren, der sich von einem edlen Pferd herab schwang. Der kleine Schmuckdegen an seiner linken Seite wies ihn als Angehörigen des Adels aus. Seine zivile Kleidung war ohne Schmuck, aber von feinem Zwirn. Dem alten Hausdiener Krüger meldete er sich formvollendet an: „Bitte melde Er dem Edlen Herrn zu Putlitz, dass Albert von Wedell aus Göritz in der Uckermark ihm gerne seine Aufwartung machen möchte." Zugleich drückte er dem Haus-Kastellan einen Silbergroschen in die Hand, eine sehr seltene Aufmerksamkeit hier auf Schloss Pankow.

Als der Besucher in den Salon geführt wurde und der Hausherr von der anderen Seite den Raum betrat, grüßte er mit einer höflichen, aber nicht unterwürfigen Verbeugung: „Entschuldigen Sie, Euer Gnaden, dass ich Sie ohne vorherige Anmeldung hier auf Schloss Pankow überfalle. Es war mir ein Vergnügen, vor längerer Zeit Ihr Fräulein Tochter bei Verwandten auf Schloss Wolfshagen kennen zu lernen, und ich wollte es nicht versäumen, sie jetzt einmal wieder begrüßen zu können, wo ich in der Nähe war." Sogleich beauftragte Gebhard zu Putlitz seinen Leibdiener, der noch auf Aufträge wartend in der Nähe stand, das Fräulein Juliane herbeizuholen.

Als das Gnädige Fräulein kurz darauf den Salon betrat, ohne eine Ahnung, was sie erwartete, fasste sie sich vor Überraschung mit der rechten Hand ans Herz, und ihr junges Gesicht wurde rot. Ganz offensichtlich war dem Gast die Überraschung geglückt, „Albert – Herr von Wedell", stotterte sie, „Sie leben – was ist das für eine Freude !"

Dem alten erfahrenen Herrn Gans Edler zu Putlitz wurde blitzartig klar, dass hinter diesem überraschenden Besuch mehr steckte als eine normale Höflichkeit. Er begann eine unverfängliche Plauderei, indem er den Gast nach seiner Reise fragte. Doch bald rang sich der junge Gast zu den Sätzen durch, die er lange im Stillen geübt hatte und die der eigentliche Grund für seinen Besuch auf Schloss Pankow gewesen waren. Damals bei dem Wochenend-Aufenthalt auf Schloss Wolfshagen, als dort eines der ersten Konzerte mit Orchesterwerken der Herren Mozart und van Beethoven in der Prignitz gegeben wurde, habe er die Freude gehabt, das Gnädige Fräulein Juliane näher kennen zu lernen. Und offensichtlich war auch auf der Seite der jungen Dame das Interesse an dem jungen Adligen Albert von Wedell groß; der Vater musste nur einen Blick auf seine Tochter werfen. „Kurz und gut, Euer Gnaden, ich bin hier, bei Euer Gnaden um die Hand Ihrer Fräulein Tochter anzuhalten."

Wie ein schneidiger Offizier – der ja Albert von Wedell schließlich auch war – hatte er mutig und ohne Umwege den direkten Weg zu seinem Anliegen gewagt - - und er hatte gewonnen. Gebhard zu Putlitz antworte ihm freundlich, indem er mit der Hand auf seine Tochter zeigte, offensichtlich habe diese ja nichts anderes erwartet. Dem vereinten Angriff könne er als Vater nichts entgegnen, als seine Zustimmung zu geben.

Ist es verwunderlich, dass das junge Fräulein Juliane zu Putlitz diesen Tag im Mai 1808 als den schönsten Tag ihres bisherigen Lebens empfand ?

Zum weiteren Gespräch im Salon des Schlosses Pankow wurde natürlich sofort die Hausfrau mit herangezogen, und auch die beiden Brüder Julianes erschienen schnell und begrüßten ihren Altersgenossen. Beide Seiten hatten sich ja so ungeheuer viel zu erzählen, was ihnen in den letzten beiden Jahren seit jenem schicksalsträchtigen Konzert-Wochenende auf Schloss Wolfshagen widerfahren war.

Albert von Wedell musste berichten, was er in jenem unglückseligen Feldzug Preußens im Spätjahr 1806 und danach erlebt hatte. Er erzählte, wie er als einer der wenigen preußischen Soldaten den Krieg überstanden habe, ohne zu kapitulieren und in Gefangenschaft zu geraten. Dadurch, dass er damals Anschluss an den berühmten preußischen Offizier Ferdinand von Schill gefunden habe, sei es ihm möglich geworden, jetzt noch aktiver Angehöriger der preußischen Streitkräfte zu sein. Unter dem Befehl des Majors von Schill seien einige Reste der einstigen preußischen Kavallerie-Regimenter jetzt als 2. preußisches Husaren-Regiment mit dem Standort Berlin zusammengefasst worden. Nachdem nun die ersten militärischen
Übungen dieses neuen Regiments abgeschlossen seien, hatte er die erste Möglichkeit ergriffen, Urlaub zu nehmen. Er war, zusammen mit seinem Burschen [68] zuerst ganz kurz auf das Gut Göritz seiner Eltern in der Uckermark geritten, um ihnen von seinen Schicksalen zu berichten und sich mit ziviler Kleidung zu versehen.

Danach hatte er sich beeilt, Schloss Pankow zu besuchen, damit er um die Hand des liebreizenden Fräuleins Juliane anzuhalten könne; natürlich sei es ihm auch darum gegangen, sich selbst dieser Familie vorzustellen und die Familie seiner künftigen Frau kennen zu lernen.

Die Familie derer von Wedell war von fast ebenso altem Adel wie die Edlen Gans zu Putlitz, und nichts sprach also dagegen, dass Mitglieder dieser Familien sich ehelich verbinden könnten. Und da die beiden jungen Leute ganz offensichtlich sehr ineinander verliebt waren, gab es keinen Grund, eine baldige Eheschließung abzulehnen. Natürlich musste eine gewisse Verlobungszeit der Hochzeit vorangehen, aber das war allgemein üblich und allen Beteiligten bewusst.

---

[68]   Diener aus dem Mannschaftsstand des Regiments, stand bis zum 1. Weltkrieg jedem Offizier zu.

Umgekehrt mussten nun auch die Mitglieder der Familie Putlitz erzählen, dass in den letzten anderthalb Jahren das Schloss Pankow von französischen Truppen besetzt sei, als Sicherung für das pünktliche Abtragen der preußischen Kontributionen nach dem furchtbaren Tilsiter Frieden. Der französische Husaren-Leutnant de Neuville, der hier den Befehl führe, sei zwar persönlich ganz annehmbar, aber er sei nun einmal der Repräsentant der französischen Besatzungsmacht, und als solcher sei er mit Zurückhaltung und Vorsicht zu behandeln.

„Zur Zeit ist dieser Offizier nicht hier im Schloss" berichtete Gebhard zu Putlitz, „er begleitet wie manchmal einen der Kontrollritte seiner kleinen Einheit durch die umliegenden Dörfer. Den Franzosen geht es dabei immer vor allem darum, irgendwo Schnaps in den Bauernhäusern zu ergattern. Wein wäre ihnen vielleicht lieber, aber woher soll hier in der Prignitz Wein kommen?"

„Mir ist das sehr lieb, dass ich diesen Herrn jetzt nicht zu sehen bekomme – oder vielmehr er nicht mich" erklärte Albert von Wedell mit einer etwas geheimnisvoll klingenden Stimme. „Ich bin schließlich aktiver Angehöriger der preußischen Armee, wenn ich auch jetzt in Urlaub bin und zivile Kleidung anhabe. Ich muss Ihnen etwas anvertrauen, was auf keinen Fall den Franzosen zu Ohren kommen sollte."

Die Mitglieder der Familie Putlitz spitzten die Ohren und verhielten sich mucksmäuschenstill. Der junge Leutnant von Wedell genoss es ein wenig, einmal als Überbringer wichtiger Botschaften im Mittelpunkt des Interesses zu stehen. Schließlich war er immer noch aktiver Offizier und hatte sich offenbar auch in Berlin, der Hauptstadt, aufgehalten und dort das Eine oder Andere gehört.

„Sie wissen ja, wie sehr dieser Kaiser Napoleon seit dem Friedensschuss mit Russland und Preußen im vorigen Jahr glaubt, Herr von ganz Europa zu sein. Doch es gibt Anzeichen, dass das nicht auf Dauer so sein muss. England, die Insel, hat er noch nicht erobern können, und diese Engländer sind zäh, und sie beherrschen das Meer, so wie Napoleon das Land beherrscht, doch vielleicht nicht lange mehr."

Wedell setzte seinen Bericht fort: „Sie werden es vermutlich noch nicht gehört haben, hier in der abgelegenen Prignitz. Aber in Portugal, dort am westlichen Ende unseres Kontinents, beginnt seine Herrschaft schon zu wanken. Die Königsfamilie ist rechtzeitig nach ihren Besitzungen in Brasilien entkommen, als Napoleon mit seinen Truppen voriges Jahr die Pyrenäenhalbinsel besetzt hat. Portugiesische Truppen, unterstützt von ihren Verbündeten, den Engländern, kämpfen gegen die französischen Besatzer und haben sie schon zur Hälfte aus ihrem Land vertrieben. Und auch in Spanien beginnen die Menschen, sich gegen die von Napoleon verordnete Herrschaft seines Bruders Joseph aufzulehnen."

Albert von Wedell machte eine bedeutungsvolle Pause in seinem Bericht, und die Zuhörer warteten gespannt auf die Fortsetzung der interessanten Neuigkeiten. „In Berlin glauben die gut informierten Leute nicht, dass der Friede zwischen dem österreichischen und dem französischen Kaiser auf die Dauer hält. Bald wird es wieder Krieg zwischen den beiden Mächten geben. Dann werden die Lose neu verteilt. Für diese Gelegenheit sollten wir gerüstet sein. Ich verrate Ihnen im Vertrauen, dass es Kreise in Berlin gibt, die sich bereits jetzt eine unterirdische Kriegführung gegen die Franzosen in unserem Land wünschen. Können wir nicht bereits jetzt etwas unternehmen, um diese widerwärtigen französischen Besatzungstruppen zu ärgern und zu verunsichern?"

Der junge Leutnant gab damit allgemeine Überzeugungen wieder, die im Kreis des Offizierskorps seines Regiments und vielleicht auch darüber hinaus diskutiert wurden. Unter dem Einfluss des Majors von Schill, dieses Franzosenhassers und zugleich von seinen Untergebenen, den gemeinen Soldaten wie den Mitgliedern des Offizierskorps, hoch verehrten Vorgesetzten, hatte sich in seinem Regiment der Glaube breit gemacht, man müsse einen Kleinkrieg gegen die französischen Besatzer beginnen. Dass diese Überzeugung keineswegs von allen anderen preußischen Offizieren und vor allem nicht vom König geteilt wurde, wollte man allerdings in diesem Regiment nicht zur Kenntnis nehmen.

Umgekehrt hatte sich im Kreis der Familie derer zu Putlitz in den letzten Monaten eine eigenartige Stimmung in Bezug auf die Besatzungsmacht entwickelt. Die Anwesenheit eines Zuges französischer Husaren auf dem Gut war unangenehm und lästig, aber man hatte sich daran gewöhnt. Die musikalische Zusammenarbeit des französischen Leutnants mit dem Gnädigen Fräulein und ihrem Bruder vor allem in den letzten Wochen hatte andererseits die schweren Vorbehalte gegen den Fremden ganz allmählich geringer werden lassen. War Leutnant Thierry de Neuville wirklich ein Feind ?

Jetzt aber ließ das, was Leutnant v. Wedell erzählte, wieder die alten Hassgefühle gegen den „welschen Feind", wie man im Kreis der Familie die Franzosen gerne nannte, neu entfachen. Vor allem Carl zu Putlitz, der älteste der Geschwister, war Feuer und Flamme von der Idee, ob man nicht auch hier auf Gut Pankow die Franzosen so ärgern und verunsichern könne, dass sie letztlich irgendwann einmal abziehen müssten. Carl war sich mit Albert von Wedell einig, dass das natürlich nie in eine offene Kriegführung hinauslaufen dürfe, das würde dem Tilsiter Friedensvertrag zuwiderlaufen. Aber mit heimlichen Streichen könne man doch die Besatzer ärgern, so dass sie sich hier nicht mehr sicher fühlen würden.

Der alte erfahrene Gebhard zu Putlitz warnte zwar, das könne für die Bewohner seines Schlosses und Gutes gefährlich werden. Die Franzosen hätten nun einmal Waffen und sie hätten, solange sie in Ausführung des Friedensvertrages im Land seien, auch die Macht, gegen die preußische Zivilbevölkerung Zwangsmaßnahmen einzuleiten. Das könne für sie alle, von der Familie des Schlossherren bis zu den Bauern des Gutes und ihren Familien, sehr üble Folgen haben.

Doch Albert von Wedell beruhigte ihn. Natürlich müssten die Nadelstiche, die man den Franzosen versetzen wolle, so geschickt gesetzt werden, dass niemals ein Verdacht auf die Gutsherren-Familie fallen könne. Es gehe aber darum, im ganzen Land, also in ganz Preußen, ein Klima zu erzeugen, nicht mehr apathisch die

Lasten des unglückseligen Friedensvertrages hinzunehmen, sondern eine neue Stimmung im Volk zu erzeugen. Unabhängig von dem, was der Kaiser Napoleon in der nächsten Zeit mit Gewalt vom preußischen König an neuen Unterwerfungsgesten erzwingen könnte, müsse im preußischen Volk das Gefühl geweckt werden, dass man nicht mehr bereit sei, alles mit sich machen zu lassen.

„Den Ausdruck ‚preußisches Volk' habe ich bisher noch nie gehört", wandte Gebhard zu Putlitz leise ein, „das Wort ‚Volk' ist mir in dem Zusammenhang irgendwie verdächtig. Wir waren bisher treue Untertanen unseres Königs, und das hat Preußen unter unserem großen König auch selbst groß gemacht. Dass das Volk einen eigenen Willen kundtut, halte ich nicht für gut. Und wenn es nach mir geht, sollte das auch in Zukunft so bleiben."

Die jungen Leute um den Tisch im Salon des Schlosses Pankow waren da offenbar anderer Meinung, wenigstens der männliche Teil davon. Aber sie waren so klug, jetzt nicht eine vermutlich sinnlose Diskussion zu entfesseln.

Nach einem gemeinsamen Abendessen löste sich die Familienrunde an diesem so bedeutsamen Tag im Mai des Jahres 1808 in kleine Gruppen auf. Die Eltern zogen sich in ihr Schlafgemach zurück, die Brüder saßen im Zimmer Carls noch lange zusammen, und die junge Juliane und ihr Verlobter Albert von Wedell hatten Gelegenheit, Arm in Arm den lauen Mai-Abend zu genießen.

Kapitel 4

Sommer auf dem Lande

Juni bis Oktober 1808

Im Krug von Pankow

Dorf Pankow, Anfang Juni 1808

Im kleinen Dorf Pankow, den Häusern, die von den Familien der Schlossbediensteten und den zum Gut gehörigen Bauern bewohnt wurden, richtete man sich an diesem schönen Sonntag im Juni des Jahres 1808 auf das traditionelle „Heu-Tanzen" ein. Nach dem Abschluss der arbeitsreichen Heu-Ernte und vor dem Beginn anderer anstrengender Arbeiten für alle Bauern im Dorf wollte man wie üblich einmal feiern, mit Tanz der jungen Leute im Krug und dem Schnacken der gesetzteren Männer bei einem Krug Bier.

Das Dorf bestand wie üblich aus zwei Reihen von Bauernhäusern, die sich auf einer breiten Allee gegenüberstanden. Das kleine Flüsschen Panke, das irgendwo östlich des Schlosses in einem großen Wald- und Sumpfgebiet entsprang und hinter dem Schloss einen kleinen See bildete, floss hinter der einen Hausreihe vorbei, konnte aber auf mehreren Holzbrücken gut überquert werden.

Der Krug in diesem Dorf war ein Anbau am Haus des Dorfschulzen, den bereits dessen Großvater vor 30 Jahren hatte errichten lassen. Wie in wohl allen Dörfern der Prignitz war auch in Pankow das Amt des Schulzen in einer der Bauernfamilien erblich. Der Schulze hatte die Aufgaben eines Bürgermeisters zu erfüllen, den Bauern gegenüber, indem er alle Bauern betreffende Aufgaben regeln konnte, soweit es keine Anweisungen des Gutsherren gab, dem Gutsherren gegenüber, indem er auf die pünktliche Ablieferung der Abgaben an diesen zu achten hatte.

Zugleich hatte der Schulze in Pankow, wie in vielen anderen Dörfern auch, die Schankgerechtigkeit [69], und dafür benötigte er einen größeren Raum, in dem die Gäste sitzen und trinken konnten. In Pankow war dieser Anbau an das Schulzenhaus durchaus großzügig ausgefallen, und viele Bauern nutzten den mit Tischen und

---

[69] Erlaubnis, alkoholische Getränke auszuschenken

Bänken gut ausgestatteten Raum nicht nur an Sonntagen dazu, ein Bier oder einen Schnaps zu trinken. Der Pankower Erbschulze Klas Heilemann war ein weitblickender Mann; er hatte schon vor längerer Zeit das Selbstbrauen von Bier eingestellt und bezog jeden Monat oder öfter ein Fass davon von einem Krüger zwei Dörfer weiter, dessen Hausbrauerei sich allmählich zu einer gutgehenden Manufaktur [70] entwickelt hatte. Diese Schankgerechtigkeit hatte den Schulzen zu einem wohlhabenden Mann werden lassen, obwohl auch er ja eigentlich nur ein erbuntertäniger Bauer war. Zum Anbau gehörte auch noch ein Pferdestall und eine Kammer, in der reisende Kaufleute oder wandernde Handwerksburschen billig übernachten konnten. Ferner hielten hier die Postkutschen auf ihrem Weg von Potsdam nach Perleberg oder umgekehrt, wenn Briefe, Pakete oder Reisende mitgenommen oer zugestellt werden sollten. Der Schulze war zugleich Posthalter. Zusammen erbrachten diese verschiedenen Angebote kleine, aber einigermaßen regelmäßige Einnahmen.

Knechte und Mägde des Schulzen waren am frühen Sonntagnachmittag eifrig damit beschäftigt, den Schankraum für das „Heutanzen" am Abend vorzubereiten. Die Bänke und Tische wurden so aufgestellt, dass genügend Platz für das Tanzen übrig blieb, und ein kleines Podium für die Kapelle wurde aus der Scheune herangetragen. Die beiden Mitglieder dieser Kapelle kamen mit ihren Instrumenten, um wie in jedem Jahr vor dem Beginn ein wenig miteinander zu proben. Auch in den Bauern-Familien dieser Musikanten war das Tradition schon seit einigen Generationen, die Instrumente waren entsprechend alt: eine Posaune mit vielen Beulen und Schrunden und ein „Rumpelbass", ein mächtiger Kontrabass, wurden von ihren Eigentümern herangetragen, gestimmt und geprobt.

Wie in einer Theateraufführung erschien genau zu diesem Moment ein Mann im Krug von Pankow. Es war ein schmächtiges

---

[70]   Im beginnenden 19. Jahrhundert Bezeichnung für handwerklich betriebene Werkstätten zur Herstellung von Gebrauchsgegenständen, auch Lebensmitteln in größerem Umfang, Beginn der fabrikmäßigen Herstellung. Das Bierbrauen war bis ins 18. Jahrhundert noch ein Privileg zahlreicher Stadtbürger und Bauern, die in kleinem Unfang ihr eigenes Bier herstellten.

Männchen von etwa 60 Jahren, mit langen grauen Haaren und ärmlicher städtischer Kleidung. Aber in einer Art Rucksack trug er eine Geige auf dem Rücken, die er jetzt auspackte. „Ich habe gehört, dass heute in Pankow ‚Heutanz' ist. Darf ich da vielleicht die hiesige Kapelle verstärken?" fragte er. Die beiden Musikanten stimmten begeistert zu, verwiesen den Fremden aber an den Schulzen, der ja zugleich der Krüger war. Wenn der zustimmte, könnten sie gerne zu dritt spielen und damit gewiss gute Einnahmen erzielen.

Auch der Schulze und Krüger Heilemann gab gerne seine Einwilligung. Ihn kostete die Vergrößerung der Kapelle nichts, aber auch er sah ein, dass ein zusätzliches Instrument den Festgästen die Pfennige locker werden ließ, die sie üblicherweise nach jedem Tanz den Musikanten zuzuwerfen pflegten. Eifrig probten daher nun die drei Musikanten gemeinsam die üblichen Tänze, die bei solchen Vergnügungen die jungen Leute in Bewegung zu bringen pflegten. Der fremde Geiger kannte sie alle, und das neue Trio war sich einig, dass sie mit Begleitung einer Geige viel schöner klängen als wie bisher nur von Posaune und Kontrabass gespielt.

Bald stellten sich auch die ersten Festgäste ein, bestellten beim Wirt oder seiner Schank-Magd ein Bier und setzten sich an die Tische, um erst mal noch ausgiebig miteinander zu „tratschen". Erstaunlicherweise kamen auch einige der französischen Besatzungssoldaten, setzten sich friedlich zusammen an einen Tisch und nippten an ihrem Bier. Da sie ihren Sold in preußischen Talern ausgezahlt bekamen, waren sie durchaus wohl gelittene Gäste im Krug, und erstaunlicherweise schienen auch die einheimischen Gäste keine Einwendungen gegen diesen Besuch zu haben. Man hatte sich an die Zwangs-Gäste gewöhnt. Ja, die Blicke einiger der jungen Mädchen auf die stattlichen jungen Burschen da am Franzosen-Tisch machten nicht den Eindruck, als seien diese Gäste ganz unwillkommen.

Etliche Tänze – „Ländler" nannte man sie in Musikantenkreisen – hatte die kleine Kapelle schon von sich gegeben, als sie einmal eine Pause machte und die Pfennig-Münzen aufsammelte, die das Publikum wie üblich während des Tanzens vor die Musikanten geworfen hatte. Die frohen Gesichter der Herren der Posaune, des Kontrabasses und der Geige zeigten, dass sie mit den Einnahmen sehr zufrieden waren.

Da betrat der junge Herr Carl aus dem Schloss den Raum, die älteren Bauern zogen ihre Mütze und begrüßten den neuen Gast freundlich, die jüngeren, Altersgenossen des Herrn Carl, geradezu freudig. Schließlich war die Zeit noch nicht allzu lange her, da sie gemeinsam durch die Flur und die Wälder des Dorfes gezogen waren, um Abenteuer zu erleben und Streiche auszuhecken, egal, ob sie von Adel oder erbuntertäniger Bauernsöhne waren.

Gerne setzten sich die jungen Männer mit dem Sohn des Gutsherrn an einen Tisch, der bestellte eine Runde frisch gefüllter Krüge und stieß mit den Kameraden seiner Jugend an. Was der Herr Carl in den letzten Jahren erlebt hatte – viel war es ja nicht gewesen, und traurig noch dazu – , hatte sich längst in allen Bauernhäusern verbreitet, davon musste Carl jetzt nicht erzählen. Mit einem nicht gerade wohlwollenden Blick hatte er den Tisch mit den jungen französischen Soldaten gestreift, an dem jetzt auch schon einige Mädchen aus dem Dorf Platz genommen hatten, doch er hatte nichts dazu gesagt.

Jetzt suchte er vor allem das Gespräch mit dem Sohn des Dorfschmiedes, der zugleich Hufschmied war. Der Sohn würde wie üblich einmal den Beruf des Vaters erben, und auch jetzt verstand der junge Hannes schon eine Menge vom Schmieden, aber auch von den Pferden, deren Hufeisen ja der Dorfschmied immer wieder ersetzen oder anpassen musste. So war ein Schmied zugleich so etwas wie ein Tierarzt, der von Krankheiten der Pferde recht viel wusste. Einen studierten Tierarzt gab es auf dem Lande wohl in ganz Preußen nicht, dafür mussten die Hufschmiede mit ihrem Wissen den Bauern helfen, wenn die Pferde, immerhin die wertvollsten der Tiere auf einem Hof, krank waren.

„Hannes", raunte der Herr Carl zu Putliz dem Schmiedejungen zu, „weißt du etwas, was Pferde krank machen kann ? Aber so, dass man es nicht merkt ?" Dabei blickte er zu dem Tisch mit den jungen französischen Soldaten hinüber. Der junge Hannes merkte das sehr wohl und begriff, um was es sich wohl handeln könne. Im Gegensatz zu manchen jungen Mädchen aus dem Dorf war er keineswegs gut auf die Franzosen zu sprechen.

„Hm," sinnierte der junge Schmied, „man kann den Pferden was ins Futter mischen, aber das kann leicht auffallen. Warte mal, Carl, da fällt mir was ein. Ich habe mal gehört, dass Pferde die ‚Hufrehe' bekommen können, wenn sie Eicheln gefressen haben. Das muss für die Tiere ziemlich unangenehm und schmerzhaft sein. Wie das zusammenhängt, weiß ich auch nicht."

„Was ist denn die Hufrehe?" fragte der Herr Carl. „Ich bin zwar in einem Kürassier-Regiment gewesen, also einem Truppenteil mit Pferden, wenn auch nur kurz. Aber von der Krankheit Hufrehe habe ich noch nie etwas gehört."

Der Schmiedesohn konnte ihn aufklären. Die Krankheit, die man „Rehe" nenne, träte im weichen Mittelteil des Pferdehufes auf und veranlasse die Tiere, wie Rehe nur mit dem festen Vorderteil des Hufes aufzutreten. Wie diese Krankheit entstehe, wisse er auch nicht, aber er habe schon mal davon gehört, dass das Fressen von Eicheln so etwas hervorrufen könne. Der Herr Carl nickte nur und lächelte befriedigt.

Bevor der Herr Carl den Pankower Krug wieder verließ, ging er noch zur Kapelle, die gerade wieder einmal eine Pause eingelegt hatte Er sprach den Geiger an, den er ja noch nicht gesehen hatte. Die beiden anderen Mitglieder des „Orchesters" waren ja Bauern aus Pankow, die der Gutsherrensohn natürlich längst kannte, „Wo kommt Er her, wenn ich fragen darf?" erkundigte sich der Gutsherren-Sohn. „Aus Baruth in Kursachsen, Gnädiger Herr", gab der Geiger Auskunft, „mein Name ist Gottfried Fürchtegott Hinzpeter, wenn es recht ist. Schon seit meiner Jugend spiele ich Geige."

„Kann Er auch anderes spielen als nur hier die Bauerntänze? fragte Carl zu Putlitz. „Das will ich meinen", antwortete der Geiger mit etwas beleidigter Miene. „Eigentlich bin ich Virtuose in der hohen Musik. Nur um meinen Lebensunterhalt zu verdienen, spiele ich hier gelegentlich einmal für die Bauern auf." – „Kann Er Stücke von den Herren Haydn oder Mozart spielen, die jetzt in höheren Kreisen so beliebt sind ? Könnte Er eventuell sogar in einem richtigen kleinen Orchester spielen ?"

Mit geradezu glücklichem Gesicht platzte der Geiger Hinzpeter heraus: „Das wäre mein größtes Glück, Euer Gnaden, aber wo findet man hier irgendwo in der preußischen Einöde ein solches Orchester ? Ich habe schon lange meinen Lebensunterhalt nur durch Spielen bei solchen Bauernvergnügen fristen können."

„Na, dann komme Er doch morgen auf das Schloss und spiele Er etwas vor", sagte Carl zu Putlitz, froh, dass er vielleicht auch in diesem Punkt Positives für seine Geschwister bewirken konnte.

Der Geiger aus Baruth

Zur üblichen Besuchszeit, um 11 Uhr am Vormittag, meldete sich am Tor des Schlosses Pankow der Geiger. Er hatte seinen etwas abgewetzten Anzug gebürstet und sein graues Haar gekämmt. Auf dem Kopf trug er einen der modernen Zylinder, die neuerdings die althergebrachten Dreispitze als Kopfbedeckung abzulösen begannen.

Als der alte Hausdiener begriffen hatte, welches Anliegen den Fremden zum Schloss geführt hatte, schickte er sofort eine Dienstmagd zum Fräulein Juliane und zum jungen Herrn Eduard, sie möchten doch so schnell wie möglich in den Salon kommen, ein Geiger sei da.

Zunächst etwas zurückhaltend, doch im Laufe der Zeit immer offenherziger unterhielten sich die beiden jungen Adligen mit dem Besuch und fragten ihn aus, was er denn auf seinem Instrument spielen könne. Der musste seinen Lebenslauf erzählen, der, wenn man ihm glaubte, von der Musik geprägt war, doch ihn zu seinem großen Bedauern nur selten in höhere Sphären der Musikwelt geführt hatte. Doch habe er als junger Mann die Ehre gehabt, im kleinen Orchester des Grafen zu Salm im Schloss Baruth, in seiner Heimatstadt, die erste Geige spielen zu können, als dort in den achtziger Jahren des vorigen Jahrhunderts noch ein lebhaftes kulturelles Leben geherrscht habe. Doch leider habe der neue Graf Salm kein Interesse und wohl auch kein Geld mehr für solche kostspieligen Vergnügungen gehabt und habe das Orchester aufgelöst; es habe ohnehin nur aus 8 Musikanten bestanden.

„Hat Er denn von der großartigen Musik der Herren Haydn, Mozart und Beethoven aus Wien etwas gelernt?" fragte Juliane zu Putlitz geradezu ungeduldig. „Euer Gnaden, das war stets mein größtes Pläsier, diese himmlische Musik spielen zu können", antwortete der Musikus selbstbewusst. „Auch nach der Zeit im Baruther Schloss habe ich mir das Geld vom Munde abgespart, um mir Noten mit Musik dieser Herren kaufen zu können. Und ich habe die Stücke immer und immer wieder für mich geübt. Ich sehe hier ein Pianoforte stehen, Gnädiges Fräulein. Ich vermute, dass Sie hier auch klassische Musik spielen und Noten mit Musikstücken dieser Herren und andere Musik vorrätig haben. Gestatten Sie mir, Ihnen eine Probe meines Könnens zu geben?"

Eine Viertelstunde später waren die drei Musiker vertieft in Proben verschiedener Sonaten oder anderer Musikstücke der Wiener Komponisten, was gerade an Noten im Pankower Schloss vorhanden war. Das Problem war nur, dass die gedruckten Noten nur einmal vorhanden waren, und es schwierig war, dass alle drei Musiker so dicht zusammen stehen mussten, um in das Notenheft auf dem Pianoforte einsehen zu können.

„Darf ich Euer Gnaden vorschlagen, dass ich die Noten kopiere, wenn ich eine gewisse Entschädigung dafür erhalten kann?" wusste der Herr Hinzpeter eine Lösung. „Das ist eine Kunst, die ich seit meiner frühen Jugend beherrsche." Sofort stimmte Juliane zu Putlitz zu. „Dann muss Er allerdings jeweils drei Kopien herstellen, denn unser ganzes kleines Orchester umfasst künftig vier Personen, wenn wir Sie einrechnen." Unbewusst hatte Juliane zu Putlitz den Herrn Hinzpeter von einem Angehörigen der unteren Klassen – die man mit „Er" anredete – zu einem Mitglied der höheren Klasse befördert, die Anspruch auf ein „Sie" in der Anrede hatten.

„Jetzt muss nur noch unser Vater zustimmen", warf Eduard zu Putlitz ein, „er muss schließlich auch das Geld bewilligen, auf das das Sie als Mitglied unseres kleinen Pankower Schloss-Orchesters Anspruch haben. Übrigens gehört noch ein Franzose dazu, der Herr Sous-Lieutenant de Neuville, der die hiesige französische Besatzungstruppe befehligt. Aber er ist ein sehr umgänglicher Mann, der gut auf seiner Oboe spielen kann und mit uns schon viel musiziert hat."

Was blieb Herrn Gebhard zu Putlitz anders übrig, als zu den enthusiastischen Berichten seiner Kinder über die fabelhaften Aussichten eines richtigen kleinen Orchesters auf Schloss Pankow Ja und Amen zu sagen? Nach kurzer Verhandlung war er bereit, dem Herrn Gottfried Fürchtegott Hinzpeter eine Monatsgage von drei

Talern sowie freier Unterkunft und Verpflegung auf Schloss Pankow zuzusagen. Für das Kopieren von Noten solle der Fachmann einen Silbergroschen pro Seite erhalten [71]

Bereits am gleichen Abend war das kleine Orchester vollzählig zusammen, denn auch der Oboist aus Frankreich fand die Erweiterung um einen erfahrenen Geiger vorzüglich und war bereit, sogleich erste Proben mit vier Instrumenten zu absolvieren.

---

[71] 30 Silbergroschen ergaben zusammen einen preußischer Taler.

Heimliche Vorgänge

Am gleichen Vormittag, an dem im Salon des Schlosses Pankow einige musik-begeisterte junge Menschen von der Aussicht schwärmten, bald ein kleines Orchester bilden und miteinander Stücke der schönen Musik aus Wien spielen zu können, verließ der junge Herr Carl das Schloss. Ganz beiläufig wandte er sich im Dorf zur Schmiede und winkte dem Alterskameraden und Spielgefährten seiner Jugend, dem Schmiedesohn Hannes, doch einmal zu ihm heraus und hinter das Haus zu kommen.

„Hannes, kannst du nicht mal ein paar Jungen im Dorf bitten, Eicheln aufzusammeln und zu dir zu bringen ?" bat er seinen Freund. „Wir könnten im Schloss welche davon gebrauchen. Du weißt schon ! Aber sag den Jungens, sie dürften niemandem davon erzählen, auch nicht ihren Eltern."

Verständnisvoll nickte der junge Schmied. „Lass mich nur machen, Herr Carl", sagte er leise. In seiner Stimme war sowohl die alte Jugendfreundschaft der gleichaltrigen Jungen im Dorf Pankow wie auch die schuldige Ehrfurcht vor dem Angehörigen der Familie der adligen Eigentümer des Gutes und Dorfes herauszuhören.

Noch am gleichen Abend, als in der Schmiede die Arbeit ruhte, nutzte Hannes die Gelegenheit, um durch die breite Straße zwischen den Bauernhäusern des Dorfes zu schlendern und die Jungen anzusprechen, die schon über zehn Jahre alt waren. Das war nur eine Handvoll, daher war seine Aufgabe nicht sehr schwierig. Er traf sie, wie er wohl wusste, vor dem Hof des Bauern Kletzke an, wo sich jetzt zum Feierabend die kleine Schar der gleichaltrigen Jungen gerne traf, um miteinander zu schwatzen und irgendwelche neuen Streiche auszuhecken.

„Ihr könntet mir einen Gefallen tun", sprach der Schmiedesohn die Jungen an, „ich brauche Eicheln. Könntet ihr mir jeder ein oder zwei Schnupftücher voll davon sammeln ? Im Wald liegen ja bestimmt genug davon. Ihr müsst aber niemandem davon erzählen, auch nicht euren Eltern. Es soll eine Überraschung sein."

Die Jungen konnten sich zwar nicht vorstellen, wozu man Eicheln brauchen könnte, außer sie an die Schweine zu verfüttern. Aber da sie durchaus geübt waren im Erfinden neuer Streiche, mit denen man vor allem die gleichaltrigen Mädchen des Dorfes ärgern konnte, leuchtete ihnen ein, dass auch der Schmiedesohn irgendetwas vorhatte, wozu er Eicheln brauchen könnte. Und dass man bei der Vorbereitung solcher Streiche streng den Mund halten musste, das war ihnen aus eigener Erfahrung völlig klar.

In den nächsten Tagen kamen immer wieder Jungen aus dem Dorf mit einem kleinen Säckchen voller Eicheln bei der Schmiede an und gaben so unauffällig wie möglich dem Schmiedesohn das Ergebnis ihres Sammeleifers ab, verpackt in ihre großem Schnupftücher. Es war nicht schwer gewesen, im Wald, der gleich an die Feldflur des Dorfes Pankow grenzte, unter den vielen Eichenbäumen Eicheln des Vorjahres aufzusammeln, die neuen Früchte dieses Jahres waren ja noch nicht reif. So sammelte sich in einer Ecke der Scheune des Schmiedes schnell ein ansehnliches Häufchen von Eicheln, die auf ihre gezielte Verwendung warteten..

An einem dunklen Abend kam vom Schloss ein junger Gutsknecht mit einer Schubkarre und holte das Sammelergebnis ab. Und noch in der gleichen Nacht waren der Pferdeknecht des Schlosses Pankow und sein junger Gehilfe eifrig beschäftigt, die Eicheln unter das Heu zu mischen, das für die Pferde der französischen Soldaten bestimmt war.

Für den Gutsherren auf Schloss Pankow war es keine leichte Last, seit mehr als einem Jahr zwei Dutzend Menschen mehr als üblich durchfüttern zu müssen, und deren Pferde ebenfalls. Es war dem Herrn Gebhard zu Putlitz nichts anderes übrig geblieben, als sowohl Fleisch, Brot und andere Lebensmittel wie auch Heu für die Pferde von mehreren Nachbargütern zu kaufen, für teures Geld, um die zusätzlichen Esser regelmäßig verpflegen zu können.

Die überschüssigen Erträgnisse aller erbuntertänigen Bauern des Dorfes reichten üblicherweise gerade dafür aus, die Bewohner des Schlosses – von den Familie der adligen Eigentümer bis zu den vielen Knechten und Mägden im Schloss und in den Ställen – zu ernähren. Früher hatte der Gutsherr, teils im eigenen Namen, teils als Treuhänder seiner Bauern, auch schon mal ein paar Schweine oder Kälber oder einige Fuder Getreide oder Zentner Kartoffeln verkaufen können und dadurch die Kasse des Gutsherren und seiner Bauern aufbessern können.

Doch das ging nun schon längst nicht mehr, seit die französische Besatzungstruppe im Pferdestall des Schlosses untergebracht war. Stattdessen musste der Herr zu Putlitz immer wieder auf eigene Kosten Zukäufe tätigen, um die zusätzlichen Esser – und die Pferde als Fresser – satt zu bekommen. Ob wohl der preußische Staat irgendwann einmal dafür aufkommen würde ? Zur Zeit war daran nicht zu denken. Noch schien die sonst so präzise preußische Bürokratie wie gelähmt durch die Anwesenheit der französischen Besatzungsarmee in fast dem ganzen Land. Selbst der König und die Königin waren ja noch immer nicht aus ihrem Fluchtort Königsberg in Ostpreußen in die Hauptstadt Berlin zurückgekommen, wie man hörte.

Notgedrungen hatte Gebhard zu Putlitz angeordnet, dass den einfachen französischen Soldaten und ihren Pferden vier Boxen im geräumigen Pferdestall des Schlosses zur Unterkunft eingeräumt werden müssten; in zwei davon sollten die französischen Husaren auf Stroh schlafen können, in den beiden anderen waren ihre Pferde untergebracht. Ein Pferdeknecht des Gutes hatte die Aufgabe, regelmäßig Heu und anderes Pferdefutter für die Husaren-Pferde heranzuschaffen. Der Befehlshaber der kleinen Schar, der Sous-Lieutenant de Neuville, hatte allerdings eine Kammer im zweiten Stock des Stock des Gutshauses erhalten. Ihm als Adligen war eine Unterkunft im Stall nicht zuzumuten, schließlich waren er und seine Untergebenen im Augenblick ja nicht auf einem Feldzug im Krieg.

Der heimlich in seine Aufgaben eingeweihte Stallknecht im Schloss Pankow hatte die ihm angelieferten Eicheln vorsichtig unter das Heu gemischt, das er regelmäßig für die französischen Pferde zu liefern hatte. Und die Pferde hatten dieses Heu mit Behagen gefressen, sogar mehrere Tage lang, so reichlich war der Vorrat an Eicheln gewesen, den der Schmiedesohn und der Schlossknecht mit ihren Schubkarren aus dem Dorf herangefahren hatten.

Nun musste man abwarten, ob die Pferde irgendwann etwas von der ungewohnten Kost spüren würden – und wie sich das äußern würde.

Im Salon musiziert man,

im Stall macht man sich Sorgen

Im Dorf Pankow hatten die Bauern mit dem Ernten der ersten Felder mit Winter-Roggen begonnen, der in diesem Jahr früh reif geworden war. Da waren alle Familien voll beschäftigt. Die Männer hatten mit ihren Sensen die Halme zu mähen, in Reihen schön gleichmäßig und im gleichen Tempo des Vorwärtsschreitens, die halbwüchsigen Jungen und Mädchen mussten die Halme zu Garben zusammenbinden, die Frauen hatten die Garben in regelmäßige Reihen zu stellen, und die alten Frauen mussten die Schnitter und die anderen Personen auf dem Feld mit frischem Wasser und mit Brot und Speck verpflegen, wenn sie jeweils am Ende des Feldes eine Pause einlegten.

Diese Arbeiten liefen in ihrem seit ungezählten Generationen erprobten Zusammenspiel der einzelnen Männer, Frauen und Kinder des Dorfes ab wie eh und je. Diese wenigen Tage der Ernte waren stets höchst anstrengend für alle Beteiligten, aber zugleich auch eine Zeit im Jahr, in der die uralte Gemeinschaft aller Bewohner eines kleinen Dorfes sich auf das Schönste bewährte.

Die Ernte schien in diesem Jahr auch reichlich auszufallen. In normalen Jahren erbrachte sie einen Überschuss, den der Gutsherr mit einem erfreulichen Gewinn in die nächsten Städte verkaufen konnte. Dieser Gewinn kam nach altem Brauch sowohl den einzelnen Bauernfamilien wie natürlich auch den adligen Gutsherren zu- gute. Doch in diesem Jahr gab es ja im Stall des Schlosses mehr als 20 zusätzliche Esser, die nicht einmal eine Hand rührten, um die Ernte einzubringen. Kein Wunder, dass der Gutsherr, der Edle Gebhard zu Putlitz, sorgenvoll am Feldrain auf und ab ging und im Kopf die Menge des geernteten Roggens, seinen derzeitigen Preis bei den örtlichen Kaufleuten und die Menge des von den Franzosen auf dem Schloss verzehrten Brotes abschätzte. Die Ergebnisse seiner stillschweigenden Rechenkünste machten ihn nicht gerade froh.

Im Schloss Pankow waren zur gleichen Zeit drei junge Leute und ein alter Mann mit völlig anderen Gedanken beschäftigt. Unter den gedruckten Noten, die es in den letzten Jahren immer wieder einmal von ihrem Buchhändler in Neuruppin zugeschickt bekommen hatte, fand das Gnädige Fräulein Juliane zu Putlitz ein Trio für Klavier, Klarinette und Viola des Herrn Mozart aus Wien [72] . Nach ausgiebiger Diskussion unter den vier Musikern war man der Meinung, dass dieses Stück sich als erstes für eine Anpassung an das Quartett, das es ja nunmehr auf Schloss Pankow gab, und für eine Aufführung als Beweis für das Kunstinteresse in dieser abgelegenen Gegend der Prignitz eignen würde. Der alte Herr Hinzpeter hatte gut eine Woche zu tun gehabt, die Noten des Herrn Mozart mehrmals zu kopieren und mit einer vierten Stimme für eine Oboe zu versehen. Die von Mozart für eine Klarinette geschriebene Stimme sollte hier in Pankow die Querflöte übernehmen, gespielt vom jungen Herrn Eduard, und die Oboe als Blasinstrument, gespielt vom Herrn de Neuville, kam als weiteres Instrument dazu.

Eine weitere Woche war mit zahlreichen Proben des neuen Quartetts vergangen, bis die Musiker meinten, jetzt würden sie bereits so gut zusammen spielen, dass sie sich trauten, der Familie und anderen Zuhörern aus dem Schloss, vielleicht sogar aus dem Dorf, ein kleines Konzert zu geben.

Endlich war es dann so weit: Für einen Samstagabend Ende Juli hatte der Schlossherr zu einem Konzert in seinem Salon eingeladen. Als Zuhörer kamen natürlich außer dem Rest der Familie die älteren der Schloss-Bediensteten in Frage, außerdem der Bürgermeister des Dorfes Pankow und seine Familie, aber auch der alte Gutsnachbar Wichard von Moellendorf, der ja bei keinem wichtigen Familienfest der Edlen zu Putlitz fehlen durfte.

Man hatte fast alle Stühle aus dem Schloss im Salon zusammengetragen, und sie waren an diesem so besonderen Abend auch fast alle besetzt. Jeder Zuhörer hatte seinen schönsten Anzug

---

[72]   Mozart, Köchel-Verzeichnis 498, das sogenannte „Kegelstadt-Trio".

oder sein schönstes Kleid an, und alle waren aufgeregt, was sich ihnen an kulturellem Genuss offenbaren werde.

Aus dem Nebenzimmer traten nacheinander die vier Musikanten ein, verneigten sich vor den Zuhörern und begannen ihre Instrumente aufeinander einzustimmen, wie es sich vor jedem Konzert gehörte. Dann verkündete der junge Herr Eduard mit Stolz in der Stimme: „Wir spielen jetzt ein Konzert des berühmten Herrn Wolfgang Amadeus Mozart aus Wien, eigentlich ein Trio, aber es wurde von unserem Geiger, dem Herrn Hinzpeter, hier mit viel Kunst an unser neu gegründetes Quartett angepasst." Jeder Musiker hatte auf einem kleinen Notenständer einige Notenblätter vor sich, so dass er bequem spielen konnte, ohne beim Kollegen über die Schulter schauen zu müssen.

Viel Applaus belohnte die jungen Musiker. Es war nicht zu entscheiden , wer stolzer war: die vier Mitglieder des kleinen Orchesters oder die Eltern, das Ehepaar der Edlen zu Putlitz. Anschließend gaben die vier Musikanten noch verschiedene weitere Proben ihres Könnens zu Gehör, Stücke, in denen das Pianoforte und die Geige oder die Querflöte sowie die Oboe und die Geige ihren Part hatten. Das französische Mitglied des kleinen Orchesters, der Sous-Lieutenant de Neuville, fiel dabei überhaupt nicht als Fremder auf.

Während oben im Salon des Gutshauses die moderne Musik-Kultur in der sonst so abgelegenen Prignitz ihren Einzug hielt, hatte man unten im Nebengebäude, dort wo die Pferdeställe des Gutes lagen, ganz andere Gedanken im Kopf. Aufgeregt standen die französischen Husaren um ihre Pferde herum, hoben ihre Hufe auf und begutachteten sie. Dabei redeten sie so laut alle auf einmal, dass man kaum sein eigenes Wort verstehen konnte.

Der schnauzbärtige Korporal, der den Befehl führte, wenn der eigentlich zuständige Offizier nicht anwesend war, befahl schließlich Ruhe. „Seit wann haben denn der Emil und die Annette" – das waren die Pferde, um die sich die aufgeregten Soldaten scharten – „diese merkwürdige Angewohnheit, ihre Hufe nicht mehr richtig auf die Erde zu setzen ?" Die zuständigen Reiter dieser Pferde meldeten sich: „Seit gestern oder vorgestern". Aber andere Reiter erklärten. „Bei meinem Pferd scheint das aber heute auch zu passieren !"

„Waren diese Pferde einmal irgendwie anders unterwegs als die anderen ?" fragte der Korporal sachverständig. „Können sie sich irgendwelche kleinen Steine in die Hufe getreten haben ?" Doch die Reiter verneinten lautstark. Nach lebhafter Diskussion aller zwanzig französischen Soldaten entschied der Vorgesetzte, die Sache müsse unbedingt ihrem Leutnant am nächsten Morgen gemeldet werden. Er könne sich diese Ausfälle bei den Pferden nicht erklären.

Verdacht

Der junge französische Offizier musste sich erst mit großer innerer Energie von den Gedanken um Musik und der Plauderei – immer in französischer Sprache – über die völkerverbindende Wirkung der edlen Tonkunst lösen, die seinen Kopf seit dem gestrigen Abend einnahmen. Harte Probleme des militärischen Dienstes standen auf einmal vor ihm, als ihm am nächsten Morgen sein Korporal mit dem gehörigen Respekt die seltsame Erkrankung einiger Husaren-Pferde meldete.

Wenn Thierry de Neuville ehrlich mit sich selbst war, dann verstand er in Wahrheit nichts davon. Was wusste er als junger Edelmann schon von Hufkrankheiten der Pferde, auch wenn er sie ständig als Reittier benutzte ? Aber er hatte eine gute Idee. Er beauftragte seinen Stellvertreter, sogleich einen berittenen Boten in das Städtchen Pritzwalk zu schicken. Dort, in der inoffiziellen „Hauptstadt" der preußischen Prignitz, hatte der Regimentsstab des 12. kaiserlich-französischen Husaren-Regiments gegenwärtig seinen Sitz, für die Zeit, wo das Regiment in an die zwanzig kleinen Gruppen verteilt als Besatzung in entsprechend vielen preußischen Adelsgütern verteilt lag. Nicht nur der Regimentskommandeur und seine beiden Stellvertreter langweilten sich dort in ihren Bürgerquartieren, sondern auch ein paar Spezialisten, die im französischen Heer zu jedem Regiment gehörten. Dazu zählte auch der Fahnenschmied [73], ein älterer Korporal, der seit seiner Knabenzeit nichts anderes getan hatte als dem Hufschmied des Regiments bei seiner Arbeit zu helfen und der nun selbst diesen Rang innehatte. Was der nicht über Krankheiten und Verletzungen der Pferde wusste, lohnte sich nicht zu wissen.

Dieser höchst erfahrene Fachmann sollte nach Pankow kommen und sich die Pferde ansehen, befahl der Kommandeur der kleinen

---

[73] Hufschmied beim Militär, der Ausdruck war auch im deutschen Militär bis ins 20. Jahrhundert üblich

Husaren-Schar. Der werde schon wissen, was dagegen zu tun sei. Umsichtig ordnete der Sous-Lieutenant noch an, die betroffenen Pferde zu schonen und darauf zu achten, ob die Erkrankung auch bei anderen Pferden der französischen Husaren auftauchte.

Es dauerte mehr als eine Woche, bis der Fachmann für Pferdekrankheiten endlich auf Gut Pankow eintraf. So lange hatte der reitende Bote gebraucht, um hinter dem Fahnenschmied des Regiments her zu reiten, der routinemäßig von einem der „Garnisonsorte" der Reiter seines Regiments, das heißt von einem Adelsgut zum anderen, ritt, zusammen mit seinem jungen Gehilfen und einem Packpferd mit dem notwendigen Gepäck, um an Ort und Stelle den französischen Pferden neue Hufeisen zu verpassen und Pferdekrankheiten zu behandeln.

Inzwischen hatten fast alle Pferde des französischen Husaren-Detachements [74] die merkwürdige Krankheit an ihren Füßen, allerdings schien sie bei den Pferden, die zuerst die Symptome gezeigt hatten, allmählich schon wieder nachzulassen. Der Fahnenschmied mit seinem beeindruckenden Schnauzbart wusste sofort, was das sein könnte. „Das ist die Rehe [75]", gab er sein fachmännisches Urteil ab. „Die Pferde haben wohl alle etwas gefressen, was sie vergiftet hat."

„Was kann man denn dagegen tun?" fragte der junge Offizier de Neuville besorgt. „Wenig", musste der Fachmann bekennen, „man muss den Pferden die Hufe mit feuchten Umschlägen kühlen und darf sie möglichst nicht reiten, während sie Anzeichen dieser Krankheit zeigen. Wie diese Rehe entsteht, weiß man bisher nicht genau, es scheint mit ihrer Verdauung zusammen zu hängen, doch wirkt sich das auf die empfindliche Haut um die Knochen innerhalb ihrer ja unempfindlichen Hufe aus Horn an ihren Füßen aus. In schweren Fällen bleiben die Pferde mit dieser Krankheit auf Dauer

---

[74] kleine Soldaten-Abteilung mit besonderem Auftrag

[75] Eine Erkrankung der Hufe von Pferden, durch verschiedene Ursachen ausgelöst, vor allem durch Stoffwechsel;; heute als Krankheit erkannt, die den sofortigen Einsatz eines Tierarztes erfordert.

für das Reiten untauglich. Hier aber scheint die innere Vergiftung noch nicht weit fortgeschritten zu sein, wenn bei einigen Pferden die Schwierigkeiten beim Aufsetzen der Hufe schon wieder nachlassen. Haben denn Ihre Pferde irgendwas Besonderes zu fressen bekommen, Herr Leutnant ?"

Schulterzucken war die Antwort bei allen Verantwortlichen, dem Offizier und dem Korporal. „Es war alles so wie immer, Kamerad", antwortete der eigentlich zuständige Korporal. „Sie haben das Heu gefressen, das hier vom Gut geliefert wurde. Geweidet haben sie in den letzten drei Wochen nicht."

Der französische Fahnenschmied machte ein nachdenkliches Gesicht. „Soso, Futter vom hiesigen Gut haben sie bekommen. Haben denn die Pferde der Prussiens [76] hier auf dem Gut auch diese Erscheinung ?" Die französischen Soldaten einschließlich ihrer Vorgesetzten mussten bekennen, dass sie darauf nicht geachtet hatten. „Ist es wohl möglich, dass dem Futter, das hier vom Gut geliefert wurde, irgend etwas beigemischt worden ist, was unsere Pferde vergiften konnte ?" fragte der Kenner von Pferdekrankheiten misstrauisch.

„Das halte ich für ausgeschlossen", antwortete Leutnant de Neuville mit voller Überzeugung. Sein Korporal war da vorsichtiger. „Wir können ja nicht das Heu, das wir von Gutsknechten geliefert bekommen, untersuchen, ob da giftige Pflanzen darin versteckt sind. Aber völlig ausschließen möchte ich das nicht."

Eine Weile diskutierten die französischen Soldaten noch hin und her, doch dann verabschiedete sich der Regiments-Fahnenschmied, nachdem er noch einige Verhaltensregeln für die Behandlung der erkrankten Pferde zurückgelassen hatte. Zurück blieb ein verunsichertes französisches Besatzungs-Detachement, bei dem ein böser Verdacht schwelte.

---

[76]   französisch: „die Preußen"

Kapitel 5

Kann man etwas gegen die
Franzosen unternehmen ?

September – Oktober 1808

Anzeichen für Risse im „Empire Française" ?

Husaren-Kaserne in Berlin, September 1808

Im Offiziers-Kasino der Reiterkaserne in der Residenzstadt der preußischen Könige, Berlin, saßen einige Offiziere des 2. brandenburgischen Husaren-Regiments, im vertrauten Gespräch mit ihrem Vorgesetzten, dem Major von Schill, zusammen. In dieser Runde waren schon seit langem die in der preußischen Armee bisher üblichen steifen Formen des Umgangs der Offiziere miteinander aufgehoben, die allgemein selbst im außerdienstlichen Gespräch in Gebrauch waren. Hier, im privaten Gespräch, redeten sich die jungen Offiziere alle mit „Du" an, wo sonst die steife Anrede mit „Sie" vorgeschrieben war. Der Regimentskommandeur begeisterte seine jungen Kameraden immer wieder dadurch, dass er ihnen wenigstens bei solchen Gelegenheiten als Gleichgestellter, ja als Freund, gegenüber trat. Sein Charme, seine Ausstrahlung war es, die nicht nur seine Offiziere, ja auch seine einfachen Soldaten für ihn einnahm.

Das Husaren-Regiment, das sich seit Anfang des Jahres 1808 in Berlin allmählich aus zahlreichen Grüppchen von preußischen Kavallerie-Soldaten sammelte, die nach der Katastrophe des Tilsiter Friedens übrig geblieben waren, war selbst in der neuen preußischen Armee etwas Besonderes. Die Organisatoren dieser Armee, die sich unmittelbar nach dem Tilsiter Friedensschluss im Jahr 1807 im ostpreußischen Exil an deren grundsätzliche Reform gemacht hatten, konnten sich kaum ein besseres Vorbild wünschen. Diese Soldaten waren keine bezahlten Söldner mehr, die gegen Geld und ohne innere Überzeugung für den einen oder den anderen König oder Fürsten gekämpft hätten, sie waren auch keine durch strengsten Zwang zum Gehorsam gepresste Männer mehr, sondern selbstbewusste Soldaten, die für ihr Vaterland Preußen etwas tun wollten.

Allerdings, ein wenig misstrauisch waren die Generäle von Gneisenau , Boyen und Clausewitz, die Anführer der preußischen Heeresreform in Berlin, schon gegenüber dem so ungewöhnlichen Regimentskommandeur, denn er war wohl der wütendste Gegner Frankreichs unter den preußischen Soldaten, und er äußerte diese Wut auch so unverhohlen, dass die Herren in Berlin Sorge bekamen, Kaiser Napoleon könne irgendwelche Maßnahmen dagegen befehlen. Schließlich standen noch an allen möglichen Stellen französische Besatzungstruppen im Land, und die Klauseln des Tilsiter Friedensvertrages zwangen die preußische Regierung zu größter Vorsicht gegenüber dem Sieger. Der gab zwar nach außen Preußen als neuen Verbündeten aus, doch herrschte in Wirklichkeit natürlich ein sehr nachdrückliches Diktat, ausgeübt durch den französischen Gesandten in Berlin.

In der Berliner Husaren-Kaserne berichtete gerade der Major von Schill seinen Offiziers-Kameraden, was er über die ersten Risse in Kaiser Napoleons riesigem „Empire" [77] erfahren hatte. Man wusste schon davon, dass die Eroberung des Königreichs Portugal auf der iberischen Halbinsel für Frankreich zu einer schweren Belastung, ja Niederlage geraten war. Die portugiesische Königsfamilie hatte sich rechtzeitig nach Brasilien abgesetzt, jener riesigen Besitzung Portugals in Südamerika. Englische Truppen waren den portugiesischen zu Hilfe gekommen und hatten schon die südliche Hälfte des Landes von den Franzosen befreit. Der General Sir Arthur Wellesey [78] war der erfolgreiche Anführer der englischen Truppen in Portugal. Das alles hatte sich in der ersten Hälfte des Jahres 1808 zugetragen. Wenn auch natürlich die Nachrichtenverbindungen zum fernen Portugal sehr dürftig waren und ein normaler Untertan des preußischen Königs nie etwas davon erfuhr, der Major von Schill

---

[77] Ausgesprochen „Ampiir", das französische Kaiserreich; im weiteren Sinne zählte nicht nur das eigentliche Staatsgebiet Frankreichs dazu, sondern auch die verschiedenen Vasallenstaaten Frankreichs in Europa.
[78] Er wurde später zum Herzog von Wellington erhoben und war der Hauptsieger in der Schlacht von Waterloo 1815.

hatte seine besonderen Quellen, und er hatte seine Gründe, den Kameraden davon zu erzählen.

Jetzt, im Herbst des Jahres 1808, wusste der Herr von Schill von aufregenden Ereignissen auch im Königreich Spanien zu berichten. Die Quelle seines Wissens verriet der Major nicht. Der Koch des Gesandten des Königreichs Spanien in Berlin hatte eine deutsche Frau, und die war die Tochter eines Unteroffiziers in Schills Regiment. Was in der Gesandtschaft getratscht wurde, fand sehr bald seinen Weg bis in seine Berliner Kaserne, und der Regimentskommandeur sorgte mit großzügigen Trinkgeldern dafür, dass dieser Nachrichtenkanal ständig offen blieb.

Unter französischem Druck hatte der spanische König Karl IV. nach einer Truppenmeuterei im Frühjahr 1808 abgedankt und den Thron an seinen Sohn Ferdinand VII. übergeben. Doch auch der musste ganz kurz danach die Krone niederlegen, weil Napoleon ihn dazu zwang. Der französische Kaiser übergab die Herrschaft in Spanien mit der ihm eigenen Selbstüberschätzung an seinen Bruder Joseph Bonaparte. Doch das löste nun im ganzen großen Land Spanien überall Truppenmeutereien und Volksaufstände aus. Die französischen Besatzungssoldaten im Land hatten von nun an keine Ruhe mehr. Das dauerte schon ein halbes Jahr so an.

Unter dem Siegel der Verschwiegenheit berichtete Major von Schill seinen Offizieren davon und knüpfte daran die Hoffnung, dass eine solche Situation bald auch in Preußen eintreten möge. Es war ihm und allen seinen Vertrauten klar, dass das hierzulande bis jetzt noch nicht der Fall sei. Doch die Zeit könne nicht mehr fern sein, bis das auch im Königreich Preußen Wirklichkeit werden könnte.

„Ja, ich kann Ihnen verraten, dass auch hier in unserer Nähe es schon gewaltig brodelt", gab der Major ein weiteres Detail seines geheimen Wissens preis. „Sie wissen, dieses merkwürdige Königreich Westphalen, das der Korse extra für seinen nichtsnutzigen Bruder Jerome geschaffen hat, drüben, jenseits der Elbe, da gibt es viele Menschen, die sich nicht mit dieser verrückten

Veränderung alter bewährter Zustände abfinden wollen. Vor allem in der Schwalm und sonst im nördlichen Kurhessen [79] gärt die Unzufriedenheit. Ich stehe mit einem hohen Offizier aus dem Militär des sogenannten Königs Jerome in Verbindung, dessen Namen ich selbst hier im vertrauten Kreis nicht nennen möchte. Der tut alles dafür, um dort in Kürze einen Aufstand auszulösen, der hoffentlich nicht nur dort, sondern im ganz weiten Kreis unseres Vaterlandes begeisterten Zuspruch finden wird."

„Außerdem, meine Kameraden, möchte ich Ihre Aufmerksamkeit auf ein Gebiet im Süden, in den Alpen, richten. Ich weiß nicht, ob Ihnen bewusst ist, dass der österreichische Kaiser nach dem letzten für ihn so entehrenden Friedensschluss ein uralt-österreichisches Gebiet an das neu aus der der Taufe gehobene Königreich Bayern abtreten musste, ich meine die reiche und historisch so wichtige Grafschaft Tirol. Ausgerechnet der Kurfürst von Bayern, seit Jahrzehnten der erbittertste Widersacher Österreichs, hat sich am meisten an Napoleons Hals geworfen und wurde daher mit am stärksten hier in Deutschland begünstigt. Ihm hat Napoleon Anno 1806 den Königstitel und ein Jahr später dieses Land Tirol zugeschanzt und damit auch den wichtigen Alpen-Übergang, den Brennerpass. Aber auch da regt sich gewaltig der Unwille der Bauern, und ich wette, dass es nicht mehr lange dauern wird, bis auch dort ein Volksaufstand gegen die Franzosen und ihre willigen Helfershelfer, die Bayern, losbrechen wird."

„Bis dahin, Kameraden, sollten wir wenigstens schauen, ob und wo wir hierzulande die überheblichen Franzosen wenigstens verunsichern können," meinte Major von Schill im Gesprächston. „Wir haben sie ja hier leider noch fast überall im Land, wie ich weiß, auch zum Beispiel auf Gut Pankow in der Prignitz bei den Gänsen zu Putlitz. Und weil das so ist, darf hier vorerst nichts geschehen, was irgendwelche ernsthaften Gewaltmaßnahmen der Franzmänner gegen unsere Güter hier hervorrufen könnte. Aber es wäre doch nicht schlimm, wenn die Besatzungssoldaten in der Prignitz nicht mehr den Eindruck bekommen würden, sie lebten hier im tiefsten Frieden

---

[79] Heute der Nordteil des Bundeslandes Hessen, um Kassel

und in vollstem Envernehmen mit unseren brandenburgischen Bauern, nicht wahr, meine Kameraden ?"

„Mir ist da etwas Interessantes zu Ohren gekommen", fuhr Major von Schill scheinbar plaudernd fort. „Ich habe gehört, dass neulich dort die Pferde der Franzosen nicht mehr laufen konnten. Das finde ich interessant. Woran mag das wohl gelegen haben ?"

Versonnen blickte der Regimentskommandeur der Runde. Seine nächsten Worte schienen zu einem ganz anderen Thema überzugehen. Aber stimmte das wirklich ? „Ich habe gehört, Leutnant von Wedell – ich meine Albert, nicht Deinen Bruder Karl – dass Du mit der reizenden Tochter des Herrn zu Putlitz verlobt bist. Hättest Du nicht Lust, Schloss Pankow wieder einmal für ein paar Tage zu besuchen ? Und vielleicht wärst Du einverstanden, wenn ich Dich dabei begleite ? Ich möchte gerne Deinem künftigen Schwiegervater versichern, welch verdienstvollen und tapferen Schwiegersohn er dereinst bekommen wird. Selbstverständlich reisen wir in Zivil, lieber Wedell, wir kommen ja nur zu einem privaten Besuch."

Was klimpernde Münzen alles bewirken können

Tangermünde / Altmark, September 1808

Das Städtchen Tangermünde an der Elbe hatte sich sein hübsches Aussehen seit Jahrhunderten bewahrt. Reich verzierte Fachwerkhäuser und alte Gebäude aus roten Backsteinen wechselten sich an den Straßen ab, als ob hier noch der „römische Kaiser" Karl IV. [80] residierte, der einst für kurze Zeit das Städtchen als seine Hauptstadt auserkoren hatte. Dabei waren die Häuser alle erst wieder nach dem großen Brand der Stadt Anno 1617 neu entstanden.

In einer Seitenstraße duckte sich eine vom Alter dunkel gewordene Schänke in die Unauffälligkeit. Im Hinterzimmer dieser Schänke hatten sich fünf Männer um einen Tisch gesetzt, mit Krügen frisch gezapften Bieres vor sich. Sie redeten leise miteinander, obwohl außer ihnen keine anderen Gäste den Schankraum bevölkerten. Doch das geheimnisvolle Gebaren hatte seinen guten Grund.

Das Wort führte vor allem ein Mann, der sein graues Haar in einen altmodischen Zopf gebunden hatte. In seiner Kleidung unterschied er sich deutlich als „Stadtmensch" von den anderen Männern am Tisch, die zwar nicht gerade wie Bauern aussahen, aber dennoch vom Lande zu kommen schienen. Sie alle unterhielten sich aber in der Mundart, wie die Bauern und die meisten Städter sie hier der Altmark zu benutzen pflegten.

Diese uralte preußische Provinz hatte sich einst unterhalb der Stadt Magdeburg zu beiden Seiten der unteren Elbe erstreckt. Doch seit Neuestem war sie geteilt. Der größere Teil davon, der westlich der Elbe, mit den Städten Stendal und Tangermünde, gehörte seit zwei Jahren zum so genannten „Königreich Westphalen", dessen Hauptstadt im ehemals kurhessischen Kassel lag, und das von einem

---

[80] Er regierte von 1355 – 1378 das „Heilige Römische Reich", das damals noch nicht des Zusatzes „deutscher Nation" bedurfte.

König Hieronymus regiert wurde, der in Wirklichkeit Jerome hieß und der jüngere Bruder des Kaisers Napoleon von Frankreich war. Bis auf einige vom Eroberer mitgebrachte französische hohe Verwaltungsbeamte und wenige eingeborene Deutsche kümmerten sich die neuen Untertanen des Königreichs kaum um das, was da ständig an Neuem aus der Hauptstadt Kassel kam, sie lebten als Bauern oder Bewohner der kleinen Städte möglichst so weiter, wie sie bisher immer gelebt hatten, so arbeitsreich, aber auch so unauffällig wie möglich.

Kaiser Napoleon hatte dieses Königreich aus zahlreichen Gebieten im Nordwesten Deutschlands zusammengefügt, die ihn nach dem überraschenden Sieg über Preußen bei Jena und Auerstedt in die Hände gefallen waren, aus den alten Kurfürstentümern Hannover und Hessen-Kassel, aus ehemals preußischem Besitz und aus bisher über Jahrhunderte bestehenden eigenen Fürstentümern wie Braunschweig und Schaumburg-Lippe.

König Hieronymus oder Jerome war vielleicht der Unfähigste unter den Geschwistern des französischen Kaisers – bezeichnenderweise nannte er sich selbst „König Lustik" –, aber einige seiner ihm von Napoleon mitgegebenen Minister hatten den Ehrgeiz, einen Musterstaat nach französischem Vorbild auf deutschem Boden zu schaffen. Das fing an mit der neuen Einteilung des Königreichs in „Departements" – hier in Tangermünde war das „Departement de l'Elbe" zuständig - und ging weiter zu einem modernen Zivilrecht nach dem Vorbild des französischen „Code Napoleon".

Doch es gab noch etwas anderes, was diesen neuen Staat auszeichnete. Das war seine Wissbegier über alles, was beim verhassten Nachbarn Preußen etwa an Intrigen oder anderem Schädlichen gegen den französischen Machthaber und seine Anhänger ausgeheckt wurde. Heimlich betrieben vom Polizeiminister des „Königs Lustik", dem Franzosen Joseph Legras, waren im letzten Jahr mehrere Hände voll Spionen aus der deutschen Bevölkerung angeworben worden.

Legras und seine Beauftragten hatten dafür reichlich Geld zur Verfügung, fast immer frisch geprägte preußische Taler, gezahlt in Vierteljahresraten zur Abtragung der ungeheuer großen Kriegsentschädigung, die Preußen nach dem verlorenen Krieg an Frankreich zu leisten hatte. Ein kleiner Teil wurde davon abgezweigt und diente dazu, Leute mit deutscher Sprache zu bestechen und sie als Spione gegen ihre Landsleute anzuheuern. Legras sagte mehrfach zu seinem französischen Stellvertreter: „Es ist doch erstaunlich, was das Klimpern barer Münze bei diesen Boches [81] alles bewirken kann!"

Zu diesem Kreis der als Spione angeworbenen Leute gehörten auch vier der fünf Männer, die in Tangermünde in der Hinterstube der dunklen Schänke saßen und den Worten des Herrn Mühlenberg lauschten. Der war seines Zeichens Apotheker in Stendal und gehörte damit zu den höheren Schichten, aber dem verlockenden Klang des klimpernden Geldes hatte auch er nicht widerstehen können. Er war inzwischen hier in der Altmark so etwas wie der Anlaufpunkt für die von ihm angeworbenen Spione, die er immer wieder hinüber über die Elbe in das Königreich Preußen schickte, wie auch heute.

Genau beschrieb er den vier Neulingen in diesem Gewerbe, die heute mit ihm Tisch saßen, wie er sie gleich mit Hilfe eines Fischers aus Tangermünde in dunkler Nacht und damit ganz unauffällig über die Elbe bringen werde, in die Nähe des Dorfes Schönhausen, wo eine gewisse Adelsfamilie von Bismarck ihren Sitz hatte. Eine bestimmte Stelle am preußischen Ufer der Elbe müssten sie sich gut merken, einen kleinen Sandstrand. Wenn sie später dort einen großen Ast in den Sand steckten, würde der Fischer aus Tangermünde das sehen und sie mit seinem Kahn abholen, sie selbst mit wichtigen Nachrichten für ihn, den Herrn Mühlenberg, oder auch einen Brief, in dem sie ihre Beobachtungen aufschreiben konnten.

Im Übrigen sollten die vier sich in kleine Städtchen drüben in Preußen begeben und als Bäcker oder Schneider so unauffällig wie

---

[81]   Französisches Schimpfwort für Deutsche r

möglich ihr Brot verdienen. Aber ihre Hauptaufgabe dort drüben sei, die Ohren offen zu halten und alles sich zu merken, was auf Aktionen gegen die Franzosen oder das Königreich Westphalen hindeuten könnte. Für jede Nachricht dieser Art gebe es blanke preußische Taler, drei oder fünf oder vielleicht sogar zehn davon, die der Herr Mühlenberg ihnen beim nächsten Besuch in Tangermünde bar in die Hand auszahlen werde. Und wenn sie in Preußen auf jemanden stoßen sollten, der wie sie bereit sei, die Ohren – und ihre Hände – offen zu halten, dann würde es sicher eine besondere Belohnung dafür geben.

Der Polizeiminister des Königreichs Westphalen, der Monsieur Legras, wusste, dass er mit dem Herrn Mühlenberg in Stendal einen besonders tüchtigen und eifrigen, allerdings auch besonders geldgierigen Mitarbeiter gewonnen hatte. Doch dem Herrn Legras taten die preußischen Taler nicht weh, die er immer wieder nach Stendal schicken musste. Genau für diese Zwecke erhielt er sie ja zur freien Verfügung.

So wusste man in der Hauptstadt des neuen Königreichs, in Kassel, recht gut Bescheid, dass in Preußen zwar der Unmut über die französischen Truppen groß war, die noch immer in einigen Provinzen des Königreichs in großen Gütern einquartiert waren. Doch Anzeichen für ein gewaltsames Aufbegehren waren bisher nicht in Kassel gemeldet worden.

Vertrauliche Gespräche

Schloss Pankow, September 1808

Für die junge Juliane auf Schloss Pankow war dieser an sich ein wenig trübe Septembertag wie ein strahlender Mai-Morgen. Denn es standen plötzlich drei Reiter vor dem Tor des Gutshauses, in Zivil, zwei davon elegant gekleidet und mit dem üblichen kleinen Degen an der Seite, dem Abzeichen des Adels, ein dritter war wohl ein Reitknecht.

Der eine dieser Reiter war Albert von Wedell; da passierte es, dass Juliane vor Freude einen kleinen, an sich gar nicht zum anerzogenen Benehmen passenden Luftsprung tat. Der zweite Ankömmling stellte sich als Ferdinand von Pannhorst vor, als guter Freund Alberts. In höflichen Worten bat er um ein paar Tage Gastfreundschaft auf Schloss Pankow. Den Bräutigam Albert habe es doch so mit Macht hierher gezogen, um seine Braut wieder einmal kurz zu besuchen, und da habe er als sein Freund einfach nicht anders gekonnt, als ihn zu begleiten. Auch Gebhard zu Putlitz war sichtlich erfreut über den Besuch und hieß ihn herzlich willkommen.

Beim üblichen Abendessen der Schlossherren-Familie wurden die Gäste dem Sous-Lieutenant de Neuville vorgestellt. Denn der Franzose war ja normalerweise Gast an der Familientafel, und es hatte sich längst ein ziemlich entspanntes Verhältnis eingespielt. Wie konnte man einen höflichen und ansehnlichen jungen Mann verabscheuen oder verachten, der so oft mit den Kindern der Familie zusammen im Musikzimmer saß und neue Stücke der besten zeitgenössischen Komponisten einstudierte ? Selbstverständlich spielte sich die Unterhaltung auf Französisch ab; preußische Adlige, wenigstens der einigermaßen gebildete Teil davon, beherrschten diese Sprache von Kindheit an.

Vorsichtig und möglichst unauffällig kam auch der fremde Gast, der Herr von Pannhorst, ins Gespräch mit dem jungen französischen Offizier, doch den Fragen nach den sonstigen Einheiten der französischen Besatzungsarmee in der Prignitz wich der vorsichtig aus. Offensichtlich bestand eine klare Weisung, über solche Fragen nicht mit Preußen zu reden.

Als dann die Runde sich vom Tisch erhob und die einzelnen Teilnehmer das Esszimmer verließen, ergab es sich von selbst, dass die Tochter Juliane plötzlich mit ihrem Verlobten verschwunden war; sie nutzten den milden Herbstabend und die gnädige Dunkelheit zu einem Spaziergang rund um das Schloss, ohne dass aufdringliche Blicke sie verfolgen konnten.

Eng umschlungen wanderte das Paar die kleinen Pfade hinter dem Gutshof entlang und redete, was Verliebte so miteinander reden, die sich zuvor lange nicht gesehen haben. Juliane fragte ihren Albert nach dem Gut Göritz in der Uckermark aus, in dem er geboren war und das er dereinst als Gutsherr erben würde, er war ja der älteste Sohn seiner Eltern. Offenbar träumte die junge Gutsherren-Tochter davon, dort einmal an der Seite ihres Mannes ein ähnliches Leben zu führen, wie sie es hier von Pankow her kannte.

Lachend bestätigte ihr Verlobter, dass man in Göritz ähnlich gut leben könne wie hier in Pankow. Allerdings stünden vorerst noch zwei Hindernisse dem gemütlichen Dasein dort entgegen. Einmal sei er ja schließlich aktiver Offizier in einem preußischen Regiment, da habe er nun einmal die meiste Zeit in der Kaserne bei seinen Reitern zu verbringen. Und seine Eltern seien auch nicht so reich, dass sie ohne weiteres einen von ihren drei Söhnen auf ihrem Gut durchfüttern konnten, ohne dass der ein eigenes Einkommen beisteuern konnte. Allerdings, das wisse Juliane sicherlich, sei das Gehalt eines preußischen Leutnants auch nicht gerade üppig.

Aber vor allem müsse erst einmal die erniedrigende französische Besatzung aus dem Lande sein. „Ich wünsche so sehnlich, endlich in einem Preußen zu leben, das frei von der französischen Vorherrschaft ist und in dem man wieder stolz sein kann, ein Preuße zu sein !" So brach es aus dem jungen Mann heraus. „Wir müssen alles dafür tun, dass diese schimpfliche Besatzungsmacht aus dem Lande verschwindet !"

„Ja, ich sehe das ja auch ein und wünsche mir das," gab Juliane leise zu bedenken. „aber da ist etwas, was ich da auch empfinde. Das ist ein leises Bedauern wenn mein so freundlicher Partner auf dem Klavier und der Oboe hier das Gut einmal verlässt, der Leutnant de Neuville. Du brauchst keine Angst zu haben, Albert, verlieben werde ich mich in ihn nicht, dazu hab' ich dich viel zu sehr lieb. Aber er ist ein guter Freund geworden, und verachten und ihn zum Teufel wünschen, das könnte ich bei ihm nicht!"

Während die beiden Verliebten sich gegenseitig das Herz ausschütteten, bat der Hausherr Gebhard seinen anderen Besucher höflich in sein Arbeitszimmer, um bei einem Glas Wein den Abend ausklingen zu lassen. Zwei Tonpfeifen mit holländischem Knaster [82] erhöhten die Gemütlichkeit. Hier endlich entschuldigte sich der bisher etwas geheimnisvoll wirkende Gast, dass er sich unter einem falschen Namen ins Haus „eingeschlichen" habe, wie er sich ausdrückte. Er bat Gebhard zu Putlitz allerdings dringend, seinen wirklichen Namen Ferdinand von Schill niemandem zu verraten, bei seinem Ehrenwort als Adliger.

Sehr schnell waren der Offizier und der Gutsherr dann in ein Gespräch über die schreckliche Lage vertieft, in die Preußen in den letzten beiden Jahren geraten war. Gebhard zu Putlitz klagte über die finanziellen Verluste, die er seit dem Beginn der mehr als unwillkommenen Einquartierung erlitten hatte. „Ich fürchte, der preußische Staat wird nie in der Lage sein, mir diese Verluste einmal irgendwie zu erstatten", fügte er hinzu.

Vorsichtig begann dann der Major von Schill, dem Gutsherren einiges von dem zu erzählen, was er über das „Bröckeln in Bonapartes Möchtegern-Reich" wusste. „So weit ich weiß, ist es hier in Preußen noch nicht so weit, dass wir vor einem Aufruhr gegen die Franzosen stehen", meinte er, „aber es wäre schon etwas wert, wenn es den französischen Soldaten hierzulande nicht mehr so gemütlich wäre, wie es jetzt offenbar der Fall ist. Kann man denn nicht irgend etwas tun, um die Franzmänner etwas aufzuschrecken?"

---

[82] Tabak

„Das weiß ich nicht, lieber Herr von Schill" meinte Gebhard zu Putlitz, „darüber habe ich mir noch keine Gedanken gemacht. Ich muss nur dringend davor warnen, mit schwerem Geschütz aufzufahren, um es militärisch auszudrücken. Auf jedem größeren Adelsgut hier in der Prignitz gibt es ein solches Detachement von 15 bis 25 gut bewaffneten französischen Husaren; hier auf dem Gut könnten die schon notfalls ein Blutbad anrichten. Wir haben hier ja keine Waffen, mit denen wir uns dagegen zur Wehr setzen könnten. Im Fall eines ernsthaften Aufstandes könnten alle diese Detachements schnell zusammen gezogen werden und eine beachtliche Streitmacht darstellen. Und unser König hätte bestimmt keine Lust, seine neuen Truppen gegen solche Aufrührer aus den eigenen Untertanen aufmarschieren zu lassen, doch dazu würde ihn wohl der französische Gesandte in Berlin unter Berufung auf den Friedensvertrag von Tilsit schnell zwingen können."

„Da haben Sie natürlich recht, lieber Herr zu Putlitz," lenkte der Major ein, „aber ich meine, es müsste sich Manches finden lassen, was unterhalb einer gewissen ‚Alarmstufe' dazu beiträgt, den Besatzern hier das Leben etwas ungemütlicher zu machen." Im weiteren Verlauf des Gesprächs bemühte sich Herr von Schill, hierzu Ideen zu entwickeln. Allerdings fand er bei seinem Gegenüber wenig Begeisterung für solche Pläne, so dass das Gespräch dann doch bald auf allgemeinere Themen überging.

Der junge Carl zu Putlitz war nach dem abendlichen Diner nicht im Schloss geblieben, sondern war in den Krug im Dorf geschlendert und hatte unterwegs beim Schmied hereingeschaut und seinem Altersgenossen Hannes ein Wink gegeben, ihm zu folgen. Dort im Krug lud Carl seinen Freund zu einem Becher Bier ein und fand auch ein Plätzchen an den nur zum Teil besetzten Tischen, wo die beiden unbelauscht ein leises Gespräch führen konnten.

Diese Unterhaltung drehte sich – vielleicht nicht ganz zufällig - um das gleiche Thema, das auch die beiden älteren Herren im Arbeitszimmer des Gutshauses geführt hatten. Jedoch wurde es etwas konkreter als dort. „Was meinst du, Hannes, was können wir tun, um die Franzosen etwas zu ärgern?" fragte Carl gerade heraus.

Einige Ideen, die im Gespräch auftauchten, wurden bald als zu kompliziert oder zu gefährlich wieder beiseite gelegt. „Aber hör mal, die Franzmänner machen doch ihre ‚Inspektionen' in den verschiedenen Gutsdörfern hauptsächlich in der Absicht, dabei Schnaps oder ein Schwein oder sonst was Gutes zu finden und mitnehmen zu können", fiel dem Gutssohn ein. „Wenn wir vorher wüssten, wohin sie am nächsten Tag reiten wollen, könnten wir doch die Bauern dort warnen und dafür sorgen, dass sie gerade dort überhaupt nichts finden. Das würde sie bestimmt mächtig ärgern!"

Hannes, dem Schmiedesohn, kam da eine Idee. Er hatte eine jüngere Schwester, die sich in der letzten Zeit gerne mit dem französischen Gefreiten Antoine zu treffen pflegte, sehr zum Ärger ihres Vaters und ihres Bruders. Doch gegen das eigensinnige Köpfchen des hübschen jungen Mädchens, das sich ihre gelegentlichen Schmusestündchen mit dem attraktiven Soldaten nicht verbieten lassen wollte, kamen die Männer der Familie des Schmiedes nicht an. Sie hatten es aufgegeben, die Katrin ständig zu beschimpfen oder ihr den Umgang mit dem Franzmann zu verbieten.

„Wie wäre es", machte Hannes einen Vorschlag, „wenn ich sie vorsichtig dazu bringe, ihren Schatz nach dem Ziel des nächsten Patrouillenritts zu fragen und mir das weiter zu erzählen? Mir wird schon was einfallen, dass sie dabei keinen Verdacht schöpft. Für alles Weitere müsstest du dann sorgen, Carl. Du weißt schon, was ich meine."

Die Idee wurde bei einem weiteren Becher Bier von allen Seiten besprochen. Die Tatsache, dass der französische Freund der Katrin Gefreiter war, erschien mit einem Male sehr nützlich, denn er war damit so etwas wie der dritte Befehlshaber der kleinen Soldatengruppe auf Gut Pankow, nächst dem Leutnant und dem Korporal. Der müsste es doch eigentlich wissen, wohin am nächsten Tag der Ausritt einer Streifschar geplant war.

Einen Tisch weiter, aber außer Hörweite der beiden jungen Freunde, saß etwas griesgrämig der Geiger Hinzpeter bei einem Krug Bier. An den Abenden in der Woche wenn das kleine Orchester nicht probte, wusste er nicht recht etwas mit sich anzufangen. Am Tisch

126

der Gutsherren zum Diner war er nicht zugelassen, er erhielt sein Abendessen in der Gesindeküche. So sehr er von den jungen Leuten wegen seiner musikalischen Künste gelobt wurde, so wenig wurde er sonst von der Gutsherrschaft als zur vornehmen Schicht gehörig betrachtet. Er verdiente hier zwar ein gutes Geld, aber als besonders geachtet empfand er sich nicht.

Jedoch konnte er an manchem Samstagabend zusammen mit den beiden Musikern aus dem Dorf zum Tanz aufspielen und dadurch ein paar Silbergroschen zusätzlich verdienen. Allerdings – auch zu den Leuten aus dem Dorf gehörte er nicht; er hing so irgendwo mittendrin und passte zu keiner der verschiedenen Gruppen richtig.

So ähnlich ging es auch den französischen Soldaten, wenn auch aus anderen Gründen. An ihre Anwesenheit im Gut und im Dorf hatte man sich inzwischen längst gewöhnt, sie benahmen sich auch recht gesittet, wenn sie nicht absichtlich gereizt wurden. Ja, der eine oder andere der Husaren hatte ein Auge auf ein hübsches Bauernmädchen geworfen – und die auf ihn. Im Dorf fand man das zwar gar nicht gut, aber man konnte es offenbar nicht verhindern.

Da die Soldaten ihren Sold in preußischer Währung ausgezahlt bekamen – von den regelmäßigen in bar überwiesenen Abschlagszahlungen des preußischen Fiskus auf die dem Staat auferlegte Kriegsentschädigung an Frankreich wurde stets ein bestimmter Betrag für diesen Zweck zurückbehalten – waren die Franzosen durchaus wohlgelittene Gäste im Dorfkrug des Klas Heilemann. Sie ließen so einen allerdings sehr kleinen Teil des an Frankreich zu zahlenden Geldes wieder zurück in die Hände preußischer Wirte und Kaufleute fließen.

Wie schon manches Mal in diesem Herbst setzte sich der Husar François Pernier mit einem Becher Bier neben den alten Geiger mit seinen langen grauen Haaren und fing eine kleine Unterhaltung an. Fast alle französischen Soldaten hatten inzwischen einige Worte Deutsch gelernt, und der Musikus Hinzpeter konnte gar nicht so wenig Französisch. Für eine mehr oder weniger belanglose Unterhaltung reichte der gegenseitige Sprachvorrat offenbar, und es wurde dabei oft gelacht, wenn man sich wieder einmal tüchtig missverstanden hatte.

Ein besonderes Ziel hatten diese Unterhaltungen zwischen dem sich einsam fühlenden Franzosen und dem deutschen Musikus nicht, man erzählte sich im Laufe der Zeit das eine oder andre aus dem Leben, und mit der Zeit war so etwas wie eine lockere Freundschaft zwischen den beiden geworden.

Mozart an der Panke

Gut Pankow September 1808

Die unerwartete Anwesenheit von zwei vornehmen Gästen, noch dazu für ein paar Tage, hatte bei den vier Musikern im Gut große Aufregung hervorgerufen. Für sie musste unbedingt ein Konzert veranstaltet werden. Die Gäste sollten doch hören, was für unerwartete kulturelle Genüsse es neuerdings in der abgelegenen Prignitz am Panke-Flüsschen gab, das hinter dem Gutspark floss.

Zuerst wurde mit einem berittenen Eilboten der alte Nachbar und General von Moellendorf eingeladen, er sollte doch hören, was für Fortschritte die Musikkultur auf Gut Pankow seit seinem letzten Besuch gemacht hatte.

Glücklicherweise waren die Musiker auf die gute Idee gekommen, den Geiger Hinzpeter für eine Reise nach Neuruppin zu schicken, wo es eine Buchdruckerei gab, die auch zugleich ein Buchladen war. Dort konnte man, wenn man Glück hatte, die neuesten Noten der berühmten Komponisten finden, denn der Musikverleger Simrock in Bonn am Rhein hatte viele der berühmten Herren unter Vertrag und konnte mit seiner Notendruckerei immer die neuesten Kreationen drucken und an viele Buchhandlungen im Land vertreiben. Und Gottfried Fürchtegott Hinzpeter war als Kenner, mit reichlich Geld versehen, deshalb nach Neuruppin gereist und hatte einen erklecklichen Vorrat neuer Kompositionen von dort mitbringen können.

Danach war Hinzpeter tagelang damit beschäftigt gewesen, die für das nächste Konzert ausgewählten Stücke zu kopieren und dabei gleich für die auf Gut Pankow mögliche Besetzung zu arrangieren. Seine beachtliche Musikalität ermöglichte es ihm auch, eine für das Horn oder ein anderes Blasinstrument geschriebene Orchesterstimme auf den Bedarf einer Oboe umzuformen.

Das alles war glücklicherweise schon vor Ankunft der Gäste geschehen, das kleine Orchester hatte sogar schon einige neue Stücke einzeln und dann zusammen geprobt. Darunter war auch eine der letzten Sonaten des berühmten, leider längst verstorbenen Herrn Wolfgang Amadeus Mozart aus Wien, kurz vor seinem Tod komponiert. Nur wahre Kunstkenner konnten ermessen, was es bedeutete, dass ein solches Werk hier mitten in der „Kulturwüste" der Prignitz aufgeführt werden sollte.

Am Abend vor der geplanten Abreise der Gäste sollte dann das Konzert stattfinden. Kräftige Schlossknechte hatten das Pianoforte des gnädigen Fräuleins in den größten Saal des Schlosses getragen, Stühle aus dem ganzen Haus dort in Reihen aufgestellt und in ein paar Vasen Herbstblumen im Raum dekoriert. Am Nachmittag hatte das kleine Orchester noch ein paar Mal das zur Aufführung geplante neue Stück sowie ein paar andere geprobt. Nun war alles bereit.

Die eingeladenen Gäste hatten ihr jeweils kostbarstes Gewand angelegt und betraten scheu den Raum im Schloss, den sie sonst so gut wie nie zu sehen bekamen. Denn zusätzlich zu den eigentlichen Ehrengästen waren diesmal die Familienoberhäupter fast aller Bauernhöfe des Dorfes Pankow eingeladen worden, sowie einige ältere und verdiente Bedienstete des Schlosses selbst. Die jungen Musiker fanden, auch diese Menschen hätten es verdient, einmal klassische Sonaten und andere Musikstücke der berühmtesten Kompositeure der Neuzeit anzuhören.

Der Herr von Moellendorf war rechtzeitig von seinem Gut Gramzow herübergekommen. Üblicherweise übernachtete er bei den Putlitzens, denn man konnte den alten Herren unmöglich in der Nacht drei Stunden durch die Dunkelheit nach Hause schicken. Gebhard zu Putlitz war froh, dass der einstige General so alt war, dass er den einen Gast, der auf keinen Fall erkannt werden sollte, gar nicht mehr kennen konnte. So blieben ihm Probleme bei der Vorstellung erspart.

Die meisten der Zuhörer hatten noch nie Musik etwa von Beethoven und Mozart gehört, nicht einmal die beiden Soldaten, denn in deren Kaserne gab es solche Kunstgenüsse bestimmt nicht.

Artig und mäuschenstill hörten sie sich die Darbietungen der vier Künstler an und klatschen am Schluss jedes Mal höflich Beifall, weil es auch die alten Gutsherren taten. Ob ihnen die Schönheit der Klänge eines so erhabenen Komponisten wie Mozart überhaupt etwas ˙sagte, wussten sie selbst nicht zu sagen. Das schmissige „Bumbum" der Ländler, die an den Tanzabenden im Dorfkrug von Posaune, Rumpelbass und Geige vorgetragen wurde, war wohl eher nach dem Geschmack der Pankower Bauern. Den adligen Offizieren, die für drei Tage als Gäste aus ihrer Husaren-Kaserne gekommen waren, ging es wahrscheinlich ähnlich, aber sie waren zu höflich und zu wohlerzogen, um sich das anmerken zu lassen

So zogen sich denn die Gäste dieses – wie wenigstens die beteiligten Musiker fanden – so bemerkenswerten Konzerts nach dessen Ende höflich und mit gemurmeltem Dank an die Darbieter still in ihre Häuser oder ihr Schlafstätten zurück.

Am nächsten Morgen reisten dann die Gäste ab, die drei Soldaten auf ihren Pferden, der alte General in seinem Phaeton, geführt vom treuen Kutscher. Und dann begann wieder der Alltag auf dem Gut.

Der Missmut wächst – und zugleich das Misstrauen

Gut Pankow, Ende September 1808

Wie jede Woche machten sich am Dienstag die Hälfte der auf Schloss Pankow stationierten französischen Husaren daran, zu einem ihrer üblichen Inspektions- und Demonstrationsritte aufzubrechen. Inspiziert werden sollte, ob in den kleinen Dörfern rund um das Gut alles ruhig und friedlich sei und ob die „Prussiens" auch keine aufrührerischen Gedanken gegen die französische Besatzungsmacht entwickelten. Demonstriert werden sollte die „Größe und Bedeutung des ,Empire française' und des Kaisers der Franzosen, Napoleon".

Wie die Soldaten das machen sollten und woran sie eventuelle aufrührerische Gedanken erkennen könnten, das stand nicht in der schriftlichen Anweisung, die vor einem Jahr die französische Armee-Inspektion für die Besatzungstruppen in Preußen ausgearbeitet hatte, und die jedes Mal vor dem Aufbruch der kleinen Schar feierlich und bedrohlich zugleich vom befehlshabenden Offizier in französischer Sprache verlesen wurde. Die Soldaten hatten den Text schon zum hundertsten Mal gehört (und nicht verstanden) und ließen diesen Ausdruck der französischen Militärbürokratie apathisch über sich ergehen.

Dann konnte die Patrouille endlich aufbrechen. Es ging diesmal vom Schloss Pankow in östliche Richtung, nach Kuhsdorf. Die Pferde konnten so wieder einmal vernünftig bewegt werden, und den Reitern tat es auch gut, einmal übungsweise die verschiedenen Gangarten der Pferde – Schritt, Trab, Galopp – durchzuproben. Die Blätter waren noch nicht alle von den Bäumen abgefallen, und eine allerdings nicht mehr besonders wärmende Herbstsonne schien auf den kleinen Reitertrupp. So war der Ritt durch die schöne Natur für Pferde und Reiter durchaus willkommen.

Nach der Ankunft in der Ansammlung von einigen Bauernhöfen, die sich zusammen Kuhsdorf nannten, passierte der übliche Ablauf, den auch die Bauern schon längst kannten. Unter lauten Ausrufen der

Soldaten – „Allez, allez !" – mussten sich alle Einwohner auf dem Platz vor dem größten Haus versammeln, um sich die Verlesung eines weiteren Textes anzuhören. Dieses Manifest hatte sich der Kommandeur des Husarenregiments persönlich ausgedacht und aufschreiben lassen, um die vorgeschriebenen Inspektionsbesuche eindrucksvoller zu gestalten. Mit lauter Stimme, als sei er auf dem Kasernenhof, verlas der Korporal den Text, natürlich auf Französisch. Dass die preußischen Bauern kein Wort davon verstanden, kam weder den Soldaten noch dem Urheber dieser stolzen Worte je in den Sinn.

Danach begann dann das, was wenigstens für die Husaren des Detachements den eigentlichen Sinn dieser Inspektionsritte ausmachte. Sie machten sich je zu zweit auf, um die Häuser und Ställe zu durchsuchen. Wenn sie dabei einen Krug mit Schnaps oder gar ein Fässchen Bier fanden, und im Stall ein Ferkel, das für das Mitnehmen auf dem Pferd noch nicht zu groß war, oder ein Huhn, das nicht rechtzeitig flüchten konnte, dann war der Zweck ihres Besuchs erfüllt, wenigstens nach Meinung der Husaren.

Die erbitterten Proteste der Bauern gegen diese Räuberei wurden mit einem in sehr energischem Ton vorgebrachten „C'est la guerre !" und drohend vorgehaltenen Karabinern zurückgewiesen. Die Soldaten wie die Bauern wussten genau, dass solche willkürlichen Konfiskationen eigentlich dem französischen Militär nicht erlaubt waren. Aber sowohl die Vorgesetzten wie auch der preußische Gutsherr hatten Gründe, die Augen vor solchen Verstößen zu verschließen.

Doch diesmal, in Kuhsdorf, konnten die kleinen Suchtrupps nichts finden. Kein Schnaps, kein Bier, kein Ferkel, auch sonst nichts, was das Mitnehmen gelohnt hätte. Selbst die Suche in den verschiedensten Winkeln in den Häusern oder in den Ställen, die als Verstecke hätten dienen können und die die Soldaten inzwischen alle längst kannten, war vergeblich. Trotz vieler französisch gemurmelter Flüche war diesmal aus diesem Dorf keine Beute mitzunehmen. Da sowohl den Soldaten wie ihrem Vorgesetzten, dem Korporal, ja sehr wohl bewusst war, dass derartige „Mitnahmen" eigentlich illegal waren, konnten sie sich nicht mit lauter Stimme darüber beschweren.

Auch im zweiten Dorf, das diesmal auf der Route des Inspektionsrittes lag, in Bullendorf, war das Ergebnis gleich. Wenigstens für die beteiligten Soldaten war das höchst frustrierend, ja geradezu blamabel.

Zwei, drei Wochen ging das so weiter. Immer wieder verliefen die Inspektionsritte nach außen sehr erfolgreich: es gab keine Anzeichen von offener Widersetzlichkeit oder einem bevorstehenden Aufstand. Aber es gab auch nie mehr etwas zu finden, was den französischen Soldaten des Mitnehmens wert gewesen wäre, vor allem kein Schnaps. Das machte die Husaren höchst missmutig, der Ansporn, solche Inspektionsritte zu unternehmen, sank gewaltig. Nur noch die strengen Befehle des Offiziers konnten sie dazu bewegen, an einem frühen Morgen die Pferde zu satteln und zu einem neuen Ritt in die Umgebung aufzubrechen.

Der schnauzbärtige Korporal war der älteste Mann im Kommando, und damit wohl auch der erfahrenste. Eines Abends bat er höflich seinen Vorgesetzten, den jungen Leutnant de Neuville, um ein vertrauliches Gespräch. Darin machte er ihn mit seinem Misstrauen bekannt. Dass so plötzlich nirgends mehr in den verstreuten Bauerndörfern des großen Adelsgutes der Herren zu Putlitz etwas „Mitnehmenswertes" zu finden sei, und davor eigentlich stets, sei ihm, dem Korporal höchst verdächtig. „Da steckt böse Absicht dahinter, Monsieur Lieutenant !"

„Kann es nicht sein, dass die Prussiens jetzt immer vorher erfahren, wohin wir am nächsten Tag reiten wollen ?" Diese Vermutung äußerte der Korporal vorsichtig. „Wir setzen das ja immer am Vorabend fest, auch wenn die Routen selbst immer andere sind. Vielleicht hören die Prussiens durch Spionage rechtzeitig von unseren Plänen und können die begehrten Sachen dann noch schnell irgendwo anders hin bringen ?"

Der Leutnant selbst war noch nie auf eine solche Idee gekommen, aber er konnte die Möglichkeit nicht ausschließen, dass es sich so verhielt. Er konnte nur auf Ehre und Gewissen versichern, dass er selbst beim abendlichen Diner im Kreise der Gutsherren-Familie die Ziele der für den nächsten Tag geplanten Inspektionsritte nie verraten hätte. „Wir reden da über alles Mögliche, aber niemals darüber."

Im Augenblick fiel den beiden Befehlshabern des Husaren-Detachements auf Gut Pankow nichts ein, womit sie den Missstand ändern konnten. Aber das einmal geweckte Misstrauen blieb.

Kapitel 6

Kein Vertrauen mehr auf dem Gut

Gut Pankow, November – Dezember 1808

Lauschen und Belauschtwerden

November 1808

Irgendwie war in diesem Spätherbst die Stimmung anders auf dem Schloss Pankow. Im letzten Sommer hatte wenigstens rund um das Schloss und im Dorf Pankow selbst ein inzwischen recht entspanntes Verhältnis zwischen Preussen und Franzosen geherrscht. Hier gab es ja auch keine illegalen „Beschlagnahmungen" wie in den übrigen etwas entfernt liegenden Dörfern, die zum Gut des Edlen Herrn zu Putlitz gehörten, und wo die Soldaten sich unbeobachtet von den Augen eines Offiziers wussten, denn der Detachements-Befehlshaber machte solche Exkursionen persönlich selten mit. Umgekehrt musste der Schlossherr seinen Ärger über die hohen Kosten der Einquartierung stillschweigend in sich hineinfressen.

Doch nun zog auch hier eine Stimmung des Missmutes, ja des Misstrauens auf beiden Seiten ein, unausgesprochen, eher gefühlt.

Korporal Dumoulin hatte das Gefühl, dass er seinerseits mit seinem wachsenden Misstrauen gegenüber den „Prussiens" auf dem Schloss sehr vorsichtig auch gegenüber seinem eigenen Vorgesetzten umgehen müsse. Nicht, dass er ihm ebenfalls misstraute, aber der junge Leutnant de Neuville war als ständiger Gast beim Diner am Tisch der Gutsherrschaft und als Orchester-Mitglied zusammen mit den jungen Leuten vielleicht doch nicht so unabhängig in seinem Urteil, wo es sich hier möglicherweise um Verrat, um aufrührerische und für Frankreich schädliche Gedanken ging, die hier im Feindesland allmählich aus dem Boden zu wachsen schienen.

Als einzigen weiteren Soldaten innerhalb des kleinen Detachements, der einen höheren Rang hatte, konnte er nur den Gefreiten Antoine Bressaud ins Vertrauen ziehen. Mit ihm setzte er sich an einem langweiligen Vormittag zu einem längeren Gespräch unter vier Augen zusammen.

Ausführlich legte der alte Korporal dem Kameraden die Gründe dar, die ihn allmählich dazu brachten, überall Verrat und Spionage zu vermuten. Schließlich musste der Gefreite Bressaud eingestehen, dass er schon mal mit seiner preußischen Freundin, der Katrin vom Dorfschmied, darüber geredet habe, wohin die nächsten Inspektionsritte gehen sollten. „Siehst du, Antoine, so können die hier vom Gut sehr wohl erfahren haben, was sie wissen wollten", meinte der Korporal. „Ich mach' dir keine Vorwürfe, aber wir müssen in Zukunft vorsichtiger sein. Wenn man uns Franzosen hier ausspioniert und belauscht, sollten wir sehen, dass auch wir etwas erfahren, was die Gegenseite eventuell im Schilde führt."

Dem Gefreiten Bressaud fiel ein, dass er öfter den alten Geiger aus dem Schloss im Gespräch mit dem Husaren Pernier gesehen habe, im Dorfkrug, bei einem Becher Bier. Die beiden schienen sich etwas angefreundet zu haben. „Das ist doch schon mal ein guter Ansatz, Antoine, vielleicht ist dieser Geiger nicht so ablehnend gegen uns Franzosen wie sonst alle Männer hier", sagte der Korporal nachdenklich. „Ich werde mal vorsichtig mit Pernier sprechen, und dann mich mal vielleicht zu den beiden im Krug dazu setzen. Wir dürfen nichts überstürzen, wenn wir eine vertrauliche Beziehung zu einem der Prussiens anknüpfen wollen. Aber vielleicht kann der uns dann auf weitere Sicht helfen, zu erfahren, was diese Kerle eventuell gegen uns planen. Verstehst du, Antoine, ein falscher Schritt, und schon ist das Vertrauen weg, das wir hier auch brauchen."

In den nächsten Tagen sah man des Abends an einem Tisch im Dorfkrug drei Männer zusammensitzen, die sich scheinbar ziellos und entspannt in Französisch und Deutsch unterhielten und dabei häufig lachten. Der erste Zug im Spiel des Korporals war offenbar im Gange.

Allerdings blieb diese neue Freundschaft auch nicht unbemerkt. Schließlich war der Dorfkrug normalerweise die abendliche Versammlungsstätte der männlichen Bewohner des Dorfes Pankow. So kam es, dass einige Tage später der Schmiedesohn Hannes seinem Jugendfreund Carl aus dem Gutshaus leise und vertraulich berichtete, dass der Herr Hinzpeter, der alte Geiger, sich auffällig oft und intim mit einigen französischen Soldaten unterhielte.

„Weißt du, Hannes", überlegte der junge Adlige, „heutzutage muss man auf alles aufpassen. Da kann so was schon verdächtig sein. Aber wir können den Herrn Geiger nicht einfach so fragen, ob er was mit den Franzosen hat. Er würde uns das bestimmt empört leugnen. Das müssen wir anders anfangen."

Nach einem längeren leisen Gedankenaustausch kamen die beiden überein, dass Hannes zwei Freunde aus dem Dorf, denen er vertrauen könne, bitten wolle, abwechselnd in Zukunft die abendlichen Gespräche des Geigers mit Franzosen von fern zu beobachten, so unauffällig wie möglich, und alles Verdächtige über Hannes an den Herrn Carl zu melden.

Diese Absprache schien zu funktionieren. Schon wenige Tage später meldete einer der beiden Freunde über Hannes an das Schloss, dass der Geiger inzwischen jeden Abend einige Stunden lang mit zwei Husaren am Tisch im Dorfkrug saß und neuerdings auffällig oft nur leise miteinander tuschelten. Carl bat durch seine so geschickt aufgebaute und für die Gegenseite bisher unentdeckte „Meldekette", die Überwachung des Geigers möglichst auf jeden Schritt des Geigers auszudehnen, den dieser außerhalb des Gutshauses täte. Im Schloss selbst würde er, Carl, und eventuell der eine oder andere der jüngeren Diener die gleiche Aufgabe übernehmen.

Gefährliche Pläne

Gut Pankow, November 1808

Ohne dass es den Beteiligten selbst bewusst wurde, hatten sich innerhalb der Bewohner des großen Gutshofes von Pankow in der letzten Zeit mehrere „Parteien" gebildet. Die eine bestand nur aus vier Personen. Das waren die drei jungen Musiker, zwei Preußen und ein Franzose, sowie der alte Herr Hinzpeter, der ja inoffiziell so etwas wie der Leiter des kleinen Orchesters war. Sie hatten inzwischen nur wenig anderes im Sinn, als gemeinsam Musik zu machen und die Schönheit der Melodien, die meist aus Wien stammten, von kalten Noten auf Papier in warme Töne schöner Musikinstrumente – wenn auch leider nur weniger ! – zu verwandeln.

Die beiden anderen „Parteien" unterschieden sich nur dadurch von einander, dass sie innerlich anderer Meinung dazu waren, ob man etwas gegen die französischen Besatzer unternehmen könne - oder nicht. Der alte Herr Gebhard wusste oder ahnte wenigstens, dass solche Pläne im Gange waren, aber er hatte große Bedenken dagegen, weil er höchst unangenehme Konsequenzen daraus für sein Gut und alle Bewohner fürchtete. Seine Frau Juliane wusste zwar nichts Konkretes in dieser Hinsicht, aber instinktiv war sie sowieso gegen alles, was nach Gewalt oder Widersetzlichkeit riechen könnte. Dieser „Partei" konnte man auch einen Teil der älteren Bediensteten des Gutes zurechnen, die lieber ihre Ruhe haben wollten, als Unruhe und Aufruhr.

Aber auch eine dritte „Partei" war sehr wohl vorhanden. Ihr inoffizieller Anführer war der junge Herr Carl, der eben nicht wie sein Bruder und seine Schwester durch die gemeinsame Liebe zur Musik ausgerechnet mit einem der verhassten Franzosen „verbandelt" war, sondern der noch genug Energie in den Knochen spürte, irgend etwas gegen die Besatzer unternehmen zu sollen. Drei oder vier jüngere Schlossdiener und auch ein Jungkoch aus der Schlossküche und drei junge Stallburschen bildeten gewissermaßen den festen Kern dieser „Partei". Der Schmiedesohn Hannes kam als

Verbindungsmann zur „Außenwelt" meist noch hinzu. Er konnte berichten, dass die meisten seiner Altersgenossen im Dorf seiner Meinung seien, die Franzosen müssten endlich verschwinden. Das hatte auch und vor allem damit zu tun, dass etliche der jungen Mädchen im Dorf Verhältnisse mit den jungen französischen Soldaten angefangen hatten und die Pankower jungen Burschen, die ein Auge gerade auf diese Mädchen geworfen hatten, einfach „abgemeldet" waren.

In einer sonst lange nicht benutzten Ecke des großen Stallgebäudes von Schloss Pankow trafen sich diese jungen Männer jetzt häufiger, um im Geheimen zu beraten, was man denn nun endlich tun könne, um die Franzmänner von hier zu vertreiben. Auch ihnen war klar, dass sie nicht mit äußerer Gewalt gegen die bewaffneten Soldaten vorgehen könnten zumindest so lange nicht, wie nicht im ganzen Land und mit der höchsten Genehmigung ihres Königs der Aufstand losbrechen würde. Aber ärgern wollte man die Franzmänner schon, ärgern, piesacken, wehtun, ohne dass die gleich ihre Karabiner abfeuern könnten.

Einer der „Verschwörer" wusste etwas Außergewöhnliches, vielleicht Brauchbares, zu erzählen. Er kannte in Kyritz, in dem Städtchen, das dem Schloss Pankow am nächsten lag, einen alten Hutmacher, der leicht verrückt geworden sei. Der habe die heute aus der Mode gekommenen Biberhüte [83] angefertigt, und dazu habe er Quecksilber benötigt. Dieses Quecksilber sei nämlich gefährlich und könne einen Menschen vergiften. Das sei wohl auch dem Hutmacher passiert. Ob man mit diesem Quecksilber nicht etwas gegen die Franzosen unternehmen könne?

Die Idee wurde im Kreis der jungen Leute hin und her gewendet. Schließlich wurde beschlossen, den Schlossdiener, der diesen Hutmacher kannte, unter einem Vorwand nach Kyritz zu schicken und ihm etwas von dem gefährlichen Gift abzukaufen. Man sammelte im Kreis Geld ein, wobei der Schlossherrensohn Carl natürlich das Meiste beisteuern musste. Denn allen war klar, dass

---

[83]   Aus Biberfellen angefertigte Hüte

dieses wertvolle Material nicht umsonst zu bekommen war. Auch sollte sich der Bote, natürlich so unauffällig wie möglich, genau erkundigen, wie man das Gift den fremden Soldaten beibringen könne, wie es wirke und wie man es behandeln müsse, damit es den Preußen keinen Schaden bringe.

Am nächsten Morgen erfuhr der junge Herr Carl von seinem Freund Hannes – und der hatte es wieder von den Verfolgern gemeldet bekommen, die von ihm auf den Geiger Hinzpeter angesetzt worden waren –, dass der Verdächtige sich am vorigen Abend ständig in der Nähe des Stallgebäudes im Gutshof herumgetrieben habe. Das sei dem Bewacher verdächtig vorgekommen. und er habe daher gewartet, bis der Geiger ins Schlossgebäude zurück geschlichen sei. Kurz danach seien auch der Herr Carl und andere Schloss-Leute aus dem Stall gekommen. Offensichtlich habe der Geiger sie bei ihrem geheimen Treffen belauscht oder es wenigstens versucht.

Für Herrn Carl und die Vertrautesten unter den „Aufrührern" schien nach dieser Nachricht klar, dass der alte Geiger wohl so etwas wie ein Spion sein müsse. Carl bat seinen Vertrauten im Dorf, wenn möglich die Überwachung des Verdächtigen noch zu verstärken und ihm alle verdächtigen Bewegungen des Mannes zu melden, allerdings so, dass es weder der Überwachte selbst bemerken könne, noch etwa die Franzosen.

Verräter werden gemacht, nicht geboren

Schloss Pankow, November 1808

Korporal Dumoulin und sein neuer enger Vertrauter, der Husar Pernier, waren inzwischen mit der Anbahnung eines immer engeren Verhältnisses zu den alten grauhaarigen Geiger so weit gekommen, dass der erfahrene Unteroffizier glaubte, mit seinem eigentlichen Anliegen vorsichtig herausrücken zu können. Er fände, erklärte er dem alten Mann, dass sich doch Preußen und Franzosen gut miteinander vertragen sollten. Sie seien die natürlichen Verbündeten bei der Beherrschung ganz Europas. Doch gebe es offenbar bei den „Prussiens" hier auf dem Gut manche Leute, die den französischen Soldaten lieber schaden wollten.

Der Geiger Hinzpeter hörte sich das in Ruhe an. Er war ja eigentlich Sachse und hatte mit den einstigen Ruhmesträumen vieler Preußen nichts im Sinn. Aber inzwischen mochte er die französischen Soldaten hier ganz gut, sie zahlten ihm gerne im Dorfkrug auch mal ein zusätzliches Bier. Darum lehnte er das Ansinnen des Korporals nicht rundheraus ab, doch im Schloss bei den Herrschaften die Ohren offen zu halten, ob da irgendwelche Pläne geschmiedet würden, der kleinen Besatzungstruppe einen Streich zu spielen oder sonst sie zu schädigen.

Das habe er ja schon getan, warf der Geiger ein, vorgestern habe er doch beobachtet, dass sich einige junge Leute aus dem Gutshaus in einer Ecke des Stalles getroffen und offenbar Geheimes beredet hätten. Das habe er ja auch dem Herrn Dumoulin berichtet.

Der Korporal lobte ihn sehr dafür, und ihm schien es nun an der Zeit, noch einen Schritt weiter zu gehen und den Geiger auch richtig zum Spion zu machen. Ohne es auffällig zu betonen, erwähnte er so nebenbei, wenn der Monsieur so etwas entdecke und ihm, dem Korporal Dumoulin, mitteile, käme es ihm auf einen preußischen Taler nicht an, der „Monsieur Inzpetär" wisse ja, dass die Franzosen damit gut ausgestattet seien. Der Geiger reagierte darauf nicht etwa empört, sondern nickte verständnisvoll.

Allerdings, so fügte der Korporal umsichtig hinzu, solche Dinge sich hier in der Stube des Dorfkruges mitzuteilen, sei zu gefährlich. Hier könnten leicht falsche Ohren etwas mitbekommen, was nicht für sie bestimmt sei. Daher schlage er vor, dass man sich in Zukunft hinter dem Schloss an dem kleinen Teich treffen sollte, dort, wo der Weg nach Kuhsdorf beginne, an der doppelten Birke, allerdings nur dann, wenn man sich etwas Wichtiges dieser Art mitzuteilen habe. Ein kleiner Wink und der Hinweis „Birke" genüge, um dem jeweils Anderen anzudeuten, dass dies der Fall sei. Auch hier nickte der Geiger nur, anstatt aufzustehen und das Gespräch zu beenden. Offenbar hatte das Angebot einiger preußischer Taler einen durchaus guten Klang bei ihm.

Nach dem üblichen kurzen Abend-Appell der 20 französischen Soldaten zum Zweck der Überprüfung, ob auch alle vollzählig und die Waffen intakt waren, schien es dem alten Korporal an der Zeit, seinen eigenen Vorgesetzten in die offenbar schon weit gediehenen Pläne von Verrat und Spionage einzuweihen, allerdings sehr, sehr vorsichtig. Ohne etwa Namen zu nennen, ja ohne auch nur anzudeuten, dass möglicherweise vom Schloss selbst eine Verschwörung gegen das Empire française ausgehe, meinte Dumoulin vorsichtig, es gebe vielleicht hier Pläne der Insubordination [84], doch habe er einen „Prussien" gefunden, der sie verraten werde, wenn er davon etwas erfahre.

Allerdings sei es geraten, dem Informator mit einigen preußischen Talern nachzuhelfen. Der Korporal wisse, dass Monsieur Lieutenant eine kleine Notfallkasse preußischer Taler verwalte. Einen Teil davon stillschweigend einzusetzen, könne hier sehr nützlich sein. Leutnant de Neuville verstand und fragte nicht lange nach. Er zog seinen gut gefüllten Geldbeutel und steckte seinem Vertreter fünf

---

[84]   Widersetzlichkeit

preußische Taler zu, die meisten davon in Form von Silbergroschen [85] und Pfennigstücken.

Korporal Dumoulin schmunzelte. Jetzt, so war er überzeugt, würde er sehr leicht erfahren können, was an Bösem im Gutshof oder im Dorf geplant werde. Bares Geld sei eben zu verlockend, egal, ob für einen Franzosen oder für einen „Prussien", meinte er.

---

[85]   30 Silbergroschen = 1 Taler, 12 Pfennige = 1 Silbergroschen. Bares Geld in Münzen hatte um das Jahr 1800 in Preußen noch einen sehr hohen Wert.

Schills triumphalste Stunde

Berlin, 10. Dezember 1808

Nein, dass er so etwas noch erleben würde ! Major Ferdinand von Schill war überglücklich. Vorige Woche waren die letzten französischen Besatzungstruppen aus der preußischen Hauptstadt Berlin abgezogen. Die preußischen Kriegskontributionen an Frankreich nach dem Friedensvertrag von Tilsit waren so weit abbezahlt, dass dies gerechtfertigt war. Bald, so meinte man, würden Seine Majestät, König Friedrich Wilhelm III. von Preußen und seine Gemahlin Luise persönlich aus ihrem Exil in Ostpreußen in die Hauptstadt zurückkehren.

Doch vorher, jetzt, an diesem 10. Dezember, würde eine große Parade der neu formierten preußischen Truppen hier in Berlin stattfinden und den verängstigten Bewohnern klarmachen, dass nun wieder Preußen und nicht Frankreich hier das Sagen habe. Und er, Ferdinand von Schill, werde mit seinem Regiment, den 2. brandenburgischen Husaren aus Potsdam, die Ehre haben, diese Parade anzuführen. Der Major besaß zwar schon den höchsten preußischen Orden für Tapferkeit im Krieg, den Pour-le-merite, aber ihm war so, als habe man ihm diese Anerkennung ein zweites Mal verliehen. Entsprechend stolz waren auch alle seine Offiziere und Männer auf diese Auszeichnung [86].

In seiner Berliner Reiterkaserne – sie hatte seit der Auflösung der preußischen Armee 1807 leer gestanden und diente als Unterkunft für die neu aufzubauenden Kavallerie-Regimenter – bereitete sich das Husaren-Regiment mit aller Sorgfalt auf die Parade vor. Ein Neuaufbau des Heeres war zwar im Gange, stand aber noch sehr im Anfang. Umso wichtiger schien es den Vordenkern der Heeres- und Staatsreform, die seit 1807 im stillen Kämmerlein einen gewaltigen Umbau des preußischen Staates planten, den Abzug der Franzosen

---

[86]   Die Parade am 10. Dezember und die ehrenvolle Beteiligung des Schill'schen Regiments sind historisch

aus Berlin und den Beginn einer neuen Zeit den braven Untertanen durch eine Demonstration neuer preußischer Macht augenfällig zu zeigen.

Tatsächlich schien es so, als seien alle 150 000 Einwohner Berlins auf der Straße Unter den Linden zwischen dem Königsschloss und dem Brandenburger Tor versammelt, um der Parade zuzuschauen. Begeisterter Jubel klang auf, als ein Musikcorps mit Pauken und Trompeten und Schellenbaum [87] mit einem Tambourmajor [88] an der Spitze die Parade eröffnete. Alte bekannte preußische Märsche aus der Zeit Friedrichs des Großen erklangen, zum ersten Mal seit vielen Jahren wieder: „Fridericus Rex, unser König und Herr", der Hohenfriedberger Marsch und andere. Es war nicht zu übersehen, dass diese schmissigen und noch alt-bekannten Töne so etwas wie einen Ruck durch die Menge der Zuschauer gehen ließen.

Als dann die wohl geputzten Pferde mit den Husaren im Sattel im gut eingeübten Schritt an der Menge vorüber tänzelten, erschollen Hochrufe aus der Menge. Der Major auf einem dunkelbraunen Wallach an der Spitze, den Degen über der Schulter, mit dem schmucken Dolman [89], dem pelzbesetzten Mente, diesem kleinen Übermantel, der stets über der rechten Schulter getragen wurde, sowie der typischen hohen Husarenmütze aus Pelz, bot einen imposanten Anblick. Ihm folgten dann Schwadron für Schwadron gleich gekleidete Reiter, mit Degen und kurzem Karabiner bewaffnet, angeführt jeweils von ihren Offizieren.

Andere Regimenter folgten, ein Ulanen-Regiment [90], einige Infanterie-Regimenter in exaktem Gleichschritt, den die preußische Armee einst von „Vater der Soldaten", dem legendären Preußenkönig Friedrich Wilhelm I., gelernt hatten, sowie mehrere Batterien bespannter Artillerie. Die Letzteren zeigten, dass die

---

[87]   Ein militärisches Musikinstrument mit vielen Glöckchen, getragen von einem besonders kräftigen Militärmusiker
[88]   Dirigent einer marschierenden Militärkapelle
[89]   Mit Schnuren verzierte kurze Jacke
[90]   Anfang des 19. Jahrhunderts ein anders uniformierter und bewaffneter Teil des Kavallerie

preußische Armee wieder Waffen besitze, die sich sehen lassen konnten.

Die Organisatoren dieser Parade wussten, warum sie diese Demonstration neuer preußischer Wehrkraft gerade in Berlin überdeutlich machen mussten. Zu sehr hatte sich bei den verantwortlichen preußischen Beamten, die damals noch in der Hauptstadt gewesen waren, das Bild eingebrannt, das seinerzeit die Einwohnerschaft geboten hatte – an dem unseligen Tag, als der siegreiche französische Kaiser Napoleon mit einem großen Teil seiner Truppen in der preußischen Hauptstadt einmarschiert war, an jenem 26. Oktober des Jahres 1806. Das geschah bereits wenige Tage nach den vernich-tenden Niederlagen der preußischen Armee bei Jena und Auerstedt.

Gerade noch rechtzeitig war damals die preußische Königsfamilie aus Berlin entkommen und reiste im Eiltempo in einigen Kutschwagen durch Pommern bis nach Ostpreußen, um den verfolgenden französischen Truppen zu entgehen. Bekanntlich war das vergebens gewesen, denn ein dreiviertel Jahr später hatte Napoleon mit seiner Armee und weiteren Siegen auch ganz Ostpreußen erobert, hatte die bis nach Memel geflüchtete preußische Königsfamilie gedemütigt, indem er sie von den Friedensverhandlungen mit dem einstigen Verbündeten, dem russischen Zaren Alexander, ausschloss und gleichzeitig Preußen einen Diktatfrieden auferlegte, dessen Folgen jetzt noch mehr als schmerzlich spürbar waren.

Jedem Preußen, wenigstens aus der Oberschicht und aus dem Adel, waren diese schrecklichen Ereignisse noch sehr bewusst.

Vielleicht hatte der französische Maler Charles Meynier ein wenig übertrieben, als er ein riesiges Ölgemälde schuf, das Napoleon bei seinem Einzug nah Berlin auf dem Weg durch das Brandenburger Tor zeigte – und dazu Tausende und Abertausende von Berlinern, die den fremden Kaiser angeblich jubelnd begrüßten. Aber die wenigen in Berlin zurückgebliebenen preußischen Beamten, die selbst dieses Schauspiel damals mit angesehen hatten, wussten, dass der Maler offenbar nur wenig übertrieben hatte. Die Berliner w a r e n hingelaufen, um die Eroberer zu sehen, es hatte keine Pfiffe oder Murren gegeben, allerdings auch keinen Jubel. Denn der in Berlin zurückgebliebene preußische Polizeipräsident hatte den Berlinern durch einen an die Bäume gehefteten gedruckten Befehl bekannt gegeben: „Der König hat eine Bataille [91] verloren. Ruhe ist die erste Bürgerpflicht." Und die braven preußischen Bürger, in Generationen zum Gehorsam gegenüber königlichen Anordnungen erzogen, hatten sich danach gerichtet und „Ruhe gehalten"…

Als das Husarenregiment Schill jetzt das Brandenburger Tor, den westlichen Abschluss der eigentlichen Stadt Berlin, durchquert hatte und befehlsgemäß sich am Straßenrand aufstellte, fiel wenigstens den Offizieren auf, dass auf dem Dach des Tores über den hohen Marmorsäulen etwas fehlte. Früher hatte dort ein riesiges Standbild aus Marmor gestanden, eine sogenannte Quadriga, ein antiker Kampfwagen mit vier Pferden davor und der Göttin Nike, der Siegerin, als Wagenlenkerin. Dieses Kunstwerk des Bildhauers und Architekten Schinkel fehlte plötzlich. Die französischen Truppen hatten es bei ihrem Abzug aus Berlin als Kriegsbeute mitgenommen [92].

---

[91] Schlacht , Gefecht
[92] Erst nach Napoleons endgültiger Niederlage 1815 war es Preußen möglich, die „Quadriga" nach Berlin zurückholen.

Geheime Informationen - belauscht und wieder belauscht

Schloss Pankow, Mitte Dezember 1808

Jan Grumbkow, seines Zeichens Jung-Diener im Schloss Pankow, war von seiner höchst wichtigen Einkaufsfahrt (die natürlich zu Fuß und nicht hochherrschaftlich in einem Wagen erfolgte) nach Kyritz zurück. Für die Schlossküche hatte er verschiedene Gewürze besorgen sollen, die es in der dortigen Apotheke gab, und die in Pankow inzwischen mehr oder weniger ausgegangen waren.

Nebenbei hatte er, allerdings ganz geheim, etwas mit dem alten Hutmacher in dem Städtchen zu besprechen gehabt. Über das, was er dort erfahren hatte, berichtete er noch am Abend seiner Rückkehr im verborgenen Winkel des Pankower Stalles seinen Kameraden und dem Herrn Carl von der herrschaftlichen Familie, allen den jungen Leuten, die sich schon seit einigen Wochen trafen, um zu überlegen, ob man die Franzosen hier auf dem Gut etwas ärgern könne – vielleicht auch etwas mehr.

Fast triumphierend hob der junge Jan das Glasfläschchen empor, das er aus Kyritz mitgebracht hatte; man konnte darin eine silberglänzende Flüssigkeit erkennen, die aber nur merkwürdig langsam sich bewegte, wenn man das Fläschchen neigte. Dem alten, halb verrückten Hutmacher Jan Kumrath hatte er alle 12 Taler und 3 Silbergroschen dalassen müssen, die er von seinen Kumpanen aus Pankow für diesen Zweck mitgebracht hatte. Aber der teure Kauf würde sich lohnen, verriet er flüsternd den Mit-Verschworenen.

Dieses Quecksilber sei nicht gefährlich, wenn man es mit den Fingern anfasse, erklärte er. Aber es dünste schädliche Dämpfe aus, die man zwar nicht sehen könne, die jedoch der Mensch, der damit in Berührung komme, einatme und die dann unangenehme Folgen auslösen würden. Man müsse dieses gefährliche Quecksilber in kleinen Mengen in das Essen mischen, das die Franzosen jeden Tag von der Schlossküche geliefert bekämen. Im Magen würde dann das

Quecksilber seine Dämpfe ausströmen und den Franzosen von Innen her vergiften.

Der Hutmacher Kumrath habe mit diesem Quecksilber, das nebenbei auch ganz erstaunliche Wirkungen auf andere Metalle und Werkstoffe habe, einst seine Hüte aus Biberpelzen bearbeiten müssen. Er habe von der Gefährlichkeit der Dämpfe gewusst und sich bemüht, sie zu vermeiden, das sei ihm allerdings nicht völlig gelungen. Daher war er nun in seinem Alter im Kopf nicht mehr ganz klar. Aber das von dem Quecksilber wusste er noch ganz gut.

Auf Anordnung vom jungen Herrn Carl wurde das Fläschchen mit dem gefährlichen Inhalt an den Jungkoch Hinnerk übergeben, der ja in der Schlossküche arbeitete und am besten dazu geeignet war, das Gift dort einzusetzen, wo es wirken sollten: nämlich im Essen für die Franzosen.

Keiner der Verschworenen ahnte, dass ihr geheimes Gespräch einen Mithörer gehabt hatte. Der alte Geiger Hinzpeter hatte, jetzt, wo er darauf achtete, mitbekommen, dass sich einige junge Leute aus dem Schloss zu einem heimlichen Treffen im Stall verabredet hatten. Das musste er belauschen, denn er wusste, dass ihm das einige Taler einbringen würde, wenn er davon dem französischen Korporal berichten könnte.

Also versteckte sich der alte Mann in einer besonders dunklen Ecke des Stalles in der Nähe des Ortes, wo die Verschworenen sich zu treffen pflegten. Es war für den alten Mann eine schwere Geduldsprobe, aber eine, die sich lohnen würde, davon war er überzeugt. Denn er hatte zwar nicht alles, aber vieles gehört, und das war wichtig. Als die Gruppe der Verschwörer schließlich den Stall verlassen hatten, kroch auch er aus seinem Versteck. So unauffällig wie möglich schritt er aus dem Schlosshof ins Dorf Pankow und dort zum Dorfkrug, wo, wie er wusste, auch am späteren Abend der eine oder andere von den französischen Soldaten noch bei einem Krug Bier sitzen würde. Tatsächlich, dort saß Korporal Dumoulin. Langsam ging der alte Geiger an ihm vorbei und flüsterte ihm zu: „Wichtige Nachrichten, Korporal. Bitte in einer Stunde an der Doppelbirke !"

Doch wiederum hatte der alte Musiker keine Ahnung, dass auch er heimlich überwacht wurde, seit gut zwei Wochen schon, und ohne, dass er je etwas von dieser Überwachung bemerkt hatte. Der junge Brose Jordan, Sohn eines dem Edlen Herrn zu Putlitz erbuntertänigen Bauern, hatte die ihm, wie man ihm gesagt hatte, vom Herrn Carl übertragene Aufgabe sehr ernst genommen. Er hatte den Musiker nicht aus den Augen gelassen, sobald der das Schlossgebäude verließ, und er hatte er geschafft, von diesem nicht gesehen zu werden.

Immer deutlicher wurde es ihm bei dieser verborgenen Verfolgung, dass der alte Mann bei seinen häufigen Besuchen bei den französischen Soldaten irgend etwas mit diesen im Schilde führen müsse. Das mehrfache Treffen mit dem Korporal an der doppelte Birke am Teich, den das Flüsschen Panke hinter dem Schlossgebäude bildete, war dem Beobachter ebenfalls nicht verborgen geblieben. Auch dass der alte Mann offenbar das geheime Treffen der Verschworenen im Stall des Schlosses belauscht hatte, hatte seinerseits wieder der verschwiegene Beobachter sehr wohl bemerkt.

Eiligst lief Brose Jordan zu seinem direkten Auftraggeber, dem Schmiedesohn Hannes, nachdem er diese aufregende Beobachtung gemacht hatte. Im Schmiederaum, der jetzt in der Nacht leer war, berichtete der Aufpasser unter vier Augen ausführlich von dem, was er bemerkt hatte, und er vergaß auch nicht zu erwähnen, dass offenbar der geheime Treffpunkt des alten Mannes aus dem Schloss mit dem französischen Korporal die doppelte Birke am Teich hinter dem Schloss sei. „Danke, Brose. Das muss ich sofort meinem Freund Carl berichten". Das war die kurze, aber inhaltsreiche Antwort des Schmiedsohnes an seinen Freund und Informanten.

Kapitel 7

Ein Mord auf Schloss Pankow

Schloss Pankow, Ende Dezember 1808 –
Januar 1809

Der Tote an der Doppelbirke

Advent 1808

Atemlos kam der junge Knecht Chim Wissmann aus Bullendorf am Tor des Pankower Schlosses an, mit seinem Bullenkalb am Strick hinter sich. Den Weg war er schon oft gelaufen, etwa eine gute halbe Meile [93], denn das Dorf hatte seit vielen Generationen die Verpflichtung, dem Schlossherren zu den großen Festen ein Bullenkalb zu liefern, damit die Familie des Herrn und alle Leute im Gutshof zu den Festen mit gutem Fleisch versorgt wurden. Deshalb hieß die Ansammlung von vier Höfen auch schon seit undenklichen Zeiten Bullendorf.

Doch diesmal hatte er kurz vor Erreichen des Schlossgebäudes ein schreckliches Erlebnis. Dort, wo der Weg an dem kleinen Teich der Panke durch ein Birkenwäldchen führte und wo eine doppelt aus einer Wurzel gewachsene Birke ein deutlich sichtbares Zeichen setzte, war er an einer Leiche vorbei gekommen. Sie hatte offenbar schon seit dem Vorabend dort gelegen, denn in der Nacht hatte es neu geschneit, und dieser Schnee hatte sich schon über den Leichnam gelegt, dennoch war der Körper nicht zu übersehen.

Aufgeregt berichtete der Knecht aus Bullendorf von seiner Entdeckung, und er löste damit im Schloss und seinen Nebengebäuden eine ähnliche Aufregung wie bei ihm selbst aus. Ein Toter da draußen, nicht im heimischen Bett – das hatte es hier schon seit Generationen nicht gegeben. Und offensichtlich war der Mann, der da lag, nicht eines natürlichen Todes gestorben.

Der Schlossherr Gebhard zu Putlitz wurde von der Nachricht genauso überrascht wie alle anderen im Schloss, aber er war es als einziger, von dem irgendwelche vernünftigen Maßnahmen und Anordnungen erwartet wurden. Schließlich war er als Gutsherr auch

---

[93] Ca. 2 Kilometer

zugleich Inhaber der Patrimonialgerichtsbarkeit. Dies bedeutete, dass er hier auf dem Lande oberster Richter für alle Menschen war, die zu seinen erbuntertänigen Bauern gehörten oder sonst in den zum Gut gehörigen Dörfern wohnten. Das konnte sich um private Rechtsstreitigkeiten handeln, wie sie zwischen Nachbarn vorkamen, oder auch um Schlägereien zwischen Bauernburschen – soweit diese überhaupt beim Gutsherrn angezeigt wurden. Ein sogenannter Dorfbüttel half ihm dabei, ein kräftiger junger Bauer, der mit einem tüchtigen Knüppel in der Hand Streitparteien zwangsweise zu ihm brachte, wenn sie eigentlich keine Lust auf das Erscheinen vor dem Gerichtsherren hatten.

Manche adlige Eigentümer großer Güter hielten sich für solche Fälle eigens einen gelernten Juristen. Doch Gebhard zu Putlitz hatte in seiner Jugend einmal zwei Semester Jus an der brandenburgischen Landesuniversität Frankfurt an der Oder studiert, für seine bisherigen Fälle hatte das genügt, um ihn zu einem gerechten Richter in den wenigen Fällen seiner Patrimonialgerichtsbarkeit auf Schloss Pankow zu machen.

Aber jetzt ?. Hier fehlte ihm jede praktische Erfahrung wie auch das berufliche Wissen dafür. Denn ihm war klar, dass man einen Mord – darum handelte es sich ja offensichtlich – nicht so ohne genauere Voruntersuchungen würde vor Gericht stellen können. Vor allem fehlte hier ja wenigstens zu Anfang jede Idee, wer der Täter gewesen sein könnte. Eine überörtliche „Polizei", wie man die Ausübung staatlicher Hoheitsaufgaben nannte, gab es hier auf dem Lande nun einmal nicht.

Aber nur gut zwei Meilen südlich von Gut Pankow war auf der uralten Plattenburg der Referendarius Christoph Friedrich von Saldern der Gutsherr. Der hatte vor noch gar nicht so vielen Jahren - war es nicht 1799 gewesen ? - einen Mord aufgeklärt, der sich sogar zwischen weitläufigen Verwandten zugetragen hatte [94]. Die Geschichte war damals wie ein Lauffeuer auf den Gutshöfen und in

---

[94]   siehe Reinhard Schmoeckel, Der Rübenmord – ein Kriminalroman aus dem Jahr 1799, ISBN 9 783 741 263965

den Dörfern der Prignitz herumerzählt worden. Der Mann, schließlich auch ein adliger Kollege, müsste doch das genügende Wissen und die Erfahrung besitzen, um mit so einem Fall fertig zu werden.

Kaum eine Stunde, nachdem Gebhard zu Putlitz von dem Toten etwas erfahren hatte, war ein reitender Bote zur Plattenburg unterwegs, mit einem kurzen Brief des Gutsherrn, der den Herren Kollegen dringend um einen sofortigen Besuch in Pankow und um „Amtshilfe" bat.

Erst danach erfuhr man im Schloss von Pankow, wer der Tote eigentlich war. Einige Bauernburschen hatten auf Anordnung des Schlossherrn die Leiche von dem Birkenwäldchen auf den Hof gebracht und dort vor der Freitreppe zum Schloss niedergelegt. Der Transport war in gewisser Weise dadurch erleichtert worden, dass die Totenstarre bei dem Leichnam schon voll eingesetzt hatte.

Als der Tote dann vor der Tür des Schlosses lag und Gebhard zu Putliz herantrat und dem Toten ins Gesicht sah, entfuhr es ihm; „O Gott, das ist ja unser Geiger !" Unverkennbar lag da der alte Mann, der im Schloss ein Kämmerchen bewohnt und mit den Kindern und dem französischen Leutnant de Neuville fast jeden Tag zusammen Musik gemacht hatte.

Juliane, die wie ihre gesamte Familie das Ablegen der Leiche auf dem Hof beobachtet hatte, fing an zu weinen. Alle die ihr als hohe Adlige anerzogene Selbstbeherrschung half ihr hier nichts, sie musste ihren Gefühlen freien Lauf lassen. Auch die anderen Familienangehörigen waren tief betroffen, nur die Dienerschaft enthielt sich jeder lauten Meinungsäußerung. Auch der französische Leutnant de Neuville war erschienen, neugierig, obwohl der Vorfall ihn ja eigentlich nichts anging. Aber auch er war erschrocken über den Tod seines Kollegen im kleinen Schloss-Orchester.

Was war mit dem harmlosen alten Mann passiert, dass er plötzlich dicht hinter dem Schloss tot auf dem Weg lag ?

Eine kriminalistische Untersuchung,
leider ergebnislos

Schloss Pankow, Weihnachten 1808

Drei Tage vor dem Weihnachtsfest traf am Abend zu Pferd der erwartete Besuch ein, Seine Hochwohlgeboren Christoph Friedrich von Saldern, Herr auf der Plattenburg. Er hatte einen jungen Mann mitgebracht, den er als seinen Sekretär vorstellte. Nach der Bitte des Herrn zu Putlitz habe er gleich vermutet, dass er bei seinen Untersuchungen eine Menge aufzuschreiben haben werde, da sei es bequemer, wenn er seine Erkenntnisse gleich einem Schreiber in die Feder diktieren könne.

Der fremde Adlige war ein stattlicher Mann von Mitte Dreißig, elegant, aber nicht übertrieben modisch in Zivil gekleidet, mit dem üblichen kleinen Degen an der Seite, der ihn als Angehörigen des Adelsstandes kennzeichnete. Höflich, aber mit der Selbstverständlichkeit einem Gleichgestellten gegenüber begrüßte er den Gutsherrn, den er von einigen früheren Begegnungen her persönlich kannte,

„Das ist ein trauriger Anlass, Herr zu Putlitz, dass wir uns einmal wiedersehen", eröffnete Christoph von Saldern das Gespräch. „Ich bin natürlich auf Ihre so dringende Bitte sofort gekommen, um Ihnen zu helfen. So ein Fall kommt ja bei uns gottlob nicht alle Tage vor."

Noch am gleichen Abend begann der Jurist von der Plattenburg mit seiner Arbeit. Er ließ sich zu dem Leichnam führen, der in den letzten Tagen in einem verschließbaren kleinen Stallteil gelegen hatte. Da es jetzt Ende Dezember, wie eigentlich immer in der Prignitz, schon recht kalt war und eine, wenn auch noch nicht sehr dicke, Schneedecke Häuser, Felder und Wald überzuckerte, war der Leichnam fest gefroren und dadurch steif, obwohl sich nach drei Tagen die normale Leichenstarre schon wieder gelöst hatte.

160

Mit ziemlicher Mühe zog Herrn von Saldern dem Toten die Kleidung aus, unterstützt von seinem Schreiber. „Es ist unbedingt notwendig", informierte er den Schlossherren, „den Leichnam zu untersuchen, um möglichst festzustellen, woran er gestorben ist."

Da lag nun der alte Mann, klein, schmächtig, mit langen, nicht sehr gepflegten grauen Haaren, nackt auf dem Holztisch, den man in den Stall geholt hatte, damit der fremde Herr seine geheimnisvollen Untersuchungen anstellen konnte.

Gottfried Fürchtegott Hinzpeter offenbarte das Geheimnis seines Todes sehr schnell, denn bereits auf den ersten Blick war zu erkennen, dass einige Stiche in seine Brust wohl dazu geführt hatten. Die Stiche hatten offenbar sehr geblutet, das Blut war in sein Hemd und seine Jacke geflossen. Ob die Stiche das Herz getroffen hatten, konnte man von außen nicht erkennen, aber immerhin saßen sie dort, wo innen man das Herz vermuten musste, und er war ja auch offenbar sehr schnell danach gestorben.

Herr von Saldern tat noch ein Übriges: er musterte die Einstiche sehr genau und bildete ihre Größe mit dem Abstand zwischen seinem Daumen und Zeigefinger ab. „Knapp ein Zoll [95]", meinte er sachverständig. Die Waffe, die die Stiche verursacht hatten, war wohl ein recht schmales Messer. Oder konnte es sich vielleicht um die ebenfalls schmale Klinge eines Adelsdegens gehandelt haben ? .

Mehr konnte der Jurist an der Leiche nicht feststellen, er war schließlich kein Arzt. Er stellte es dem Gutsherren daher frei, den Toten nunmehr begraben zu lassen, immerhin war dessen Ableben nun schon einige Tage her. Nur das Frostwetter hatte bisher verhindert, dass das Mordopfer anfing zu stinken.

Der nächste Akt dieser sorgfältigen kriminalistischen Untersuchung konnte im warmen Salon des Gutshauses stattfinden, wohin Herr von Saldern seine Arbeitsstätte nunmehr verlegte.

Als erstes erfragte er vom Schlossherren Name und Stand des Toten, der ja wohl in dessen Haus gelebt hatte. „Gottfried

---

[95] ca. 2,5 cm

Fürchtegott Hinzpeter", wusste Gebhard zu Putlitz mit Unterstützung seiner Kinder Auskunft zu geben, „seines Zeichens Geiger. Er kam wohl aus Sachsen, aus Baruth, aber er habe seit dem letzten Sommer hier in Pankow im Schloss gelebt, als Musiker und Geiger im kleinen Orchester, das sich mit seiner Hilfe hier im Haus gebildet habe. An diesem Orchester sei auch der junge französische Leutnant Thierry de Neuville beteiligt, der als Befehlshaber des französischen Besatzungs-Detachements seit längerem hier auf dem Schloss lebe. Alle diese Informationen diktierte Christoph von Saldern seinem Sekretär, der mit Papier, Tinte und Feder aufmerksam dabei saß, um bei dieser Untersuchung Protokoll zu führen.

Diese formalen Feststellungen waren ja noch einfach zu treffen, aber danach wurde es schwierig. Wer könnte einen Grund gehabt haben, diesen freundlichen und bescheidenen alten Mann zu töten ?

Es schien dem Juristen von Saldern notwendig, einen Familienangehörigen der Putlitzens nach dem anderen persönlich zu vernehmen und die Ergebnisse dieser Vernehmungen einzeln zu Protokoll zu diktieren.

Der Sekretär begann das Protokoll der Vernehmung jeder Person auf einem neuen Papierbogen, vorsichtshalber hatte er schon eine ganze Menge davon aus der Plattenburg mitgebracht. Vom Oberhaupt der Putlitzens angefangen musste jeder aus der Familie eine Reihe von Fragen beantworten: Wann hatte der Betreffende den Herrn Hinzpeter zuletzt lebend gesehen ? Welche Beziehung hatte er zu ihm gehabt ? War ihm irgend etwas in den letzten Tagen am Verhalten des nun Toten aufgefallen ? Hatte er irgend einen Verdacht, wer der Mörder des alten Mannes gewesen sein könne ?

Im Geheimen fand es der Jurist aus der Plattenburg erstaunlich, wie unterschiedlich die Antworten auffielen. Während Gebhard und seine Frau sich recht distanziert zur Person des alten Geigers äußerten, war es bei der jungen Juliane und ihrem Bruder Eduard anders. Die beiden jungen Musiker schwärmten von der musikalischen Bildung und dem Können des alten Geigers, der so etwas wie das Herz ihres kleinen Orchesters geworden sei. Beim Sohn Carl fiel die Antwort in dieser Hinsicht zurückhaltender aus.

Aber alle waren sich einig, dass niemand sich vorstellen konnte, wer den alten Mann so gehasst habe, dass er ihn mit einem Messer ermorden musste. Und über den letzten Abend im Leben des Geigers wusste auch keiner aus der Gutfamilie etwas zu berichten. Alle Familienangehörigen waren an diesem Abend zu Hause im Schloss in ihren Zimmern gewesen und hätten nichts Auffälliges bemerkt.

Es war schon spät geworden an diesem Abend in der Adventszeit. Den beiden Herren von der Plattenburg wurde in den Gästezimmern des Schlosses Betten bezogen, und müde von dem Tag, nach einem langen Ritt und anschließenden ausführlichen Verhören und deren Protokollierung, fielen die Besucher schnell in Schlaf.

Am nächsten Morgen begann die Arbeit erneut; der Jurist von Saldern vernahm nun systematisch verschiedene Bedienstete des Schlosses. Die Fragen waren ähnlich wie am Abend zuvor, nur gab es hier niemanden, der über den Musiker so geschwärmt hätte, wie es die beiden Kinder des Gutsherrn getan hatten. Immerhin wurde mehrfach erwähnt, der alte Mann sei in letzter Zeit öfter abends im Dorfkrug gewesen und hätte dort Bier getrunken.

Das veranlasste Christoph von Saldern, nunmehr seine Tätigkeit in den Schankraum des Bürgermeisters und Krügers Klas Heilemann zu verlegen. Nacheinander wurden hier verschiedene Bauern des Dorfes Pankow ausgefragt, alte und junge, ob und wann sie den alten Geiger hier oder sonst wo gesehen hatten. Im Hinblick auf den Abend oder die Nacht des vermuteten Mordes waren die Aussagen so unergiebig, wie sie zuvor im Gutshaus gewesen waren.

Immerhin machte den vernehmenden Juristen stutzig, dass hier mehrere Bauern erwähnten, der alte Geiger habe in letzter Zeit öfter zusammen mit französischen Soldaten des Besatzungs-Detachements am Tisch gesessen. Die hätten sich mit ihm unterhalten und Bier getrunken. Und ein gewisser unterschwelliger Hass gegen die französischen Soldaten war bei diesen Aussagen von Dorfbewohnern nicht zu verkennen. Und diese Abneigung schien sich bei ihnen auch auf den alten Geiger übertragen zu haben, der in letzter Zeit wohl allzu oft mit den fremden Besatzern zusammen gesessen, gescherzt und vertraulich getuschelt habe.

Das ließ Christoph von Saldern aufmerken. Er kannte die Belastungen der Adelsgüter durch die unfreiwillige Einquartierung französischer Soldaten aus eigener Erfahrung, denn auch bei ihm auf der Plattenburg hauste seit vielen Monaten eine Gruppe von 15 französischen Husaren unter einem Korporal, und es gab auch bei ihm zu Hause ein gefährliches Grummeln unter den Leuten auf der Burg und im Dorf über diese unerwünschte und sehr belastende Gruppe von Zwangsgästen.

Selbstverständlich unterstanden die französischen Besatzungssoldaten in keiner Weise einer etwaigen preußischen Gerichtsbarkeit, es hätte überhaupt keinen Zweck gehabt, wenn er versucht hätte, etwas von den Franzosen auf Schloss Pankow über deren Verhältnis zu dem einheimischen Geiger zu erfahren, also sie etwa zu vernehmen.

Aber immer mehr festigte sich bei dem inoffiziellen Untersuchungsrichter das Gefühl, dass der Tod des alten Mannes etwas mit dem Verhältnis zu den Franzosen zu tun haben könnte – allgemein auf Schloss Pankow und speziell sogar etwas mit dem Verhältnis des Geigers zu den Franzosen. Und einigen unvorsichtigen Aussagen einiger junger Leute zufolge war das Schloss – oder vielleicht sogar die Familie des Schlossherren ? – darin mehr verwickelt, als offen zugegeben wurde. Christoph von Saldern hatte sich gescheut, diese Aussagen in das Protokoll zu diktieren, das sein Schreiber aufnahm.

Hier geriet die Angelegenheit offenbar in ein gefährliches Fahrwasser, sie wurde gewissermaßen zu einer politischen Frage, zu einer Frage des Verhältnisses zwischen Preußen und französischer Besatzungsmacht, zu einer Frage, ob ein loyaler Untertan des preußischen Königs sich alles gefallen lassen müsse, was ihm der Zustand der Zwangsbesatzung auferlegte. Wurden vielleicht Maßnahmen, die sich dagegen richteten, von einer höheren Gerechtigkeit für legitim erklärt ? War etwa ein Mitglied der adligen Herrenfamilie irgendwie persönlich daran beteiligt ?

Am Abend des zweiten Tages seiner Arbeit auf dem Schloss Pankow kam der Referendarius Christoph von Saldern zu dem

Entschluss, die Untersuchungen hier abzuschließen. Er diktierte seinem Sekretär: „Trotz intensiver Befragung zahlreicher Bewohner des Schlosses und Dorfes Pankow war es mir nicht möglich, einen Täter für den Mord zu ermitteln. Auch ein Motiv für den Mord konnte nicht ermittelt werden. Dem hochehrbaren königlich preußischen Gericht zu Neuruppin wird anheim gestellt, weitere Untersuchungen anzustellen."

Dieses Gericht war als preußisches Staatsorgan und höhere Instanz für die vielen adligen Patrimonialgerichte für die Rechtsprechung in der alten Grafschaft Ruppin und der Prignitz zuständig, und dorthin, nach Neuruppin, adressierte Christoph von Saldern das umfangreiche Paket an Akten, das durch seine Vernehmungen auf Schloss Pankow entstanden war. Sollten die doch sehen, was sie damit anfangen könnten ! Er hatte jedenfalls keine Lust, sich die Finger zu verbrennen.

Am Morgen des Weihnachtstages brach er mit seinem Sekretär zum Ritt zur heimatlichen Plattenburg auf, um rechtzeitig zum Weihnachtsabend zu Hause zu sein.

Ein Weihnachten ohne Musik

Schloss Pankow, Weihnachten 1808

Die Vorbereitungen für das Weihnachtsfest im Schloss Pankow verliefen in diesem Jahr viel stiller als sonst. Der Tod eines Hausgenossen – offensichtlich ein Mord ? – hinterließ bei allen Hausbewohnern seine Spuren. Das fröhliche Trällern von Wehnachtsliedern, wie es in anderen Jahren die Räume des Schlosses durchzogen hatte, während die Bediensteten sie für das Aufstellen des Christbaumes und das festliche Diner am Abend vorbereiteten, war in diesem Jahr nicht zu hören. Und den jungen Musikern in der Familie, Juliane und Eduard, standen immer noch die Tränen in den Augen,

Die übliche Einladung an den alten Nachbarn, dem Herrn Wichard von Moellendorf, war ergangen, und ein Schlitten mit Pferdelenker vom Schloss Pankow war unterwegs, um ihn abzuholen. Insofern war alles wie gewohnt, nur die sonst übliche Fröhlichkeit in Erwartung des Weihnachtsfestes fehlte eben in diesem Jahr.

Die kleine Bescherung, die sich die Familienangehörigen gegenseitig zu machen pflegten, fiel diesmal sehr viel stiller aus. Juliane legte schweigend und unauffällig die Halskrause beiseite, die sie in den letzten Wochen für den alten Geiger Hinzpeter genäht hatte. Der wäre zwar wohl bei der Bescherung für die Familie nicht dabei gewesen, aber irgendwie hätten es die jungen Leute schon geschafft, den alten Mann noch in den Salon mit dem Tannenbaum mit den brennenden Kerzen zu holen, um ihm seine Geschenke zu übergeben und ihm damit zu zeigen, wie sehr er – wenigstens von Teilen der Putlitzschen Familie – geschätzt wurde.

In gedrückter Stimmung und sehr wortkarg verlief auch das anschließende Weihnachtsdiner, das die Familie mit ihrem üblichen Gast, dem General a. D. von Moellendorf, wie jedes Jahr vereinigte. Man lobte, weil es sich so gehörte, die „gut gebratene Gans", die auf dem Tisch stand, und man zeigte sich erfreut über die anderen Köstlichkeiten, die man ausnahmsweise am Weihnachtsabend essen durfte. Die Gespräche über das Essen überwogen an diesem Abend alle anderen Themen, weil man eben die vermeiden wollte, aus den verschiedensten, aber sehr wichtigen Gründen.

Der ständige Gast an den abendlichen Diners der Gutsherren-Familie, der französische Leutnant de Thierry, war so feinfühlig, dass auch er nicht durch unangebrachte Gesprächsthemen die traurige Stimmung zerstören wollte.

Das sonst übliche Gespräch über die Zeitläufte, das sich im Schloss Pankow an einem solchen Weihnachtsabend zu entwickeln pflegte, blieb auch in Ansätzen stecken. Die Nachrichten von der großartigen Parade der neuen preußischen Armee in Berlin aus Anlass des Abzugs der französischen Besatzungstruppen Anfang dieses Monats hatten ihren Weg auch nach Pankow gefunden und sollten natürlich kommentiert werden. Doch schon die ersten Sätze, die der Schlossherr Gebhard dazu sagen wollte, blieben ihm fast im Hals stecken, da er sich noch gerade rechtzeitig daran erinnerte, dass ja in Form des jungen Leutnants de Neuville ein Mitglied eben dieser verhassten französischen Besatzungstruppen mit am Tisch saß.

Was Juliane, die Tochter, sich für diesen Weihnachtsabend als Höhepunkt vorgestellt hatte, ein kleines Konzert des „Pankower Quartetts" nach dem Diner, musste natürlich ausfallen, Als sie dazu eine Bemerkung machte, verfiel die Tischrunde erneut in ein trauriges Schweigen. Wieder wurden alle an den Mord erinnert, der sich erst vor wenigen Tagen dicht hinter dem Schloss zugetragen hatte.

„Es macht keine Freude mehr, hier auf Pankow zu leben", seufzte unerwartet Carl zu Putlitz, in die Stille hinein, die sich am Tisch ausgebreitet hatte. „Ich gäbe was darum, wenn ich bald irgendwo anders leben könnte." Gedankenverloren und ohne seine eigenen Worte als wichtig zu empfinden, meinte Gebhard zu Putlitz nur: „Kann ich dir nachfühlen, Sohn, hier ist es im Moment recht traurig zu leben."

Das Weihnachtsdiner auf Schloss Pankow ging an diesem Abend viel früher zu Ende als üblich, und jeder Beteiligte war froh, als er sich in sein Schlafzimmer zurückziehen konnte.

Als Gebhard zu Putlitz und seine Ehefrau in ihr großes Ehebett mit einem Baldachin darüber stiegen, machte die alte Dame Juliane eine Bemerkung. Sie hatte den ganzen Abend über kaum den Mund aufgemacht, aber sie hatte sich ihre eigenen Gedanken in ihrem Kopf um und um gehen lassen. Ohne irgendetwas zu wissen, hatte sie als Mutter das Gefühl, dass hinter der ziemlich am Schluss des Diners ausgesprochenen Bemerkung ihres Sohnes mehr stecken könne als nur allgemeine Trauer über den Mord auf ihrem Gutshof.

„Was meinst du, Gebhard"; begann sie einen Teil ihrer Gedanken auszusprechen, „was sollen unsere Söhne weiter hier so tatenlos herum leben, ohne Sinn und Ziel? Mit ihrer Offizierslaufbahn ist es ja wohl vorerst vorbei. Könnten wir es uns nicht doch leisten, sie auf die Universität zu schicken? Da könnten sie etwas Vernünftiges lernen, jeder, wie er es mag. Eduard und Carl haben ja so verschiedene Interessen und Begabungen, jeder für sich. Ich meine, das müssten wir ihnen ermöglichen, Gebhard!"

Der Gutsherr meinte überlegend: „Das ist ein interessanter Gedanke, Juliane, und jetzt, wo du es sagst, kommt es mir auch so vor, dass unsere Söhne endlich mal was Vernünftiges tun sollten, als nur hier auf dem Gut herumzusitzen und gelegentlich Musik zu machen. Mit der Musik ist es sowieso zu Ende." Während Gebhard zu Putlitz sich in ein Plumeaux [96] einwickelte, um einzuschlafen, murmelte er noch: „Ich werde mir das ernsthaft überlegen, Juliane!"

---

[96] warmes Federbett

Zwei hochgeborene Studenten

Gut Pankow, Ende Januar 1809

Die Idee, die Juliane zu Putlitz am Weihnachtsabend beim Insbettgehen zu ihrem Mann fast beiläufig geäußert hatte, begann sehr schnell sich zu entfalten und bald zu einem Plan zu werden: die beiden Söhne sollten das Nichtstun auf dem Gut Pankow aufgeben und eine Universität beziehen.

Eduard und Karl waren begeistert von der Überlegung, als ihr Vater sie ihnen mitteilte, nachdem er zwei Tage darüber gegrübelt hatte, wie er sie verwirklichen könne. Denn Gebhard wusste aus eigener Erfahrung aus seiner Jugend, dass es im Normalfall ziemlich teuer war, ein solches Studium zu finanzieren. Von Söhnen eines hochrangigen Adligen wurde es einfach erwartet, dass sie mit genügend Geld ausgestattet waren, um die Gebühren zu bezahlen, die die Universität selbst und die Professoren für ihre Vorlesungen verlangten, sowie die Kosten für das Mieten einer einigermaßen standesgemäßen Unterkunft, und schließlich für den Lebensunterhalt und für die üblichen Vergnügungen adliger Studenten aufzubringen.

Gebhard zu Putlitz hatte trotz seines hohen Adelsranges nicht das Gefühl, zu den reichen Gutsbesitzern zu gehören, zumal jetzt nicht, wo seit fast zwei Jahren die Lasten der französischen Besatzung sehr fühlbar an den finanziellen Grundlagen des Gutes fraßen. Die Kinder mit genügend Bargeld auszustatten, wenigstens für das erste Studienjahr, bedeutete für die Familie, die in Pankow zurückblieb, den sprichwörtlichen „Gürtel um den Magen" sehr eng zu schnallen, vielleicht nicht gerade zu hungern, aber sicher jede Sparmöglichkeit auszunutzen, ohne das nach außen hin allzu deutlich sichtbar werden zu lassen. Hätte er gewusst, was sich einen knappen Monat später auf seinem Gut ereignen würde, wäre ihm die Entscheidung sicher sehr viel leichter gefallen.

Zusammen mit seinen Söhnen besprach Gebhard zu Putlitz ausführlich die Möglichkeiten, an welcher Universität sie studieren könnten. An sich war für Preußen – oder genauer gesagt, für die mittleren Provinzen, die zum Königreich gehörten – die Universität Viadrina in Frankfurt an der Oder zuständig. Das abseits gelegene Ostpreußen hatte seine eigene berühmte Universität Königsberg, wo der Philosoph Kant weithin bekannt. Doch dorthin konnten allenfalls noch Studenten aus Pommern gehen, sonst war die Stadt zu weit vom Hauptteil Preußens entfernt.

Und ganz im Westen des ehemaligen Preußens hatte es einmal die schon früh von einem Vorfahren der Könige gegründete Universität Duisburg gegeben, die für die einstigen Provinzen der brandenburgischen Kurfürsten und später preußischen Könige beiderseits des Niederrheins gedacht war. Aber beides war nun, nach der Katastrophe des Tilsiter Friedens, schon lange vorbei: Preußen hatte alle seine Provinzen verloren, die westlich der Elbe lagen, und die Universität Duisburg war auch längst eingegangen.

Dieses Schicksal drohte auch der alten Viadrina in Frankfurt an der Oder. Menschen, die sich dafür interessierten, wussten, dass dort kaum noch Professoren lehrten und dass diese alte Bildungsstätte wohl in Kürze eingehen werde, gewissermaßen wie ein altes Haus, das nur noch zum Abreißen taugte [97].

Die Frage für Gebhard zu Putlitz und seine Söhne war daher jetzt, welche Universität im deutschen Sprachraum noch für die angehenden Akademiker in Frage käme. Hier im Norden des alten Reiches kam eigentlich nur die Universität Göttingen in Frage, sie war hoch berühmt und hatte einen hervorragenden Ruf, was an den meist exzellenten Professoren lag, die an sie berufen worden waren.

Einen schweren Nachteil hatte diese Universität allerdings heutzutage. Sie gehörte jetzt zum Königreich Westphalen, diesem merkwürdigen Geschöpf Napoleons.

Süddeutschland war dem Kaiser der Franzosen ja schon vorher zugefallen, als sich die Herrscher von Bayern, Württemberg, Baden

---

[97]   Im Jahr 1811 wurde die alte Universität tatsächlich aufgelöst, das Gebäude an einen Bäcker verkauft

und anderen kleineren Herrschaften ihm geradezu begeistert zugewandt hatten. Ihre Belohnung war gewesen, dass sie alle sich mit einem Herrschertitel schmücken durften, der einen Rang über dem vorigen lag: der Kurfürst von Bayern und der Herzog von Württemberg durften sich fortan Könige nennen, der Markgraf von Baden und der Landgraf von Hessen-Darmstadt Großherzöge. Diese Staaten und übrigens auch ihre kleinen Armeen waren nun völlig von den Befehlen des französischen Kaisers abhängig.

Ähnliche Verhältnisse herrschten nun auch in Norddeutschland. Um die deutsche Nordsee-Küste fest im Griff zu haben und allen Schmuggel mit der bisher unbesiegten „Meeresmacht" Großbritannien möglichst unterbinden zu können, hatte sich das französische Kaiserreich im Jahr 1807 einfach alle Gebiete Deutschlands selbst einverleibt, die in der Nähe der Nordseeküste lagen. Was dann noch bis nach Thüringen übrig blieb, kam einfach bis auf einige kleine Fürstentümer, die verschont wurden, unter die Herrschaft des „kleinen Bruders" Napoleons, Jerome, als „König von Westphalen".

Ja, und die berühmte Universität von Göttingen gehörte nun auch zu diesem merkwürdigen Königreich. Aber was sollten all die vaterländischen Bedenken gegen diesen Ort: schließlich lebte man im Frieden mit diesem Staat. Preußen gehörte zwar nicht zum eindeutig französisch beherrschten „Rheinbund", wohl aber war das preußische Königreich durch ein Bündnis an Napoleon und sein Kaiserreich gefesselt, auch wenn dieses Bündnis nur das Ergebnis des „Schandfriedens" von Tilsit war.

Nach langer Diskussion der politischen Zustände im heutigen Europa und Deutschland kamen die drei männlichen Putlitzens zu dem Ergebnis, dass es unvermeidlich sei, als Preußen an der Universität Göttingen zu studieren.

Es war Mitte Februar geworden, bis die zwei angehenden Studenten vom Gut Pankow losziehen konnten. Als hochgeborene Adlige sollten sie nicht zu Fuß den Weg bis zu ihrer Universität gehen müssen, wie das bürgerliche Studenten normalerweise tun mussten. Der Vater stattete sie mit Reitpferden aus dem Pankower

Pferdestall aus. Und Mutter und Schwester sorgten dafür, dass die beiden jungen Leute mit einem wohl gefüllten Mantelsack [98] ihren Ritt in die Fremde antreten konnten.

Die gut 27 Meilen [99] von Pankow bis Göttingen konnten die beiden Reiter auf ihren ausgeruhten Pferden sicher in 4 bis 5 Tagen zurücklegen, auch wenn jetzt im Januar noch überall Schnee die Straßen und Felder bedeckte. Aber es war nicht so eiskalt, dass das Reiten keinen Spaß gemacht hätte.

---

[98] Ein für Reiter entwickelter Mantel, der zugleich als Behälter für Leibwäsche und andere persönliche Gegenstände dienen konnte und hinter dem Sattel auf das Reitpferd geschnallt werden konnte.
[99] In Luftlinie etwas mehr als 200 Kilometer

Kapitel 8

Begehren die Völker gegen die Zwangsherrschaft auf ?

März – April 1809

Die Besatzung zieht ab

Gut Pankow, Anfang März 1809

Es war ein früher Nachmittag im März, als zwei Reiter nach einem offenbaren Gewaltritt in Gut Pankow ankamen Die Ankömmlinge waren ein französischer Major aus dem Husarenregiment, das in der Prignitz stationiert war, und ein junger Sous-Leutnant als Begleiter.

Der hohe Offizier versammelte sofort alle französischen Soldaten auf Gut Pankow um sich und verkündete ihnen offenbar eine sehr wichtige Nachricht. In den Schlafstätten der knapp zwei Dutzend französischen Besatzer und im Stall der französischen Pferde begann sofort eine geradezu hektische Tätigkeit, die sich die deutschen Einwohner des Gutes zunächst nicht erklären konnten. Nach nur ganz kurzer Rast brachen die beiden berittenen Boten schon wieder auf. Sie hatten offenbar noch anderswo ihre so wichtige Nachricht zu verkünden.

Erst am späten Abend hatte Sous-Lieutenant de Neuvillle Zeit, dem Gutsherrn mitzuteilen, dass das Detachement den Befehl bekommen habe, sich sofort nach Pritzwalk zu begeben, wo der Hauptsitz des Regiments sei und der Regimentskommandeur residiere. Im Vertrauen teilte de Neuville dem Gutsherren Gebhard zu Putlitz noch mit, dass die Eilboten noch zu verschiedenen anderen Adelsgütern der Prignitz in der Nähe unterwegs seien, um den dortigen Besatzungs-Detachements den gleichen Befehl zu überbringen. Mehr wusste der junge Offizier auch nicht.

Die Zeit der Besatzung schien zu Ende zu gehen, das war dem lebenserfahrenen alten Gutsherren danach klar. Aber was mochten die Gründe dafür sein ?

Wie schnell sich ein Gerücht verbreiten kann, wenn es wichtig genug ist, zeigte sich am nächsten Morgen. Ein Viehhändler kam auf seinem Pferd auf Gut Pankow an und erzählte überall herum, er wisse aus sicherer Quelle, dass das französische Husarenregiment, das bisher die Besatzungsmacht in der Prignitz gestellt habe, ganz dringend abgezogen werden müsse und in Eilritten nach Spanien verlegt werde. Denn dort seien die Franzosen in einen sehr unangenehmen Krieg verwickelt. In diesem fernen Land kämpfe ein ganzes Volk gegen die französischen Besatzungssoldaten, obwohl es inzwischen einen weiteren Bruder des Kaisers Napoleon dort als König gebe.

Woher der Viehhändler das alles wusste, wurde nicht recht klar, aber er erzählte und erzählte auf dem Hof vor dem Schloss Pankow, und Dutzende von Knechten und Mägden aus dem Gutsgebäude und von Bauern aus dem Dorf hörten ihm aufmerksam zu. Auch Gebhard zu Putlitz und seine Frau standen unauffällig auf der Freitreppe zum Gutshaus und lauschten auf das, was der Fremde da an Sensationellem zu berichten hatte.

Offenbar war dieser Abzug gar nicht die Folge davon, dass Preußen wieder eine wichtige Rate seiner horrenden „Kriegsentschädigung" als Folge des Tilsiter Friedens abbezahlt hatte, so dass aus einer weiteren Provinz die Besatzungstruppen abziehen konnten. Nein, die Gründe lagen wohl tiefer und waren für das „Empire française" viel schwerwiegender, schloss Gebhard zu Putlitz, als er diese Nachricht auf seinem eigenen Gutshof gehört hatte. Eine tiefe innere Befriedigung durchzog ihn, und er atmete einmal tief durch.

Am späten Mittag dieses Tages standen Pferde und Husaren des französischen Besatzungs-Detachements, das seit einem Jahr auf Gut Pankow stationiert war, abmarschbereit auf dem Gutshof. Pferde und Sättel waren frisch geputzt, ebenso die Uniformen und die Waffen der Husaren. Hinter den Sätteln war auf jedem Pferd ein umfangreicher Sack geschnallt, der gewiss nicht nur die Leibwäsche der Soldaten enthielt. Wer wusste, was die jungen Männer da alles mitnahmen?

Auf dem Gutshof standen auch fast alle preußischen Einwohner des Gutes und des Dorfes Pankow, schweigend, aber hoch interessiert. Viele Einwohner von Pankow hatten Gründe, besonders intensiv am Abschied der französischen Besatzungssoldaten Anteil zu nehmen. Allerdings waren die Gründe sehr unterschiedlich.

Da war der Gutsherr Gebhard zu Putlitz. Wenn er ehrlich war, dachte er zuerst an sich und an die Finanzen des Gutshofes, die ab jetzt nicht mehr durch die Gurgeln und Kehlen von zwei Dutzend unproduktiver Bewohner in Mitleidenschaft gezogen wurden, genauer natürlich durch das, was im Lauf von vielen Tagen und Monaten in der Vergangenheit durch sie hindurch in die Mägen der französischen Soldaten und ihrer Pferde gegangen war, ohne dass der Guts-inhaber dafür von irgendeiner Seite eine Entschädigung erhalten hätte.

Doch natürlich war Gebhard zu Putlitz auch Patriot und freute sich, dass Preußen wieder einmal eine Last aus dem unsäglichen Friedensvertrag von Tilsit los geworden war. Und schließlich gönnte er dem unersättlichen Eroberer Napoleon die Schwierigkeiten, in die ihn sein Versuch gestürzt hatte, auch noch die Länder auf der Pyrenäenhalbinsel zu beherrschen, Portugal und Spanien. Er wusste zwar kaum etwas davon, aber die Gerüchte, die von dort bis nach Preußen gelangten, zeigten doch, dass hier der Korse endlich einmal auf aktiven Widerstand gestoßen war.

Die Familie des Gutsherrn war ja nun seit einem Monat auf drei Personen zusammengeschrumpft. Gebhards Ehefrau Juliane nahm ohne tiefere Emotionen von ihrem Hausgast Thierry de Neuville Abschied. Sie hatte – jenseits der dem Adel anerzogenen Höflichkeit – weder besonders positive noch negative Erinnerungen an den jungen französischen Leutnant. Ihr persönlich hatte er auch kaum Arbeit gemacht.

Ganz anders waren die Gefühle ihrer Tochter, der jungen Juliane. Sie hatte sich nicht in den jungen Offizier verliebt, da sei Gott davor. Aber sie hatte ihn als höflichen und zuvorkommenden Mann erlebt, der nur wenig älter war als sie selbst. Und vor allem war er in den letzten Monaten ihr Lehrer auf dem Piano und ihr freundlicher Begleiter im Mini-Orchester auf Schloss Pankow gewesen, dem „Pankower Quartett", wie die vier Musiker sich selbst einst genannt hatten, obwohl sie wussten, dass ein Musiker-Quartett eigentlich ganz andere Instrumente umfassen musste als bei ihnen auf Pankow vorhanden waren. Die junge Juliane konnte ihre Tränen nicht unterdrücken, als sie dem Leutnant zum Abschied die Hand reichte und er einen Handkuss darauf hauchte.

Die beiden anderen Mitglieder des einstigen „Pankower Quartetts" waren ja schon länger ausgeschieden: erst der alte Geiger Hinzpeter, schmählich ermordet von einem bis heute nicht erwischten Täter, und dann kurz danach durch den Abschied des Bruders Eduard, der zusammen mit seinem Bruder Carl nach Göttingen aufgebrochen war, um als Studiosi an einer Universität die Weisheit der Wissenschaft in sich aufzunehmen. Beide Abschiede hatten der jungen Juliane unendlich wehe getan und waren jetzt, im März, noch keineswegs ganz überwunden, obwohl sie sich Mühe gab, das nach außen nicht zu deutlich zu zeigen.

Auch die den Herren zu Putlitz erbuntertänigen Bewohner von Pankow, die sich fast ohne Ausnahme zu diesem Abschied versammelt hatten, empfanden ihn sehr verschieden, auch wenn sie sich Mühe gaben, sich sehr gelassen zu verhalten.

Fast in Tränen brach der Erbschulze und Krüger Klas Heilemann aus, als er jedem einzelnen französischen Reiter die Hand reichte und ihnen für die Zukunft alles Gute wünschte, in holprigem, aber für die Gegenseite durchaus verständlichen Französisch. Wie viele gute preußische Taler hatte er von diesen jungen Leuten verdient, die fast jeden Abend in der Gaststube seines Kruges gesessen und ein Bier nach dem anderen bestellt hatten ! Wein, wie sie ihn gerne gehabt hätten, konnte er ihnen ja nicht liefern.

Die meisten älteren Bauern und ihre Frauen aus dem Dorf Pankow hatten wenig Kontakte mit den französischen Reitern gehabt, die ja im Gutshof und nicht im Dorf untergebracht waren und sich gehütet hatten, hier in unmittelbarer Nähe ihres Offiziers die an sich verbotenen, aber allgemein üblichen Durchsuchungen der Bauernhäuser nach „brauchbaren" Waren zu veranstalten. Das war nur auf ihren üblichen Kontrollritten durch die kleinen zum Adelsgut der Edlen zu Putlitz gehörenden Dörfer geschehen.

Bei etlichen Mädchen aus dem Dorf war die Stimmung ganz anders. Sie hatten in den letzten Monaten gute, zum Teil sehr enge Beziehungen zu den jungen Männern geknüpft, oder diese vielmehr mit ihnen. Es bedurfte schon einer sehr tiefen Liebe zu einem anderen jungen Mann – oder außergewöhnlich starkem Patriotismus !? – bei den jungen Mädchen des Dorfes Pankow, den in einem lustigen deutsch-französischen Wortgemisch dick aufgetragenen Schmeicheleien der jungen und sehr ansehnlichen Soldaten zu widerstehen. Bei einigen der Mädchen würden sich bestimmt in einigen Wochen oder Monaten unübersehbare Folgen dieser Beziehungen zeigen. Bei diesem Teil der Pankower Einwohner waren dicke Tränen zu sehen und tiefe Trauer.

Ganz anders war allerdings wieder die Stimmung bei den jungen Burschen aus dem Dorf und aus der Dienerschaft des Gutshofs. Hätte sie ein preußischer Beamter etwa aus Berlin befragt, so hätten sie auf Ehre und Gewissen versichert, dass sie die widerwärtige französische Besatzung nicht ausstehen konnten, weil diese Besatzung des preußischen Vaterlandes durch Soldaten des Kaisers Napoleon ihnen unerträglich sei. Doch solche Beamten gab es nicht, sie waren auch noch nie in Pankow zu sehen gewesen.

In Wahrheit hatte die Wut über die Fremden bei ihnen den Ausschlag gegeben, die sich an die Mädchen des Dorfes herangemacht und ihnen die Herzen und die Freundschaft gestohlen hatten. „Gott sei Dank, dass diese widerwärtigen Schleimer endlich verschwinden und unsere Mädchen hier in Ruhe lassen", dieser Gedanke ging wohl bei allen den jungen Männern im Dorf und im Gut durch den Kopf.

Die französischen Husaren, die wie zu einer Parade auf ihren Pferden in einer perfekten Reihe standen, durften sich natürlich als Soldaten und auch als Angehörige der „zivilisiertesten Nation der Welt" nicht anmerken lassen, was sie bei diesem Abschied dachten. In ihrem Inneren waren sie tief traurig. Die wunderschöne Zeit ging zu Ende, in der sie praktisch nichts zu tun hatten, aber gut verpflegt wurden und es sich mit freundlichen Mädchen an der Seite gut gehen lassen konnten. Was sie erwartete, hatte man ihnen offiziell nicht gesagt. Aber die Gerüchte, die auch sie gehört hatten und von schrecklichen Kämpfen und unsäglichen Grausamkeiten der wütenden spanischen Bevölkerung gegenüber französischen Soldaten wussten, waren nicht gerade dazu angetan, dass sie frohgestimmt ihren langen Weg antraten.

Die jungen Leute gehörten schon längst nicht mehr zu der Generation, die einst in den ersten Tagen der französischen Revolution mit ungeheurer Begeisterung zu den Fahnen geeilt und ihr Vaterland verteidigt und später die Ideen von „Freiheit, Gleichheit und Brüderlichkeit" in die europäischen Nachbarländer Frankreichs getragen hatten. Damals waren die Tausende und Zehntausende von französischen Soldaten alle Freiwillige gewesen.

Doch die Zeit war nun schon lange vorbei. Sie, die jetzt als Husaren Dienst taten, waren vor zwei Jahren zwangsweise aus ihren Familien geholt und für mindestens vier Jahre als Soldaten vereidigt worden. Sie hatten noch Glück gehabt, dass sie zur Kavallerie und hier zu einem Husaren-Regiment gekommen waren, das einen guten Ruf in der Armee genoss und wo die Rekruten nicht immer nur zu Fuß marschieren mussten. Aber begeisterte Soldaten waren auch die meisten Angehörigen des 12. französischen Husaren-Regiments nicht.

Der an Jahren älteste von den Soldaten, Korporal Dumoulin, hatte wiederum eine erheblich andere Einstellung zu diesem Abschied. Er war seit Jahrzehnten Soldat, und er war das mit Leib und Seele. Er hatte bereits verschiedene Schlachten mitgemacht, in denen sein verehrter Oberkommandierender, der General Bonaparte und spätere Kaiser Napoleon, an der Spitze seiner Truppen gestanden und natürlich gesiegt hatte. Für Dumoulin ging der Ruhm Frankreichs über alles. Und als Soldat hatte ja wohl auch er in seinem langen Leben in der Uniform eines Husaren einen gewissen Teil zu diesem Ruhm beigetragen.

Korporal Dumoulin war stolz darauf, dass es ihm hier im feindlichen Ausland gelungen war, eine offenbar im Gange befindliche Verschwörung der „Prussiens" zu unterbinden. Seit dem Tod seines Zuträgers, des alten Geigers „Inzpetär", war nichts

Ernsthaftes mehr von den „Prussiens" gegen die französischen Soldaten unternommen worden, jedenfalls nichts, wovon er irgendwie Kenntnis bekommen hatte. Jetzt freute sich der alte Unteroffizier ehrlich auf einen neuen Einsatz, wo seine Leute endlich einmal etwas Vernünftiges als Soldaten zu tun bekommen würden.

Sous-Lieutenant Thierry de Neuville war nicht älter als die meisten seiner Husaren. Aber sein Lebenslauf war völlig anders gewesen als ihrer. Als Kind hatte er mit seinen Eltern für einige Jahre in England im Exil gelebt, weil diese damals im Höhepunkt der französischen Revolution und der Verfolgung aller Adligen in Frankreich ihres Lebens nicht mehr sicher gewesen waren. Erst die großzügige Amnestie des neuen Machthabers Bonaparte (und bald Kaisers Napoleon) hatte sie veranlasst, nach Frankreich zurückzukehren, und er, Thierry, war zum Offizier in einer der angesehensten Waffengattungen der Armee geworden.

Allerdings, viel Krieg hatte er in seinen jungen Jahren noch gar nicht miterlebt. Er kam erst zu seinem Regiment, als es bereits einige der Schlachten im französisch-preußischen Krieg von 1806/7 hinter sich hatte, vor allem in Ostpreußen. Er selbst hatte den Krieg praktisch nur aus der Sicht eines „Besatzungssoldaten im fremden Land" miterlebt. Zu kämpfen hatte er nie nötig gehabt.

Und hier, in dem knappen Jahr auf Gut Pankow in der preußischen Prignitz, hatte er eigentlich nur Höflichkeit verspürt, wie sie zwischen Adligen auch verschiedener Nationen selbst dann geübt werden sollte, wenn man sich als Kriegsgegner gegenüber stand. Das galt wenigstens für dem Gutsherrn und seine Frau.

Zu den beiden jungen Putlitzens, Juliane und Eduard, hatte er natürlich eine ganz andere Beziehung entwickelt, seit er mit ihnen gemeinsam musizierte und schließlich sogar im „Pankower Quartett" zusammen mit dem Geiger und inoffiziellen „Chef des Orchesters" Hinzpeter geradezu begeistert immer neue Stücke der berühmten Wiener Komponisten Mozart und van Beethoven einstudierte und zum Besten gab. Auch ihn hatte der schauerliche Tod des alten und so begabten Musikers tief getroffen. Doch dieses Quartett existierte ja nun seit einigen Monaten nicht mehr, beendet durch Ereignisse, an denen er, Thierry de Neuville, glücklicherweise unschuldig war.

Über sein Verhältnis zur jungen Juliane war er sich selbst nicht ganz klar. Aus Mangel an Erfahrung konnte er nicht sagen, ob das, was er für sie empfand, Liebe war. Doch da er wusste, dass Juliane mit einem jungen preußischen Offizier verlobt war und diesen offenbar auch sehr liebte, war er so feinfühlig, seine wahren Gefühle der jungen Frau gegenüber zu verbergen. Auf jeden Fall hatte sich aber eine schöne Freundschaft mit zwei der jungen Putlitzens entwickelt. Mit dem Bruder Carl war Thierry de Neuville nie recht warm geworden. Aber der war ja nun auch weg von Pankow.

Ja, und nun kam der Aufbruch des Regiments von dem gemütlichen Leben als Besatzer auf Gut Pankow in eine ungewisse Zukunft. Als junger Offizier sagte sich Thierry de Neuville, dass ein Krieg, ein Feldzug, und darin mutige und Aufsehen erregende Taten, vollbracht von ihm, dem jungen Leutnant im 12. Husaren-Regiment, ihm Anerkennung, Belobigung und wohl auch Orden und eine Beförderung einbringen könnte. War es nicht das, was jeder junge Offizier sich wünschte?

Es war jedenfalls ein merkwürdiges Sammelsurium von Gedanken, das dem Befehlshaber der kleinen französischen Streitmacht durch den Kopf ging, unmittelbar bevor er wie vorgeschrieben den Befehl zum Abmarsch gab und mit gezücktem Degen vor dem Gutsherrn präsentierte, der so lange sein Gastgeber in einem Quartier gewesen war, das wenigstens für ihn, den Sous-Lieutenant de Neuville, viel viel mehr als nur eine gleichgültige Unterkunft im Feindesland gewesen war.

Sorgen und Hoffnungen alter Männer

Schloss Pankow, Mitte März 1809

Der März hatte in diesem Jahr das Frühjahr mitgebracht. Der Schnee war schon fast weggeschmolzen, die Schneeglöckchen blühten und die Fahrwege zwischen dem Gut und seinen Nachbardörfern waren so weit abgetrocknet, dass leichte Pferdewagen darauf wieder fahren konnten.

Der Gutsnachbar und alte Freund der Familie, der General außer Dienst Wichard von Moellendorf, hatte einen Knecht von Gramzow herübergeschickt und mitteilen lassen, dass er gerne wieder einmal für einen gemütlichen Abend zum Plaudern nach Pankow kommen würde. Er habe auch einige interessante Neuigkeiten, was das Geschehen in unserer Weltgegend beträfe.

So war das Ehepaar der Putlitzens schon sehr gespannt, als der Freund und Nachbar am Nachmittag des folgenden Tages mit seinem kleinen leichten Phaeton auf Pankow eintraf, gelenkt vom treuen Kutscher Peter. Wie üblich gab es erst einmal einen kleinen Imbiss zur Begrüßung, mit einer Tasse Warmbier zur Begrüßung. Kaffee oder Tee, diese fremdländischen Getränke, gab es dazu allerdings nicht, denn sie waren unwahrscheinlich teuer geworden, wie es hieß, wegen irgendwelcher Maßnahmen des französischen Kaisers Napoleon[100] . Bei dieser traditionellen Begrüßung waren auch die Frauen der Gutsfamilie dabei, die Mutter Juliane und ihre junge Tochter.

Doch danach setzten sich die beiden alten Herren im Arbeitszimmer des Gutsherren zusammen, bei einem Glas Rotwein, der trotz seines hohen Preises irgendwie den Weg ins Prignitzer Gutshaus gefunden hatte. Die beiden Damen hatten sich nach dem Imbiss verabschiedet, weil sie schon ahnten, dass der Inhalt des kommenden Männer-Gesprächs für sie nicht besonders interessant

---

[100] .gemeint ist die sog. Kontinentalsperre gegen Handel mit England

sein werde. Was da draußen in der Welt geschah und warum und wie sich irgendwo weit weg Soldaten gegenseitig totschossen, davon verstanden die Frauen nichts, und sie wollten es auch gar nicht wissen.

Gebhard zu Putlitz machte darauf eine Anspielung zu seinem alten Freund, indem er sagte: „Ich wette, wir beide sind im Umkreis von fünf Meilen [101] die zwei einzigen Menschen, die etwas von ferneren Ländern und von den Ereignissen dort wissen und sich dafür interessieren. Schließlich sind wir wohl auch die einzigen Menschen hierzulande, die in ihrer Jugend mal etwas von der Geografie ferner Länder gelernt haben."

Tatsächlich hatten sie beide als heranwachsende Knaben Unterricht von Privatlehrern gehabt und dabei auch etwas über die Nachbarländer Preußens und über die wundersamen fremden Kontinente in Afrika und Amerika gelernt. Und diese beiden Adligen waren wohl auch wirklich die einzigen Männer in weiter Umgebung, die durch ihr ganzes Leben sich das Interesse an solchen fremden Ländern bewahrt und alle Neuigkeiten, die sie darüber gehört hatten, auch in ihren Köpfen behalten und eingeordnet hatten.

Einfache Bauern in den Dörfern rundum wussten natürlich überhaupt nichts davon, nur dass es ein fernes Land Frankreich gab, das bis vor Kurzem Soldaten hierher geschickt hatte, die sich auf Kosten des Pankower Gutsherrn und auf ihre, der Bauern, Kosten hier sehr lange hatten gut gehen lassen. Den Herren zu Putlitz und von Moellendorf war bewusst, dass sie auch unter ihren Standesgenossen, den adligen Gutsherren in der Prignitz, „weiße Raben" waren, weil sie sich eben ihr Leben lang weiter für Vorgänge auch außerhalb ihres unmittelbaren Gesichtskreises interessiert hatten. Den meisten ihrer Standesgenossen war das „Schnuppe" [102].

„Meine Söhne wären allerdings wohl auch gerne bei unserem Gespräch dabei", und sie wären wohl die wenigen Menschen außer uns beiden weit und breit, die davon gerne etwas wissen

---

[101]   Ca. 40 Kilometer
[102]   Gleichgültig

184

würden," erwähnte Gebhard zu Putlitz noch, „aber sie sind ja nun an der Universität Göttingen, um zu studieren. Habe ich Ihnen das schon erzählt, lieber Moellendorf? Doch sagen Sie, was haben Sie denn an interessanten Nachrichten?

Auf dem kleinen Gut Gramzow des Herrn von Moellendorf waren keine Franzosen als Besatzung einquartiert gewesen, aber selbstverständlich hatte der Nachbar schon wenige Stunden nach dem Abzug der Husaren vom Gut Pankow von der wunderbaren Erlösung seines Freundes und Nachbarn von der schrecklichen Bedrückung gehört.

„Ja, lieber Putlitz, dieser Abzug der Franzosen letzten Monat hier könnte vielleicht der Anfang einer neuen Epoche in unserem Land sein," meinte der alte General nachdenklich. „Ich habe vor Kurzem einen Brief eines Freundes aus Wien bekommen, der mir manches Wichtige berichtet hat." - „Wie kommen Sie zu einem Freund in Wien?" fragte Gebhard zu Putlitz erstaunt. „Sie haben doch stets gegen die Österreicher gekämpft!"

„Ja, das ist eine kuriose Geschichte, die Sie wohl noch gar nicht kennen", begann der Herr von Moellendorf zu erzählen. „Wissen Sie, im letzten Krieg Preußens gegen Österreich, Anno 1778 [103], da habe ich als General eine Brigade befehligt, die von Schlesien aus in Böhmen einmarschiert war. Neben mir waren noch zahlreiche andere Truppen dort, aber wir haben praktisch nie gekämpft, weder wir Preußen noch die Österreicher. Denn auf beiden Seiten hatten die Monarchen eigentlich jede ernsthafte Kampfhandlung verboten. Es ging bloß um den militärischen Druck auf die Friedensverhandlungen, die für einige Monate von den Abgesandten beider Seiten geführt wurden. Und nach dem Krieg habe ich in Bad Kudowa [104] eine Kur gemacht und dabei meinen ‚Gegenüber' im

---

[103]   Der sogenannte „Bayerische Erbfolgekrieg" 1778/79, an sich eine Auseinandersetzung zwischen verschiedenen Zweigen des bayerischen Fürstenhauses, doch wollte Österreich bei der Gelegenheit bestimmte Gebiete Bayerns annektieren, Preußen war dagegen.

[104]   Ein altes Kurbad in Böhmen, an der Grenze zu Schlesien, schon im 18. Jahrhundert berühmt.

Krieg getroffen, den österreichischen General von Horvath, der dort ebenfalls zu einer Kur hingereist war. Wir haben uns angefreundet."

„Und der hat Ihnen jetzt geschrieben ?" fragte Gebhard zu Putlitz , um dem häufig etwas weitschweifigen Erzählen des Herrn von Moellendorf Einhalt zu gebieten. „Ja, das hat er," erklärte der General, „er hat erfahren, dass es seit Monaten schon ernsthafte Spannungen zwischen Österreich und Frankreich gibt, ja, dass ein Krieg dicht bevor steht [105]. Und gleichzeitig konnte mir mein Freund berichten, dass in der Grafschaft Tirol ernsthafte Pläne für einen Aufstand bestehen."

„Wieso das, Freund Moellendorf ?" fragte Gebhard zu Putlitz erstaunt. „Wollen die Tiroler gegen ihre Jahrhunderte alte Herrschaft der Erzherzöge von Österreich aufbegehren ? Denn das habe ich aus meinem Unterricht in der Jugend behalten, dass Tirol zu Österreich gehört !"

„Nein, das ist inzwischen anders," musste der gut informierte General den Freund berichtigen, „seit dem letzten Frieden [106] hat der Herr aus Korsika, Napoleon, seinen treuen Wachhund, den neu gebackenen König von Bayern, damit noch mehr an sich gebunden, indem er ihm Tirol, das ja weit bis nach Italien hineinreicht, zugeschustert hat. Aber die Tiroler halten überhaupt nichts von dieser bayerischen Herrschaft, obwohl sie eine ganz ähnliche Sprache sprechen. Mein Freund, der österreichische General, hat mir vertraulich mitgeteilt, dass in Tirol viele Anhänger der Wiener Erzherzöge und heute österreichschen Kaiser nur auf ein Zeichen warten, sich gegen die verhassten Bayern und ihre französischen Aufpasser zu erheben." [107].

---

[105]   er wurde am 10. April 1809 offiziell erklärt

[106]   Friede von Pressburg zwischen Österreich und Frankreich, Dezember 1805

[107]   tatsächlich brach der erwartete Aufstand in Tirol zeitgleich mit dem Beginn des neuen Krieges zwischen Österreich und Frankreich im April 1809 aus. Der berühmte „Sandwirt" im südtiroler Pustertal, Andreas Hofer,

„Das ist aber doch eine gute Nachricht," warf Gebhard zu Putlitz erstaunt ein, „vielleicht geht tatsächlich jetzt ein Beben durch die Zwangsherrschaft, die dieser Napoleon auf ganz Europa gelegt hat. Nur wenn die vielen Völker, die er unterworfen hat, sich geeint gegen ihn erheben, werden sie wohl Erfolg haben, einzelne Aufstände kann er immer wieder blutig niederschlagen. Da können wir nur hoffen, dass so etwas auch bei uns in der Nähe bald passiert. Ich kann Ihnen im Vertrauen erzählen, lieber Moellendorf, dass hier in unserer Nachbarschaft, im merkwürdigen Königreich Westphalen, offenbar auch so etwas im Gange ist. Ich weiß das aus zuverlässiger Quelle, kann Ihnen den Namen meines Gewährsmannes allerdings nicht sagen, weil ich ihm mein Ehrenwort als Adliger gegeben habe, den Namen nicht zu verraten. Auch hier gibt es Pläne für einen Aufstand gegen den sogenannten ‚König Hieronymus" in Kassel. Ein hoher Offizier aus seiner eigenen Armee ist der Organisator, und auch der wartet nur auf ein Zeichen zum Losschlagen, vor allem wohl im nördlichen Hessischen."

„O, das ist aber hoch wichtig, lieber Putlitz, hier scheint sich Vieles zusammen zu fügen," brach es aus dem alten, aber immer noch geistig höchst agilen General heraus, „ob wohl jemand auch von Preußen aus etwas dazu beitragen kann ?" Gebhard zu Putlitz nickte. „Ich darf dazu nicht Näheres sagen, aber ich bin mir sicher, dass auch bei uns so etwas bald passieren wird."

General von Moellendorf griff in eine Tasche, die er neben sich liegen hatte und holte ein großes gerolltes Papier heraus, das er darin von Gramzow mitgebracht hatte. Es war eine große Landkarte vom „Nördlichen Teil des Heiligen Römischen Reiches deutscher Nation" aus dem Jahr 1780. „Die Karte ist heute völlig veraltet," erklärte Moellendorf, „aber wir wollen doch einmal sehen, wie das heute hier in unserer Nachbarschaft aussieht." Damit rollte er die Karte aus und beschwerte ihre Ecken mit den Weingläsern und der Rotweinflasche auf dem Tisch, damit sie sich nicht wieder zusammenrollte.

---

war der Anführer, doch wurde er nach verschiedenen Kämpfen von bayerischen Truppen gefangen genommen und in Mantua erschossen.

„Sehen Sie hier, wo noch ‚Kurfürstentum Hannover' draufsteht, ist jetzt alles das ‚Königreich Westphalen" und auch alles bis zur Elbe, was einmal preußisch war, gehört jetzt dazu. bis nach Magdeburg und weiter südlich." Der General deutete auf die großen Gebiete, die bis vor zwei Jahren noch preußisches Staatsgebiet gewesen waren.

„Wie ist es denn hier weiter im Norden ?" fragte der Pankower Gutsherr, voller Interesse über die Karte gebeugt. „Ja, hier, alles Land an der Nordseeküste gehört wohl jetzt zum Empire française, das Herzogtum Oldenburg und Ostfriesland, bis auf die Hansestädte Bremen und Hamburg, die aber französische Truppen zur Verhinderung des Schmuggels aufnehmen mussten. Das hat Napoleon gut eingerichtet, damit er selbst mit seinen Spürhunden den Schmuggel von England her aufspüren und unterbinden kann. Es scheint ihm allerdings nicht gut zu gelingen, wenn ich in die Küche meines Erbschulzen und Krügers Heilemann blicke, der hat Kaffee genug. Hier im Gut können wir uns den nicht leisten, aber was soll's."

„Hier sehen Sie das kleine Hamburg", deutete der General auf ein rot gefärbtes Gebiet an der unteren Elbe. „Die alte Hansestadt versucht sich neutral zu verhalten, doch weiß ich, dass sie unter starkem französischem Druck steht. Ich glaube, es sind sogar französische Truppen dort stationiert, um den Schmuggel aus England zu verhindern."

„Und hier, gleich jenseits der Stadtgrenze, schon in Altona, beginnt die Herrschaft des dänischen Königs," fuhr Herr von Möllendorf mit etwas Stolz auf sein umfangreiches Wissen fort. „Wissen Sie, dass der als Herzog von Holstein zugleich souveränes Mitglied des alten Heiligen Römischen Reiches deutscher Nation war ? Das habe ich aus meinem lange zurück liegenden Schulunterricht behalten. Aber die Dänen müssen inzwischen eine schreckliche Wut auf die Engländer haben, denn vor kurzem erst [108] hat eine starke englische Flotte Kopenhagen überfallen, die

---

[108]   Im September 1807

dänischen Kriegsschiffe zusammen geschossen und viele Häuser und Kirchen in der Stadt Kopenhagen zerstört. London wollte wohl damit verhindern, dass die dänische Kriegsmarine in französische Hand gerät. Ich kann mir denken, dass jetzt das Königreich Dänemark gerne auf französische Wünsche hört."

„Wie steht es denn mit Schweden, lieber Möllendorf?" fragte der Pankower Gutsherr nach, „hier muss ich gestehen, dass mein Wissen über die heutige Lage dort oben im Norden große Lücken hat."

„Doch, da weiß ich recht gut Bescheid, denn ich habe manches über die nordischen Königreiche gelesen," konnte der alte General Auskunft geben. „Der schwedische König Gustav IV. Adolf ist ein strikter Gegner Frankreichs [109]. Das wird sich sicher auch auf Schwedisch-Vorpommern auswirken, diesem Gebiet hier dicht westlich von Stettin, der Hauptstadt Preußisch-Pommerns. Seit dem Dreißigjährigen Krieg gehört das ja zu Schweden, doch deswegen müssen die Menschen dort noch lange nicht schwedisch sprechen. " Herr von Möllendorf deutete auf ein kleines violett gefärbtes Gebiet auf der Karte, an der Ostsee gelegen, das auch die Insel Rügen umfasste und eine Stadt namens Stralsund, da, wo man vom Festland auf die Insel Rügen fahren musste.

„Das wäre also hier auf dem mitteleuropäischen Festland südlich von Nord- und Ostsee das einzige Gebiet, dessen Herrschaft klar

---

[109]   Wichard von Möllendorf konnte noch nicht wissen, dass ganz kurz v o r dem (hier im Buch erzählten) Gespräch der beiden preußischen Gutsbesitzer, nämlich am 13. März 1809, eine Verschwörung ausgesprochen frankreichfreundlicher schwedischer Offiziere den König in Stockholm gefangen gesetzt, seine Abdankung erzwungen und den Onkel des Königs, Karl XIII., auf den schwedischen Thron gesetzt hatte. Es gab damals ja noch keine aktuellen Zeitungen; die Übermittlung auch wichtiger aktueller Nachrichten konnte je nach Entfernung Wochen dauern. Gerüchte liefen zwar oft schneller, konnten aber eben auch nicht für unbedingt zuverlässig gehalten werden. Dieser Mangel an aktuellen zuverlässigen Nachrichten aus etwas entfernteren Gegenden ist höchstwahrscheinlich eine Mit-Ursache der in den folgenden Teilen dieses Buches erzählten historischen Vorgänge gewesen.

gegen die Franzosen eingestellt ist", folgerte Gebhard zu Putlitz nachdenklich. „Und das ist sogar unserem preußischen Staatsgebiet in Hinterpommern unmittelbar benachbart. Das lässt mich doch für die Zukunft Gutes hoffen, lieber Möllendorf ! Vielleicht gibt es dort einmal eine Zelle ernsthaften Widerstandes, ja Aufstandes gegen die französische Zwangsherrschaft in fast ganz Europa !"

Die verhängnisvollen Briefe

Berlin, 20. März 1809

Major Ferdinand von Schill saß in seinem Zimmer in der Berliner Kavallerie-Kaserne, in der zur Zeit sein Husaren-Regiment untergebracht war. Das Zimmer war sehr spartanisch eingerichtet, ein schmales Feldbett; ein Stuhl, ein Tisch und ein Schrank, in dem der Offizier seine Uniform und seine Leibwäsche aufbewahren konnte, das musste genügen. Aber auf dem Tisch stand alles, was man zum Briefeschreiben benötigte: ein großes Tintenfass, eine Gänsefeder, Briefpapier und ein Stück Siegellack sowie Feuerzeug und eine Kerze. Was brauchte ein an das Kampieren im Freien gewöhnter Soldat Anderes ?

Wie so häufig war Major von Schill mit dem Schreiben von Briefen beschäftigt. Er war innerlich hochgestimmt. Endlich, endlich schien die Zeit gekommen, auf die er schon so lange gehofft hatte, dass nämlich auf ein Zeichen hin sich die Völker in Europa sich gemeinsam gegen den französischen Usurpator erheben würden ! Diesem Ziel dienten auch die beiden Briefe, die er heute schrieb.

„Herr Kamerad, es ist von äußerster Wichtigkeit, dass die verschiedenen vorbereiteten Aufstände möglichst alle zur gleichen Zeit ausbrechen. Dieses Zeichen soll die schon länger erwartete Kriegs-erklärung Österreichs an Napoleon sein. Nach meinen Informationen wird sie in Kürze ergehen. Ich ermahne Sie nachdrücklich, erst nach dem Eintreffen dieser Nachricht loszuschlagen, dann aber unverzüglich. Ihr ergebener Schill."

Dann falzte der Verfasser den Briefbogen in altvertrauter Weise so, dass die vier Ecken nach hinten gebogen wurden und sich dort ein wenig überlappten. Auf diese Stelle tröpfelte er ein wenig Siegellack, den er mit Hilfe der auf dem Tisch stehenden Kerze angewärmt hatte, so dass er weich wurde und so den Briefverschluss zuklebte. Mit dem Siegelring von seinem Finger wurde der Siegellack angedrückt und zugleich mit einer Art Absenderzeichen versehen, denn in der

Platte des Ringes war winzig klein das Wappen der Adelsfamilie der Schills eingraviert. Auf die Rückseite des Briefs, die nunmehr wie ein Umschlag diente, schrieb Major von Schill dann noch die Anschrift: „Herrn Kapitän [110] Friedrich Christian von Katte, Berlin, Mönchstraße ".

Der Empfänger stammte aus einem sehr alten Adelsgeschlecht der Altmark. Der berühmte Freund Friedrichs des Großen, der nach der gemeinsamen Flucht vor dem tyrannischen Vater diesen „Verrat" mit dem Tode büßen musste, war einer seiner Vorfahren. Jetzt hatte der Husaren-Kapitän im Ruhestand in seiner Heimat im Geheimen zahlreiche Bauern, Pächter und Handwerker in seiner Heimat, der Altmark nördlich von Stendal, aufgestachelt, sich gegen den „verrückten König" Jerome in Kassel zu erheben. Einige Dutzend entschlossene Kämpfer standen bereit, auf ein Zeichen loszuschlagen. Vor allem aber wollte der Kapitän von Katte an die hundert Freiwillige – ehemalige Soldaten und Zivilisten – aus Preußen über die Elbe mitbringen, die den geplanten Aufstand im Nordteil des Königreichs Westphalen unterstützen wollten.

Ein zweiter Brief mit etwa dem gleichen Inhalt wurde adressiert an „Herrn Oberst von Dörnberg, Regiment Chasseur carabiniérs, Kassel". Dieser Offizier stammte eigentlich aus dem nördlichen Teil Kurhessens, hatte aber als preußischer Offizier den Feldzug von 1806 mitgemacht und war zusammen mit dem berühmten General von Blücher dem Schicksal entgangen, in französische Gefangenschaft zu geraten. Nach dem Friedensschluss war er in den Militärdienst des neuen Königreichs Westphalen eingetreten, zu dem ja auch seine Heimat jetzt gehörte. Man zweifelte seine Loyalität nicht an und ernannte ihn sogar zum Obersten und Kommandeur eines wichtigen Regiments im Heer des neuen Königs. Doch in Wahrheit bemühte er sich, die Bauern in seiner nordhessischen Heimat heimlich zum Aufstand gegen die ungeliebte neue Herrschaft zu gewinnen. Auch mit ihm stand Ferdinand von Schill schon seit längerer Zeit in geheimer Verbindung.

---

[110] Offiziersrang in Kavallerie-Regimentern, entspricht dem Hauptmann

Jetzt blieb dem Briefeschreiber nichts mehr übrig, als nach seinem Burschen zu rufen, damit der die Briefe persönlich zur Berliner Postanstalt bringen konnte. Er gab ihm einige Silbergroschen mit, damit er dort die Transportgebühren bezahlen konnte; die richteten sich genau nach der Entfernung des Empfängers. Das Postwesen in Preußen war traditionsgemäß gut organisiert; man war hier sehr stolz auf das gut funktionierende Postkutschen-Netz. Gegen geringe Gebühren wurden Briefe, Päckchen, schwere Pakete, aber auch Passagiere, wenn es sein musste, über weite Entfernungen, von Postboten und mit dem dichten Netz der Postkutschen befördert [111] und, wenigstens in größeren Städten, wieder mit eigenen Postboten zugestellt.

Was der Absender nicht ahnte, war, dass in der Berliner Post-Anstalt einer der dort arbeitenden Beamten zu den im Auftrag von König Jerome – oder sollte man eher sagen, Kaiser Napoleons ? – eingeschleusten Spionen gehörte. Schon längst war diesem Geheimagenten der preußische Major v. Schill als eifriger Briefeschreiber bekannt, aber auch vor allem auch als möglicher Feind Frankreichs. Mit geschultem Auge entdeckte er auf den Briefen Schills im Siegellack das Wappen des verdächtigen Adligen und unterzog dessen neueste Briefe einer genauen Untersuchung.

Das Ergebnis war, dass diese Briefe unauffällig „aus dem Verkehr gezogen" wurden. In den Kreisen der französischen Geheimpolizei nannte man das „im Interesse des Empire française beschlagnahmt". Wenige Tage später landeten die verräterischen Briefe, mit Geheimkurieren befördert, auf dem Tisch des Polizeiministers des Königs Jerome in Kassel. Und Abschriften davon gingen sofort an den Kollegen Kriegsminister, der dadurch rechtzeitig Vorsorge zur Unterdrückung von drohenden Aufständen treffen konnte.

---

[111]   Nuzr die Briefmarken fehlten noch, sie wurden erst etwa 50 Jahre später erfunden

Kapitel 9

Waren alle Hoffnungen vergeblich ?

April – Mai 1809

„Die Altmark muss frei werden !"

Altmark, Anfang bis Mitte April 1809

Kapitän Friedrich Christoph von Katte war von seiner Wohnung in Berlin zusammen mit seinem getreuen Burschen zu einer Reise aufgebrochen, um das Gut seiner Eltern in Zollchow zu besuchen. Das gehörte zum kleinen Rest der alten brandenburgischen Provinz Altmark, der, östlich der Elbe liegend, nach dem Friedensschluss von Tilsit vor drei Jahren noch bei Preußen geblieben war.

Hier auf dem elterlichen Gut hatten sich in den letzten Wochen und Tagen eine Menge junger Männer gesammelt, die der Kapitän von Katte seit etwa einem Jahr in aller Heimlichkeit angeworben hatte, um auf seinen Befehl hin über die Elbe zu setzen und den schon lange geplanten Aufstand im nördlichen Teil des Königreichs Westphalen auszulösen. Jetzt, als Friedrich Christoph von Katte in Zollchow eintraf, schien es endlich so weit zu sein. So unauffällig wie möglich machte sich die Schar in kleinen Gruppen auf den Weg nach Westen.

Allerdings hatte der Befehlshaber, der gar nicht mehr sehr junge Kapitän von Katte, den warnenden Brief seines Mit-Verschwörers, Major von Schill, ja nicht erhalten, auf keinen Fall v o r dem Eintreffen sicherer Nachrichten über den Ausbruch eines allgemeinen Aufstandes in allen – oder wenigstens vielen – Gebieten unter französischer Herrschaft loszuschlagen. So begann der Aufstand im Nordteil des Königreichs Westphalen zu früh. In Wahrheit war das Land noch keineswegs für einen Aufstand bereit. Das sollte sich in den nächsten Tagen zeigen.

Die Fischer und Besitzer von Fährkähnen am Ostufer der Elbe gegenüber von Tangermünde hatten, für sie sehr überraschend, an zwei Tagen plötzlich viel zu tun, um zahlreiche junge Leute ans andere Ufer überzusetzen. Einen Tag später marschierte die kleine Truppe in militärischem Gleichschritt durch das Tangermünder Tor der alten Hansestadt Stendal, als sei sie eine Kompanie preußischer

Soldaten. Allerdings, nur die wenigsten hatten eine preußische Soldaten-Uniform an, doch bewaffnet waren sie alle schon, wenn auch keineswegs einheitlich .

Vor dem Rathaus Stendals machte die Schar Halt. Truppen des Königreichs Westphalen waren in dieser Stadt nicht stationiert, und die wenigen bewaffneten Polizisten in Stendal wagten keinen Widerstand gegen die gefährlich wirkende Truppe. So konnte Kapitän von Katte ohne Probleme die Stadtkasse konfiszieren, deren Betrag er ordnungsgemäß als empfangen quittierte. Auch die Waffen und Pferde der städtischen Gendarmen wurden beschlagnahmt, sie trugen erfreulich zur Vervollständigung der Ausrüstung der Aufständischen bei.

Wenn Herr von Katte auf die begeisterte Unterstützung der Einwohner der Stadt Stendal gehofft hatte so hatte er sich allerdings geirrt. Er ließ zwar hier der Bevölkerung mitteilen, es gebe jetzt eine allgemeine Erhebung der Bevölkerung im angeblichen Königreich Westphalen, und darüber hinaus in allen Staaten des Rheinbundes, mit dem Ziel, die Franzosen aus diesen Ländern zu jagen und sie über den Rhein zu vertreiben. Doch die Bürger, die zahlreich vor dem Rathaus Stendals standen und sich diese Bekanntmachung anhörten, blieben stumm. Weder Begeisterung für die angekündigte Befreiung noch Anzeichen einer Ablehnung dieses Schrittes ließen sich aus den Mienen der Stendaler Bürger schließen. Und nur wenige junge Männer aus der Stadt waren bereit, sich der Schar der Insurgenten anzuschließen, wozu deren Sprecher nachdrücklich aufgefordert hatte.

Immerhin sammelten sich am nächsten Tag ein paar Dutzend der schon vor Monaten für den kommenden Aufstand angeworbenen Knechte und anderen jungen Leute auch von den Dörfern und Gütern rings um Stendal, um sich der so militärisch erscheinenden Truppe anzuschließen.

Am nächsten Tag, es war der 11. April 1809, zog die kriegerische Schar des Kapitäns von Katte weiter nach Süden, mit dem Ziel, als nächstes die große ehedem preußische Festung Magdeburg einzunehmen. Von Katte hatte keine Ahnung, ob nennenswerte

Truppen des Königreichs dort stationiert waren. Aber im Vollgefühl des bis jetzt erfolgreichen Aufstandes glaubte er wohl, auch diesen wichtigen Schritt erfolgreich gehen zu können.

Doch zunächst musste der Befehlshaber der Schar es dulden, dass seine Leute sich weit zerstreuten. Denn inzwischen waren die mitgebrachten Lebensmittelvorräte restlos verbraucht, und die jungen Männer hatten Hunger. Sie mussten in den Dörfern südlich und westlich Tangermünde in den Bauernhöfen betteln gehen, um etwas zu essen zu erhalten. Allerdings geschah das nicht immer ganz friedlich, denn die Mitglieder der aufständischen Schar waren so von ihrem baldigen Sieg überzeugt, dass sie oft wie siegreiche Soldaten auftraten und von den Bauern Lebensmittel mit Gewaltandrohung forderten, anstatt höflich darum zu bitten. Das konnte die Bauern in dieser Gegend der Altmark nicht gerade zu Befürwortern des Aufstandes machen.

Inzwischen zeigte der Kalender den 17, April. Der Haufen der Aufständischen, oder vielmehr das, was von ihm übrig geblieben war, war inzwischen südlich des Städtchens Wolmirstedt angekommen. Denn sehr viele der jungen Leute, die sich einst zur Beteiligung am Aufstand verpflichtet hatten, waren noch in den Dörfern im Hinterland verstreut, um Verpflegung einzusammeln. Eine feuchte Niederung [112] durchzog hier die Landschaft von Ost nach West. Einst hatte die preußische Regierung veranlasst, dass ein fester Damm aus Kies und Steinen quer durch dieses moorige Gelände aufgeschüttet wurde, also von Norden nach Süden, um auch schweren Lastwagen mit mehreren Pferden oder Ochsen davor den Weg ins nahe Magdeburg zu erlauben.

Am Beginn dieses Dammes sammelte Kapitän von Katte seine Männer, um möglichst geschlossen hinüber zu ziehen. Zu seiner Enttäuschung waren es schätzungsweise nur noch etwa 450 Männer, die sich hier sammelten. Aber immerhin, wenn man damit geschlossen durch das Wolmirstedter Tor der Festung Magdeburg einziehen würde, müsste das schon genug Eindruck auf die

---

[112]   Heute verläuft dort der Mittellandkanal

Bewohner einer Festung machen, die zur Zeit ohne Soldaten war, wie man ja annahm.

Der Kapitän außer Dienst von Katte trug Zivil, aber wie bei jedem Adligen .gehörte auch bei ihm ein leichter Degen dazu. Den zog er jetzt, hielt ihn wie zur Parade in de rechten Faust empor und rief seinen Männern zu: „Auf jetzt, in einer Stunde sind wir in Magdeburg und haben damit die Hauptstadt der Altmark in der Hand. Für eine freie und preußische Altmark: hurra !" Er sprach dabei das Plattdeutsch, wie es hier in der Altmark vom jedem Bewohner verwendet wurde. „Hurra, hurra !" antworteten die Männer und schwangen ihre Dreschflegel und anderen Waffen. Dann ging der Marsch über die Dammstraße los.

Am südlichen Ende der Niederung, gut eine Viertel Meile entfernt [113], konnte man einige Bäume erkennen, doch für einen genauen Blick war die Stelle zu weit entfernt. Als die lange Schlange der altmärker Aufständischen sich etwa in der Mitte des langen Dammes befand, blitzte es von dort drüben an verschiedenen Stellen auf, und der dazu gehörige Donner traf kurz darauf auf die Ohren der Männer. Doch zugleich platzen glühende Eisenkugeln auf die Stelle der Straße, wo sich die Spitze der Marschsäule gerade befand. Dutzende von Männern waren sofort tot, noch viel mehr sanken mit schweren Verletzungen zu Boden, der Rest flüchtete panisch schreiend zurück nach Norden, Jetzt traten auch mehrere Reihen von Soldaten aus dem Gebüsch am Ende des Dammes, hoben ihre Musketen und feuerten sie auf Kommando im Gleichtakt auf die Flüchtenden ab. Der „Aufstand der Altmärker" war zu Ende, ehe er richtig begonnen hatte.

Friedrich Christoph von Katte war nicht unter den Toten. Zusammen mit seinem treuen Burschen hatte er unverletzt die Kanonade überstanden. Den mit ihm geflüchteten Altmärkern befahl er, in der richtigen Erkenntnis, dass sein Aufstandsversuch gescheitert war, sich aufzulösen und so unauffällig wie möglich nach Hause zurückzukehren.

---

[113]   etwa anderthalb Kilometer

Da er und auch sein Bursche in Zivil gekleidet waren, fiel er nicht weiter auf, als er einige Stunden später in Rogatz, dem Fischerdorf am Westufer der Elbe, 2 Meilen nördlich von Magdeburg, einem Fischer einen Taler bot, damit der ihn und seine Begleiter mit seinem Kahn auf das östliche, preußische, Ufer der Elbe bringen könne.

Es war dem preußischen Offizier klar, dass er zur Zeit auch nicht in seinem Heimatstaat willkommen war. Hier würde man ihn wohl als Deserteur, ja als Hochverräter verfolgen. Da er glücklicherweise einen gut gefüllten Geldsack bei sich trug, gelang es ihm, innerhalb weniger Tage unerkannt auf das Gebiet des Königreichs Sachsen südlich der Altmark zu entkommen. Von dort konnte er weiter nach dem österreichischen Böhmen flüchten, wo es eine Soldatenschar gab, die sich auf den Kampf gegen Napoleon rüstete. Es war die sogenannte „Schwarze Schar" des Herzogs Friedrich Wilhelm von Braunschweig-Oels, von der der Leser dieses Buches etwas später noch Genaueres erfahren wird.

Dem französischen „Generaldirektor der hohen Polizei" des Königreichs Westphalen in Kassel, dem Monsieur Jean François de Bongard, war nicht verborgen geblieben, dass in der Altmark Gerüchte über einen bevorstehende Aufstand umliefen, dank der zahlreichen Spione, die die für derartige Hinweise reichlich in Aussicht gestellten Franken verdienen wollten. Den Ausschlag gaben vielleicht die verhängnisvollen Briefe, die einen guten Monat vorher der Major von Schill in Berlin verfasst hatte und die ebenfalls durch einen Spion in der Hauptstelle der Berliner Post nach Kassel umgeleitet worden waren.

Dadurch erfuhr auch der westphälische Kriegsminister Jean Baptiste Eblé von der dicht bevorstehenden Gefahr. Ihm war es dadurch möglich gewesen, unter anderem zwei Regimenter der westphälischen Armee im Eilmarsch nach Magdeburg zu beordern; sie kamen gerade noch rechtzeitig vor dem Einzug der Aufständischen in die Stadt. Vor allem hatten sie auch zwei berittene Batterien Artillerie mitgebracht. Sie konnten am strategisch besten Platz, dem Süd-ende des Dammes über die moorige Senke nördlich Magdeburgs, aufgestellt werden und sich in aller Ruhe auf die Beschießung der Empörer vorbereiten, die ihnen hier vom Straßendamm wie auf einem Übungs-Schießstand vor das Rohr geleitet wurden.

Der Kriegsminister in Kassel, aber auch der französische General Claude Michaut als Kommandeur der Aktion bei Magdeburg, die beiden Regiments-Kommandeure sowie die Kommandeure der beiden Artillerie-Batterien erhielten bald darauf die ihrem Rang entsprechenden Stufen des von König Jerome neu geschaffenen „Ordens der westphälischen Krone".

Sehr bald nach diesem Sieg bekam der größte Teil der westphälischen Truppen in der Festung Magdeburg den Befehl, in Eilmärschen nach Süden abzurücken. Auch dort, südlich der Hauptstadt Kassel, drohten offenbar irgendwelche Aufstände.

„Es lebe das Kurfürstentum Hessen-Kassel !" – und was daraus wurde

Nordhessen, 18. – 23. April 1809

Der Kommandeur des königlich-westphälischen Reiterregiments der „Chasseur carabiniers" in Kassel, der Herr Oberst Wilhelm Freiherr von Dörnberg, hatte ordnungsgemäß bei seinem Vorgesetzten für zwei Tage Urlaub beantragt, um auf seinen Landgütern im Norden des alten Hessen – heute hieß die Gegend „Departement der Fulda" – einige dringende Angelegenheiten zu regeln. Dieser Urlaub wurde ihm auch anstandslos bewilligt. Allerdings löste das Gesuch bei einigen hohen Vertretern der königlich-westphälischen Regierung in Kassel ganz im Stillen eine Art Alarm aus.

Denn seit einigen Wochen stand der hohe Offizier im Verdacht bei den für die Sicherheit des Staates verantwortlichen hohen, ausschließlich französischen, Beamten, dass er es war, der hinter den heimlichen Vorgängen im Norden des ehemaligen Hessen stecken könnte, die die reichlich vorhandenen Spione dort gemeldet hatten. Den Ausschlag für das sofortige Handeln des Kriegsministers gab der aus Berlin weitergeleitete Brief des schon längst höchst verdächtigen preußischen Majors von Schill an den Oberst von Dörnberg, in dem von einem unmittelbar bevorstehenden Aufstand die Rede war.

Herr von Dörnberg war indessen, begleitet von seinem Burschen, unbehelligt in Homburg angekommen, dem kleinen Städtchen knapp vier Meilen [114] südlich von Kassel, das auch zugleich Sitz des uralten Damenstifts Wallerstein war. Dort war die Reichsfreifrau Marianne vom und zum Stein, die Schwester des einstigen preußischen Ministers, als Äbtissin Vorgesetzte von zehn Schwestern. Diese

---

[114] etwa 30 Kilometer ; dieses Homburg (Efze) ist nicht zu verwechseln mit dem Homburg/Taunus

lebten, obwohl alle evangelischen Glaubens, wie in einem Kloster zusammen, weil sie unverheiratet waren und ihre fast immer adligen Familien sie nirgends wo anders unterzubringen wussten. Die Äbtissin und der Oberst kannten sich schon lange und waren sich im Geheimen einig, dass diese merkwürdige Herrschaft eines französischen Königs über ur-deutsches Land so schnell wie möglich beendet werden musste.

Oberst von Dörnberg wusste, dass der Ausbruch des schon seit einiger Zeit erwarteten Krieges zwischen Österreich und Frankreich das Signal für den Beginn des von ihm seit einem Jahr im Geheimen vorbereiteten Aufstand der bäuerlichen Bevölkerung im Norden Hessens sein sollte. Zur gleichen Zeit wollten der preußische Kapitän von Katte in der Altmark mit einem Aufstand in der dortigen Gegend und der preußische Major von Schill in Berlin mit einem bewaffneten Einfall seines Husaren-Regiments in das Gebiet des Königreichs Westphalen von Südosten her die Menschen in fast allen Gebieten dieses merkwürdigen Staates in Aufruhr versetzen. In monatelangem, streng geheimem Schriftwechsel war dies verabredet worden; auch die preußischen Generäle von Scharnhorst und Gneisenau in Berlin, die seit zwei Jahren unermüdlich an der militärischen Wiederauferstehung Preußens arbeiteten, waren eingeweiht.

Aber wann war wohl die Kriegserklärung Österreichs an Frankreich erfolgt? Noch immer hatte Oberst von Dörnberg nichts davon gehört, auch nichts von den Ereignissen einige Tage zuvor dicht nördlich von Magdeburg. Sein angeblich privater Besuch in Homburg und hier im Stift Wallerstein diente in Wahrheit der – hoffentlich letztmaligen – Besprechung aller Vorbereitungen des Aufstandes mit einigen Vertrauten. Danach kehrte der Oberst zu Pferd in seine Kaserne in Kassel zurück.

Doch hier, vor allem im königlichen Schloss, herrschte inzwischen höchste Aufregung, Die Nachricht von dem glücklich niedergeschlagenen Aufstand in der Altmark und vom missglückten Versuch der Einnahme Magdeburgs war inzwischen in Kassel eingetroffen. König Jerome war sehr betroffen, aber ahnungslos, was die Verschwörer in seiner unmittelbaren Nähe anging. Er befahl sogar, das Regiment der Chasseurs carabiniers des Obersten von Dörnberg als zusätzliche Verstärkung der königlichen Garde ins Schloss zu verlegen, doch Monsieur de Bongard, der Generaldirektor der hohen Polizei in Kassel, wusste das zu verhindern. Im Gegenteil, er wollte den höchst verdächtigen Obersten verhaften lassen Nur die rechtzeitige Warnung eines Freundes veranlasste Oberst von Dörnberg, gerade noch aus Kassel zu flüchten. Der Polizeidirektor erließ einen Steckbrief gegen den „flüchtigen Rebellen" von Dörnberg.

Zunächst noch ganz unbehelligt erreichte Wilhelm von Dörnberg am 22. April 1809 erneut den vorgeplanten Sammelort der Aufständischen, das Städtchen Homburg. Dort hatten sich zu gleicher Zeit, eigentlich noch gar nicht so vorgesehen, die Masse der verschworenen Bauern versammelt. Das war auf Veranlassung der Brüder Lorenz geschehen, Cornelius und Nicolaus, die einen sehr starken Einfluss auf die Bauern in der Schwalm [115] hatten. Sie hatten in den letzten Wochen bei zahlreichen geheimen Versammlungen den Bauern mitgeteilt, dass ihre Unterdrückung durch den fremden König bald ein Ende haben werde. Sie wirkten dabei wie Propheten, die göttliche Weissagungen zu verkünden hätten. Sie gaben die Parole aus: „Es lebe das alte Kurfürstentum Hessen-Kassel !" Das war ganz im Sinne des inoffiziellen Anführers der Rebellion, des Obersten von Dörnberg. Die ungebildeten Bauern .fielen darauf allesamt herein und ließen sch dann zur Teilnahme am geplanten Aufstand sofort verpflichten. Ungeduldig und ohne weitere Nachrichten von außerhalb hatten die Brüder Lorenz von sich aus den Beginn der geheimen Sammlung der Aufständischen auf den 21. April festgesetzt [116].

---

[115] Landschaft in Nordhessen, nach dem kleine Fluss Schwalm südlich von Kassel

[116] Am gleichen Tag erlitten im inzwischen offiziell ausgebrochenen Krieg zwischen Österreich und Frankreich die österreichischen Truppen allerdings eine erste schwere Niederlage bei Eggmühl (Bayern), doch natürlich erfuhr man davon im Norden Deutschlands so schnell noch nichts

An diesem Tag drängelten sich daher mehrere tausend Aufständische auf dem kleinen Marktplatz des Kleinstädtchens Homburg. Hier sollte der Beginn des Aufstandes offiziell verkündet werden. Die Äbtissin des Damenstifts Wallerstein, Freifrau vom Stein, hatte sich für diesen Moment einen besonderen Höhepunkt ausgedacht. Sie wollte den Aufständischen beim Beginn ihres Marsches eine Fahne übergeben, die allerdings keineswegs das Wappen des früheren Kurfürsten von Hessen-Kassel wiedergab, sondern den doppelköpfigen schwarzen Adler des alten, erst kürzlich untergegangenen „Römischen Reiches deutscher Nation" sowie die Farben des dörnbergischen Adelsgeschlechtes, gelb und rot. Diese Fahne sollte den Teilnehmern beweisen, dass es sich um ein höchst legitimes und vaterländisches Unternehmen handelte; sie sollte dem Heerhaufen siegreich voran wehen.

Jetzt war es so weit. Neben dem vorgesehenen Anführer der Erhebung des hessischen Volkes gegen die französische Fremdherrschaft, dem Obersten von Dörnberg, und einigen Adjutanten aus bürgerlichen Familien sowie den beiden Brüdern Lorenz standen mehrere tausend Bauern auf dem Marktplatz, wie in der Altmark nur mit den primitivsten Waffen ausgerüstet, und lauschten den aufmunternden Worten ihres künftigen Kommandanten und der Äbtissin. Oberst von Dörnberg machte in seiner grünen Uniform der Chasseurs carabiniers eine eindrucksvolle Figur, auch wenn er seinen Kahlkopf nicht wie andere Männer mit einer Perücke versteckte.

Das erste Ziel war die Hauptstadt des neuen Staates, Kassel, die ja nur einen Tagesmarsch nördlich lag. Dort sollte in einem Handstreich das königliche Schloss besetzt und der König gefangen genommen werden. Damit, so hofften die Köpfe des Aufstandes, hätte man schon weitgehend die Verwaltung des neuen Königreiches in der Hand und könne dann weiter sehen, auch wie weit in anderen Gegenden Deutschlands und Europas die Aufstände gegen die Herrschaft des Kaisers aus Korsika vorangeschritten sein würden.

Einen Tag später stand der aufständische Heerhaufen wie geplant dicht südlich von Kassel. Doch beim Dorf Rengershausen, an der sogenannten Knallhütte [117], versperrte eine mehrere Glieder tiefe Einheit westphälischer Infanterie mit angelegten Gewehren die Straße, und die Kanonen von zwei Artillerie-Batterien waren auf die heranmarschierenden Bauern gerichtet. Es brauchte nur fünf Minuten und zwei Salven der Kanonen, bis auch hier die entsetzten Bauern panisch wieder nach Süden flüchteten, soweit sie nicht tot oder schwer verwundet am Boden lagen.

Auch hier, wie in der Altmark, endete der Aufstandsversuch in einem völligen Desaster. Den Anführer Oberst von Dörnberg, der, wie es sich für Offiziere gehörte, an der Spitze seiner „Truppen" geritten war, hatte wie durch ein Wunder jede Kanonenkugel und jeder Musketenschuss verfehlt. Er konnte zur Seite ausbrechen und in einem Wäldchen verschwinden. Nur sein Bursche, ebenfalls gut beritten, blieb ihm auf den Fersen. Beiden gelang es, über einige Dörfer jeder Verfolgung zu entkommen.

Der Weg der Flucht war für sie klar: in zwei Tagen erreichten sie mit Gewaltritten ihrer Pferde die Grenze des Großherzogtums Sachsen-Weimar. Das gehörte zwar auch zum Rheinbund und war daher wenigstens auf dem Papier mit Napoleon verbündet, aber vom Boden des Königreichs Westphalen hatten sie sich schon einmal retten können. Unterwegs war es dem Obersten gelungen, für sich und seinen Burschen zivile Kleidung zu kaufen, die die beiden wie einfache Stadtbürger aussehen ließ. Sie kostete dem Obersten zwar einige Franken, aber die waren es wert.

Drei Tage später hatten die Flüchtigen die Grenze zum österreichischen Böhmen erreicht und waren damit vorerst in Sicherheit. [118].

---

[117] etwa 10 Kilometer südlich des Stadtzentrums von Kassel

[118] Oberst von Dörnberg hat anschließend in verschiedenen Staaten, die gegen Napoleon kämpften, als Offizier gedient,: erst beim Herzog Friedrich Wilhelm von Braunschweig, der mit einer eigenen Truppe quer durch Norddeutschland zog, ohne sein von Napoleon konfisziertes angestammtes Land wieder erobern zu können. Danach war Dörnberg in England,

Ausmarsch wie zum Manöver

Berlin, 28. April 1809

Einige Tage lang hatten die Husaren des 2. preußischen Husaren-Regiments in ihrer Berliner Kaserne die Pferde gestriegelt und das Zaumzeug geputzt, ihre Uniformen gesäubert und die Gewehre überprüft. Es sollte bald zum Manöver gehen, hatte es geheißen. Aber die Husaren hätten auch bei einer Parade ein vorzügliches Bild abgegeben, so sauber waren Reiter und Pferde herausgeputzt.

Am frühen Morgen des 28. April war es endlich so weit. Die Trompeten verkündeten das vertraute Signal „Ausmarsch zum Manöver", und die Soldaten strömten in die Ställe, um ihre Pferde zu satteln, aufzusitzen und sich dann so schnell wie möglich in der gewohnten Ordnung in ihren Schwadronen aufzustellen. „Abmarsch im Schritt" sagte dann das nächste Trompetensignal. Die Husaren mit ihrer schnurverzierten Attila, dem über der linken Schulter hängenden Mäntelchen, und den hohen Tschakos [119] boten ein beeindruckendes Bild.

Langsam bewegte sich der lange Zug der Reiter durch das Kasernentor auf die Straße und von dort in der Pferden und Reitern wohl bekannten Richtung nach Südwesten, durch das Hallesche Tor der alten, längst nicht mehr gebrauchten Berliner Stadtmauer und danach auf Potsdam zu. Am Ende des Zuges der Reiter rumpelten die sieben Bagagewagen, für jede Schwadron und den Regimentsstab einer. Auf ihnen waren Zelte für das Feldbiwak, Lebensmittel, Ersatz-Munition und andere notwendige Dinge untergebracht, die das Regiment bei längerer Abwesenheit von der Kaserne unbedingt brauchte.

Russland, Preußen und später in Hannover in militärischen Diensten. Er starb erst im Jahr 1850.

[119]   Hohe, pelz-besetzte Mützen

An der Spitze des Regiments ritt wie üblich der Fahnenträger mit der Regimentsfahne, begleitet von zwei Ehrenposten. Im Ernstfall waren sie ausersehen, die Fahne zu übernehmen, falls der eigentliche Fahnenträger im Kampf fallen sollte. Dieser Gruppe folgte der Regimentskommandeur, Major von Schill, sowie ein kleiner Stab von Offizieren, teils ganz junge als Ordonnanz-Offiziere zur Übermittlung von Befehlen, teils mit Sonderaufgaben im Regiment wie der Feldscher und der Regiments-Geistliche, sowie die Trompeter zur Übermittlung von Befehlen an das Regiment.

Ein wenig verwundert waren die Soldaten schon, als es außerhalb der Häuser der Stadt nicht zum üblichen Manövergelände ging, sondern weiter in Richtung Potsdam. Die höheren Offiziere im Regiment wussten Bescheid. Sie wunderten sich daher nicht, dass der stramme Marsch immer weiter ging, nur von den üblichen kurzen Pausen zum Erholen der Pferde und zum Pinkeln für die Reiter unterbrochen. Erst hinter Potsdam, nach einem ungewohnt langen Tagesritt von fast fünf Meilen [120] ließ am späten Nachmittag der Kommandeur das Regiment halten und befahl, feldmarschmäßiges Biwak aufzuschlagen. Alle diese Befehle wurden wie üblich durch Trompetensignale bekannt gegeben, deren Bedeutung jeder Soldat auswendig kennen musste.

Als die Zelte standen und wieder Ordnung eingekehrt war, versammelte Major von Schill das Regiment um sich. „Meine Soldaten," redete er sie an, „ihr wundert euch, was dieser Ausritt soll. Doch es geht nicht zum Manöver, sondern heute gilt es, unser Vaterland zu befreien und unserem geliebten König zu helfen. Auch für unsere geliebte, von uns allen angebetete Königin Luise tun wir unseren Zug. Von ihr halte ich ein teures Andenken in meiner Hand." Dabei zeigte er eine Brieftasche, die er einst bei einer Audienz beim Königspaar von der in ganz Preußen verehrten Königin Luise geschenkt bekommen hatte.

„Für sie in den Tod zu gehen, sind wir zu jeder Stunde bereit. Kameraden, seid Ihr entschlossen und bereit, mir zu folgen – bis in

---

[120]   Über 40 Kilometer

den Tod ?" Die Antwort war beeindruckend Wie ein Mann zogen sämtliche Offiziere und Husaren ihre Säbel und riefen: „Hurra ! Wir folgen, bis in den Tod !"

Ungeduldig hatte Major von Schill in den letzten Tagen auf Nachrichten aus Österreich gewartet; dass der erwartete Krieg und der zugleich erwartete Aufstand in Tirol ausgebrochen war. Zugleich mit den ersten Gerüchten darüber gab es auch Behauptungen über einen ersten Sieg der österreichischen Truppen. Und er hatte einen Brief des wichtigsten Mitarbeiters des preußischen Generals von Scharnhorst, Ribbentrop, empfangen, in dem es hieß: „Der König schwankt. Schill, ziehen Sie mit Gott !" War dies nicht das Zeichen, mit seinem Regiment unverzüglich aufzubrechen und den schon lange geplanten bewaffneten Zug ins benachbarte Königreich Westphalen zu beginnen.

Er ahnte nicht, dass das Gerücht Falsches berichtete, wenigstens was einen angeblichen österreichischen Sieg anging; und er hatte auch noch nichts davon gehört, dass nur wenige Tage vorher die so lange geplanten Aufstände des Kapitäns von Katte und des Obersten von Dörnberg so blutig zusammengebrochen waren.

Der Anfang des Zuges des Majors von Schill zur Befreiung Preußens vom französischen Joch war jedoch nun erfolgreich gemacht, und vom Kommandeur bis zum letzten Husaren seines Regiments waren alle so hoch gestimmt, als hätten sie einen entscheidenden Sieg errungen.

Fünf Tage im Jubel-Gefühl

29. April bis 3. Mai 1809

Es schien, als habe das Bekenntnis des gesamten Regiments zum gemeinsamen Ziel – „Siegen oder Untergehen" – selbst den Pferden den Schritt beflügelt. Die Stimmung der Reiter war geradezu euphorisch. In den Schwadronen wurde das Lied angestimmt, das erst vor gut zehn Jahren der berühmte Dichter Schiller für sein Schauspiel „Wallensteins Lager" verfasst hatte, das aber inzwischen vertont und zumindest in Teilen Deutschlands zu einem wahren Volkslied geworden war, weil es die Gefühle, ja die Sehnsucht vieler Deutschen in der heutigen politischen Lage auszudrücken schien:

„Auf, auf, Kameraden, aufs Pferd, aufs Pferd,
ins Feld, in die Freiheit gezogen.
Im Felde, da ist der Mann noch was wert,
da wird das Herz noch gewogen.
Da tritt kein anderer für ihn ein,
Auf sich selber steht er da ganz allein!"

Ins Feld, in die Freiheit zogen sie jetzt auch, die Schill'schen Husaren, und sie waren glücklich dabei.

Der Ritt ging zügig nach Südwesten. Nur wenige der höheren Offiziere des Regiments wussten, was die nächsten Ziele sein sollten, aber den Soldaten war das sowieso gleichgültig. Sie verließen sich darauf, dass ihre Anführer sie schon an die richtige Stelle bringen würden.

Im märkischen Städtchen Treuenbrietzen fand das Regiment für eine Nacht Quartier nach altem Brauch, indem die dortigen Bürger die Reiter und Offiziere und ihre Pferde für eine Nacht in ihren Häusern unterbringen und verpflegen mussten. Dafür erhielten die Bürger 10 oder 20 Silbergroschen Entschädigung aus der Regimentskasse, da man ja hier im eigenen Staat – Preußen – und im Frieden Quartier suchte. Den Bürgern vom Treuenbrietzen war schon sehr lange eine solche Einquartierung nicht mehr passiert, aber sie wussten alle, dass ihnen ein solches Schicksal irgendwann einmal geschehen konnte, gleichgültig ob im Frieden oder im Krieg.

Mit dem nächsten Tagesmarsch hatte das Regiment schon die Grenze Preußens überschritten und befand sich nun in Sachsen. Die alte berühmte Stadt Wittenberg, die Heimat der evangelischen Reformation und einst die Hauptstadt eines eigenen kleinen Herzogtums, wurde nun für eine Nacht zum Quartier für das Schill'sche Regiment. Am nächsten Morgen überquerte das Regiment die Elbe auf der Wittenberger Brücke und zog im Eiltempo weiter nach Dessau, das es am späten Nachmittag erreichte.

Das Städtchen Dessau im Fürstentum Anhalt mit seinem alten Schloss hatte eine enge Verbindung mit Preußen, die schon weit über hundert Jahre lang dauerte. Der Großvater des jetzigen Herzogs, Leopold I., – man nannte ihn seinerzeit den „Alten Dessauer" – war ein enger Freund des preußischen Königs Friedrich Wilhelms I., des „Soldatenkönigs", gewesen und zugleich königlich-preußischer Generalfeldmarschall. Eigene Truppen hatte das Herzogtum nie gehabt, immer waren es preußische Soldaten in preußischen Uniformen gewesen, die das Städtchen bevölkert hatten.

Heute gab es nur noch gut drei Dutzend Soldaten in Dessau, die in abgewetzten alten preußischen Uniformen vor dem Herzogsschloss Wache hielten. Bis zum Jahr 1806 waren Fürsten die Souveräne des kleinen Ländchens gewesen, aber dieses so umwälzende Jahr hatte auch den Fürsten von Anhalt eine Rangerhöhung gebracht, sie durften sich jetzt Herzöge nennen.

Formal gehörte auch das kleine Herzogtum Anhalt-Dessau heutzutage zum Rheinbund unter französischer Schutzherrschaft; aber niemand konnte es dem Herzog verwehren, wenn er ein preußisches Regiment auf dem friedlichen Durchritt durch sein kleines „Reich" freundlich begrüßte. Zugleich sorgte er dafür, dass nach altem Brauch das Regiment für eine Nacht Quartier in seiner Residenzstadt erhielt.

212

.Hier in Dessau suchte Major von Schill einen Drucker auf. Er hatte inzwischen das Manuskript eines Aufrufs „An die Deutschen !" verfasst und wollte sich davon eine ausreichende Anzahl davon drucken lassen , um sie bei seinem weiteren geplanten Ritt durch das Gebiet des Königreichs Westphalen nach Bedarf verteilen zu können. Der Drucker arbeitete mit seinen Gehilfen die ganze Nacht durch und konnte am Morgen dem Herrn Major die gewünschte Anzahl von Flugblättern überreichen.

Von Dessau aus schickte der Regimentskommandeur eine kleine Truppe von 50 besonders gut berittenen Soldaten unter einem Leutnant nach Süden, um die Stadt Halle (an der Saale) zu besuchen. Dort in der berühmten Universitätsstadt standen, wie er wusste, keine westphälischen Truppen. Aber im Rathaus gab es wie überall auch eine Staatskasse mit Geldern, die dem König von Westphalen zustanden. Sie hatte der kleine Stoßtrupp zu beschlagnahmen, außerdem hatte er einige Schilder mit dem preußischen Adler mit, die er an einigen Amtsgebäuden anbrachte, anstelle der Schilder mit dem Wappen des „Königs Lustick" in Kassel.

Auch andere kleine Gruppen von Soldaten wurden in mehrere Kleinstädte der Umgebung geschickt, um – natürlich nur auf dem Territorium des Königreichs Westphalen – dort die Staatskassen zu beschlagnahmen. Nirgendwo trafen sie hier südlich der Festungsstadt Magdeburg auf Widerstand. Insofern waren die ersten Tage des wagemutigen Unternehmens ausgesprochen von Erfolg gekrönt.

Der Zug des Regiments von Dessau aus richtete sich nun nach Norden, zunächst noch durch die winzigen Territorien weiterer Herzöge von Anhalt mit ihren Residenzschlössern in Köthen und Bernburg, Es handelte sich dabei um Nebenlinien der Herzöge von Anhalt-Dessau. Feindliche Gefühle gegen die preußischen Soldaten waren auch hier nicht zu bemerken, allerdings auch keine Begeisterung über den geplanten Aufstand gegen die französische Zwangsherrschaft.

Ein schicksalsträchtiger Kriegsrat

Bernburg, 4. Mai 1809

Am Abend des 4. Mai versammelte der Major von Schill sein Offizierscorps im Städtchen Bernburg zu einem wichtigen Kriegsrat. Denn inzwischen waren bei ihm mehrere wichtige Informationen eingetroffen. Sie waren völlig gegensätzlicher Natur.

Einmal hatte ihn mit einem berittenen Eilboten ein wichtiger Brief aus Berlin erreicht. Der Bevollmächtigte des immer noch in Königsberg in Ostpreußen residierenden Königs Friedrich Wilhelm III. für die Hauptstadt Berlin, der Gouverneur General Lestoc [121], teilte ihm mit, er habe unverzüglich nach Berlin zurückzukehren und sich für den Empfang einer seiner Insubordination [122] entsprechenden Strafe bereit zu halten.

Gleichzeitig war die Postkutsche von Quedlinburg nach Dessau, die das Kleinstädtchen Bernburg durchquerte, von den aufmerksamen Wachen der Schill'schen Husaren angehalten worden. Der Inhalt ihres Postsacks wurde vorübergehend beschlagnahmt, um ihn auf eventuell dort transportierte wichtige Nachrichten zu überprüfen. Tatsächlich wurde ein Leutnant, dem diese Aufgabe übertragen worden war, fündig. Der Postsack enthielt in mehreren Exemplaren die neueste Ausgabe des „Bulletin officiel du Royaume de Westphalie – Offizielles Bulletin des Königreichs Westphalen." Das war das Mitteilungsblatt, das sich der neue König in Kassel geschaffen hatte. Alle Texte darin waren in zwei Sprachen gedruckt, in Französisch und in Deutsch.

Was Major von Schill und einige seiner älteren Offiziere darin lasen, war allerdings niederschmetternd. Man wollte zwar nicht alles glauben, was in diesem Propagandablättchen des feindlichen

---

[121] ein preußischer Offizier, hugenottischer Abkunft, daher der französische Name
[122] Ungehorsam, Unbotmäßigkeit

Machthabers stand. Aber völlig gelogen konnte es wohl auch nicht sein, was dort schwarz auf weiß gedruckt stand:

-   der erste größere kriegerische Kontakt zwischen österreichischen und französischen (sowie bayerischen) Truppen im gerade ausgebrochenen Krieg, mehrere Gefechte in der Oberpfalz südlich von Regensburg, noch auf bayerischem Gebiet, hätten so hieß es im Bulletin, zu einem großflächigen Rückzug der Österreicher und zu einer blutigen Schlacht bei Eggmühl geführt, die der Erzherzog Karl, ihr Oberbefehlshaber, angeblich grandios verloren habe. Die kaiserlich-österreichischen Truppen seien in schnellem Rückzug begriffen.

-   Zwei Aufstandsversuche im Königreich Westphalen, der eines gewissen preußischen Kapitäns von Katte, und der des Landesverräters Oberst von Dörnberg, seien schon in ihren ersten Ansätzen durch königlich-westphälische Truppen glorreich erstickt worden, der eine nördlich von Magdeburg, der andere südlich von Kassel. Beide Anführer der Rebellen seien flüchtig und eine Belohnung auf ihren Kopf ausgesetzt.

Etwa zur gleichen Zeit, als Schill und seine Offiziere diese Unglücksbotschaften lasen, sprengte ein preußischer Oberleutnant auf schweißbedecktem Pferd in das Städtchen Bernburg und ließ sich zum Major von Schill führen. Was er zu berichten hatte, war nun völlig entgegengesetzt zu dem, was Schill und seine Offiziere an diesem Abend bisher erfahren hatten.

In Berlin war in den letzten Monaten neben dem berittenen Husaren-Regiment des Majors von Schill eine weitere Soldaten-Einheit entstanden, die Infanterie-Soldaten vereinigte, die sich freiwillig zum Dienst im neuen preußischen Heer gemeldet hatten und ebenfalls unter dem Befehl des so verehrten Majors von Schill stehen wollten. Laut allerhöchster Kabinetts-Ordre Seiner Majestät, des Königs, durfte auch dieses im Aufbau befindliche Infanterie-Regiment den Namen „von Schill" führen.

Und dieses Regiment war auf ausdrücklichen Wunsch seiner Soldaten noch am gleichen Tag, als das Husaren-Regiment aus

Berlin auszog, aufgebrochen, um dem verehrten Vorgesetzten auf seinem Weg „ins Feld, in die Freiheit" zu folgen. In Eilmärschen mit erstaunlichen täglichen Marschleistungen war es inzwischen an der Elbe in der Höhe von Aken [123] angekommen. Nach einem weiteren Eilmarsch würde es am nächsten Tag die Schillsche Hauptmacht in Bernburg erreichen. Es handelte sich um 2 Kompanien mit 7 Offizieren, wenn   das auch noch längst kein vollständiges preußisches Infanterie-Regiment darstellte; aber immerhin ein knappes Bataillon.

Das waren die Informationen, die Major von Schill zu Beginn des von ihm einberufenen Kriegsrates seiner Offiziere allen noch einmal mitteilte. Als Befehlshaber stand es ihm zu, zuerst seine Meinung zu äußern, auch wenn in einem solchen – in der preußischen Armee nur selten zu Rate gezogenen - Kriegsrat a l l e Offiziere das Recht hatten, offen ihre Ansicht kund zu tun.

„Liebe Kameraden", fügte Major von Schill seiner Bekanntgabe der so gegensätzlichen Informationen hinzu,   „so ist wohl die Lage. Sie ist alles andere als günstig für das Vorhaben, zu dem wir vor einigen Tagen aufgebrochen sind. Ich bin bereit, sofort nach Preußen zurückzukehren und mich in Berlin dem Urteil zu stellen, das mir mein König zudiktieren wird. Ich bin bereit, hierfür die alleinige Verantwortung zu übernehmen, und ich glaube nicht, dass man auch Sie, meine Kameraden Offiziere und unsere Soldaten, dafür zur Verantwortung ziehen wird. Aber ich habe diesen Kriegsrat einberufen um auch Ihre ehrliche Meinung, die meiner Kameraden, zu hören. Bitte äußern Sie diese jetzt!"

Für ein paar Augenblicke herrschte erschrockenes Schweigen. Dann aber brach es aus dem Major Adolf von Lützow heraus: „Nein, nein, nein !. Das kann nicht sein! Wir haben gewusst, Kameraden, dass wir mit unserem Auszug aus Berlin, hinein ins Königreich Westphalen, formal gegen den Willen unseres Königs verstoßen haben. Aber wir waren überzeugt – und wir sind es noch immer ! –

---

[123]   Kleinstadt am Westufer der Elbe mit einer damals bereits vorhandenen Brücke , 10 Kilometer westlich von Dessau

dass wir trotzdem im höheren Interesse unserer Nation und unseres preußischen Königreichs handeln. Mögen die Umstände heute auch schlechter sein, als wir noch vor wenigen Tagen glaubten, so meine ich, wir müssten das ausführen, was wir uns vorgenommen haben. Und wenn es ein Ende mit Schrecken gibt, dann glaube ich, dass das immer noch besser ist, als ein Schrecken ohne Ende ! Wenn wir nicht erreichen, was wir gewollt haben, dann lasst uns mit dem Degen in der Faust den Tod eines tapferen Soldaten sterben !"

Major von Lützow war nächst dem Kommandeur Schill der höchste Offizier im Regiment, wenn er diesem auch noch nicht lange angehörte. Aber er schien die Meinungen seiner Kameraden richtig ausgedrückt zu haben, die sich jetzt einer nach dem anderen äußerten.

Jetzt ließ sich auch Major von Schill wieder vernehmen: „Nein, meine Kameraden, tut das nicht. Ich bin bereit, alle Schuld auf mich zu nehmen, nach Berlin zurückzugehen und das Urteil meines Königs geduldig zu ertragen."

Doch alle seine Offiziere widersprachen ihm. Sie hatten von ihrem so verehrten Vorgesetzten gelernt, dass es einen höheren Zweck gebe, sein Leben schlimmstenfalls zu opfern, als ein simpler Befehl eines Vorgesetzten, und sei es auch ein Befehl des eigenen Königs, der – wie man ja wisse - noch immer in Ostpreußen leben müsse, um nicht zu sehr unter Druck des angeblich allmächtigen französischen Kaisers zu geraten. Aber immer noch müsse er Rücksicht nehmen auf die französische Besatzung im eigenen Land. Es gelte, den einzigen voll bewaffneten und zum Widerstand gegen den Diktator Europas bereiten preußischen Truppenkörper in seiner Wehrkraft zu erhalten,, wenn das auch zur Zeit offenbar nicht in Preußen möglich sei.

Im weiteren Verlauf dieses Kriegsrats der Offiziere des 2. preußischen Husaren-Regiments mit ihrem Kommandeur überlegte man, ob man sich nach Böhmen durchschlagen könne, auf österreichisches Gebiet, oder aber an die Ostsee, in der Hoffnung, dort von englischen Schiffen nach Großbritannien gerettet zu werden. Man wusste, dass dort schon zahlreiche Deutsche in einer „Deutschen Legion" unter englischem Befehl gegen Napoleon eingesetzt waren, unter anderem jetzt in Spanien, wo ein englischer General namens Wellesley erfolgreich die Franzosen immer mehr zurück drängte.

Die Entscheidung fiel schließlich, sich nach Norden, bis nach Stralsund, durchzuschlagen und dabei den verachteten westphälischen Truppen so viel Schaden wie möglich zuzufügen, wenn das nötig werden sollte. Allerdings wollte man eine größere Schlacht mit diesen Truppen tunlichst vermeiden. Im Moment war das Regiment ungefährdet. Westphälische Soldaten waren nicht in der Nähe, wie die stets ausgesandten Spähtrupps berichteten. Die Festungsstadt Magdeburg müsse man westlich umgehen, da sie sicher nicht zu erobern sei.

Kapitel 10

Bis zum bitteren Ende

Mai 1809

Schills Zug durch die Altmark

5. - 17. Mai 1809

Für die nächste Zeit schien Gott der Allmächtige es gut mit den Schill'schen Husaren zu meinen. Das begann schon am Tag, nachdem sie in Bernburg die verstörenden Nachrichten erhalten, aber zugleich den Entschluss gefasst hatten, entgegen den Befehlen ihres Königs sich nach Stralsund durchzuschlagen – oder wollte insgeheim ihr König doch gerade dies?

Früh am nächsten Morgen brach das Regiment auf, nach Norden, wo die Festung Magdeburg lag, die es aber in einem großen Bogen umgehen wollte. Es war am Nachmittag, als es nach einem Ritt von gut drei Meilen [124] vor dem Dorf Dodendorf Halt machte. Vorausgesandte Kundschafter hatten gemeldet, dass dort eine größere Zahl feindlicher Soldaten sich in den Weg stelle. Dabei handelte es sich um ein Regiment westphälischer Infanteristen sowie um ein weiteres Regiment, offenbar französischer Nationalität, ebenfalls Infanterie. Insgesamt schätzten die Kundschafter die Zahl der gegnerischen Truppen auf etwa 1100 Mann. Dem standen nicht mehr als 450 preußische Soldaten gegenüber, allerdings geübte Husaren auf ihren schnellen Pferden.

Nach einer kurzen Rast zur Erholung von Pferden und Reitern befahl Major von Schill die Aufstellung zum Gefecht. In dieser Zwischenzeit machte der Leutnant von Stock mit Schills Genehmigung den Versuch, die feindliche Streitmacht entscheidend zu schwächen. Mit einer weißen Fahne, dem üblichen Zeichen des unverletzlichen Parlamentärs, ritt er auf die Front des Infanterieregiments zu, das nach seinen Uniformen zur Armee des Königs von Westphalen gehörte und infolgedessen wohl aus Einwohnern dieses Staates bestand. In Hörweite der gegnerischen

---

[124]   etwa 25 Kilometer

Soldaten rief er diesen zu, es gehe hier um die Befreiung ihres Landes von schmählicher Fremdherrschaft, sie sollten sogleich mit ihren Waffen zu ihren Befreiern, den Husaren des berühmten Majors von Schill, übergehen. Doch statt dieser erhofften Reaktion kamen aus der Linie der westphälischen Soldaten Schüsse, die den preußischen Offizier sofort töteten.

Das anschließende Gefecht gut ausgebildeter preußischer Husaren auf ihren schnellen Pferden gegen ziemlich ungeübte Infanteristen war blutig, aber erfolgreich. Gut 100 Soldaten, die das Territorium des Königs von Westphalen hatten verteidigen sollen, fielen den Kugeln und den Degen der preußischen Husaren zum Opfer, als Tote oder Verwundete. An die 200 weitere Soldaten aus der Altmark oder dem lange Zeit preußischen Bistum Magdeburg (wozu auch die Stadt Halle an der Saale gehörte) ergaben sich auch als Gefangene. Davon war in den nächsten Tagen ein nicht unwesentlicher Teil bereit, mit ihren Waffen auf die andere Seite zu treten und so das Schill'sche Korps zu verstärken. Dieses selbst hatte 72 Tote und Verwundete zu verzeichnen. Der Rest der westphälischen Truppen trat nach diesem Gefecht die Flucht hinter die schützende Mauer der Festung Magdeburg an.

Schills Regiment zog nach diesem Sieg in einem großen Bogen westlich um Magdeburg herum. Irgendwo in der weiten Landschaft wurden die bis dahin mitgeführten Gefangenen frei gelassen, soweit sie nicht auf die preußische Seite übertreten wollten. natürlich ohne Waffen und ohne Gürtel für ihre Hosen, was das Vorankommen der einstigen Soldaten sehr erschwerte. Wie sollte sich auch die verschworene Truppe noch mit Gefangenen belasten ?

Im Nordteil des Königreich Westphalens, also in der Altmark, gab es nun keine feindlichen Soldaten mehr, wie Schill annahm und seine Späher bestätigten, so dass das Husaren-Regiment zügig, aber ohne ständige Kampfbereitschaft hindurch ziehen konnte. In den Kleinstädten, wo das Regiment Quartier machte – in Haldensleben, Tangermünde und in Arneburg, wurde es freundlich begrüßt. Schließlich waren die Bürger ja bis vor wenigen Jahren Preußen gewesen. Allerdings, Enthusiasmus kam auch nicht auf, denn jede Einquartierung von Soldaten war für die betroffenen Häuser eine schwere Belastung, außerdem dachte man an die Folgen, wenn das Regiment weiter gezogen war und die alten westphälischen Behörden wieder ihre Herrschaft angetreten haben würden.

Immerhin konnte Major von Schill unterwegs immer wieder kleinere Detachements in die gerade noch erreichbaren Kleinstädte der nördlichen Altmark entsenden und dort die Gemeindekassen beschlagnahmen lassen; denn das dort befindliche Geld stand zu einem großen Teil dem Königreich Westphalen zu und war daher jetzt legale Kriegsbeute der preußischen Soldaten.

In Arneburg, knapp zwei Meilen nordöstlich von Stendal, einem etwas verträumten Kleinstädtchen am Westufer der Elbe, konnte Major von Schill für ein paar Tage, vom 8. bis zum 13. Mai, eine Ruhepause für sein Regiment einlegen, vor allem auch, um die inzwischen mit dem Husarenregiment vereinigten Infanterie-Kompanien sinnvoll zu reorganisieren. In diese Kompanien mussten nämlich jetzt auch noch die Freiwilligen aus der Altmark eingegliedert werden, die sich in den letzten Tagen doch in größerer Zahl beim Schill'schen Regiment gemeldet hatten. Dessen Sieg bei Dodendorf hatte die Hoffnung bei den Bewohnern der Altmark verstärkt, dass der Aufstand gegen die verhassten Franzosen, von dem jeder wusste und viele auf seinen Erfolg hofften, tatsächlich doch noch gelingen könne. Auch die zum Gegner übergetretenen ehemals westphälischen Soldaten mussten in die Infanterie-Kompanien eingegliedert und alle Neulinge wenigstens sehr oberflächlich mit den in der preußischen Armee üblichen Kommandos vertraut gemacht werden. Major von Schill war dabei gezwungen, etliche verdiente Unteroffiziere zu „diensttuenden Leutnants" zu befördern, denn die vielen neuen Soldaten in seinem „Heer" mussten ja ausreichend befehligt werden.

Danach rückten die Truppen des Majors von Schill, die inzwischen auf etwa 850 Mann angewachsen waren. weiter vor Am 15. Mai gelang es einer vorangeschickten Schwadron der Husaren, sich mit einem Handstreich der nur sehr schwach verteidigten mecklenburgischen Grenzfestung Dömitz zu bemächtigen, die am mecklenburgischen Ostufer der Elbe den dortigen beliebten Flußübergang beschützen sollte.

Der Großherzog von Mecklenburg-Schwerin hatte sich vor einem Jahr sehr zögernd, aber schließlich doch unter schwerem französischen Druck dem Rheinbund anschließen müssen, diesem Bündnis zahlreicher Souveräne in Deutschland, die tun mussten, was dem Kaiser Napoleon einfiel. Die Truppen des Großherzogs hatten also auch letztlich französischem Befehl zu gehorchen; doch rümpfte man in Kreisen preußischer Soldaten nur die Nase über diese „Möchte-gern-Soldaten" von Schwerin.

Von Dömitz aus schickte Major von Schill einen Brief an die britische Regierung ab. Er wählte dazu zwei zuverlässige Husaren-Unteroffiziere aus, die in Zivil sich nach Hamburg durchschlagen sollten, 10 Meilen [125] flussabwärts. Von dort, das wusste Schill, sei es möglich, solche gefährliche Post weiter nach England zu schmuggeln. In dem Brief stellte von Schill die Lage seiner Truppe dar. Er wolle sich nach Stralsund in Schwedisch-Pommern durchschlagen und sich dort so lange gegen feindliche Angriffe verteidigen, bis seine tapferen Soldaten von englischen Schiffen abgeholt werden könnten. Er wisse, dass es in englischen Diensten eine rasch wachsende „Hannoversche Legion" mit Soldaten aus den verschiedenen deutschen Staaten gebe, die mit großen Erfolgen auf Seiten Englands in den Kämpfen gegen die Truppen Napoleons eingesetzt seien. Dieser Legion wolle er sich dann auch gerne anschließen. Der Major konnte nicht ahnen, dass seine beiden Boten in der offiziell neutralen Stadt Hamburg von französischen Geheimagenten abgefangen wurden und der verräterische Brief in die Hände der französischen Geheimpolizei geriet.

Unterdessen zog Major von Schill mit dem Hauptteil seiner Soldaten weiter, nun durch das Gebiet des Großherzogs von

---

[125]   ca. 75 Kilometer

224

Mecklenburg-Schwerin, das aber praktisch nicht verteidigt wurde. In Dömitz hatte er unter dem Befehl des Leutnants v. François einen großen Teil seiner Fußtruppen zurückgelassen, etwa 400 Mann, die dem geplanten schnellen Vormarsch seiner Reiter nicht so rasch hätten folgen können.

Doch bereits zwei Tage später wurde diese nun von preußischen Truppen besetzte Festung vom Westufer der Elbe her angegriffen. Denn inzwischen hatten etwa 2000 Soldaten des Königs von Holland im Eilmarsch diese Gegend südlich der Ostseeküste erreicht. Auch Holland war längst ein Königreich unter Herrschaft eines der Brüder Napoleons, Louis. Also unterstanden auch die holländischen Truppen den Befehlen des französischen Kaisers.

Am 25. Mai schossen Geschütze dieses Kontingents in die Festung Dömitz hinein. Die unerfahrenen Soldaten des dort im Auftrag Schills befehligenden Leutnants von François hatten sich gleichzeitig eines Aufstands der bisher in der mecklenburgischen Festung inhaftierten Sträflinge zu erwehren. Immerhin gelang es den meistenSchill'schen Soldaten, aus der Festung zu flüchten und nach Osten abzuziehen, in die Richtung, in der ja auch der Hauptteil der Truppen von Schills unterwegs war.

An der Ostseeküste dem Ziel entgegen

18. – 25. Mai 1809

Am 18.Mai war der Hauptteil von Schills Schar nach Norden aufgebrochen, quer durch das Großherzogtum Mecklenburg-Schwerin, aber unbelästigt von mecklenburgischen oder gar anderen Truppen unter französischem Kommando. Über Hagenow ging es geradewegs nach Norden, dabei konnte die Residenz der Herzöge von Mecklenburg-Schwerin, Ludwigslust, wo Truppen dieses Regenten zu erwarten waren, weiträumig umgangen werden,

Schon am 20.Mai erreichte das Regiment bereits die Hafenstadt Wismar, zwei Tage später Rostock, und überall wurden die Gemeindekassen konfisziert. Der Kommandeur brauchte ja Geld, um die Bürger dieser Städte in üblicher Weise für die jeweils eintägige Einquartierung fremder Soldaten entschädigen zu können. Schill legte großen Wert auf diese Geste, um zu zeigen, dass man nicht im Krieg gegen die Menschen in Norddeutschland durch ihre Städte zog.

Erst kurz nach der Landesgrenze zu Schwedisch-Pommern, bei Damgarten, am Übergang über das Flüsschen Recknitz, hatte sich eine nicht unbedeutende Zahl feindlicher Soldaten aufgebaut. Wie sich herausstellte, waren es Rekruten polnischer Nationalität, allerdings unter dem Befehl eines französischen Offiziers. Sie kamen aus dem sogenannten Herzogtum Warschau, das nach dem Frieden von Tilsit aus den von Preußen abgetrennten Teilen des ehemaligen Polens entstanden war. Offizieller Souverän dieses Staates war der König von Sachsen, dem auf diese Weise der Übertritt auf die Seite des „Friedensherrschers in Europa", dem französischen Kaiser Napoleon, versüßt worden war. Tatsächlich waren es natürlich französische Befehle, denen sich die Menschen im neuen „Staat" an der Weichsel unterzuordnen hatten.

Die Truppen an der Recknitz gehörten zu den anderen unter französischem Befehl stehenden Truppen, die bereits seit einem Jahr das Gebiet Schwedisch-Pommerns westlich der Oder-Mündung besetzt hatten, Deren Aufgabe war es vorrangig, Schmuggel mit englischen Waren von der Ostsee her zu verhindern, nur gelang das kaum, weil dieser Schmuggel so überaus einträglich war.

Schweden war formal neutral im Krieg zwischen Frankreich und seinen Satelliten auf der einen Seite und England auf der anderen Seite, aber es hatte heutzutage weder die militärische Macht noch den politischen Willen, etwas gegen die französische Besetzung seines Territoriums südlich der Ostsee zu unternehmen. Es kam hinzu, dass seit April des Jahres 1809 ein ausgesprochen frankreich-freundlicher Souverän auf dem schwedischen Thron saß, Karl XIII. Doch hatten irgendwelche Befehle dieses neuen Herrschers das Gebiet am Südufer der Ostsee noch nicht erreicht.

Wie immer waren auch hier die Gerüchte schneller als das schnellste Pferd gelaufen. Der französische Kommandeur an der Grenze zu Mecklenburg hatte schon erfahren, dass ein Haufen preußischer Soldaten im Anmarsch auf Stralsund war, und er hatte seine Vorsorge getroffen. Doch auch Schills Späher hatten rechtzeitig herausgefunden, dass französische Soldaten ihnen den Weg versperrten. Schill gelang es, mit einem Umgehungsmanöver den Feind von hinten anzugreifen und zu zersprengen. 600 Mann, fast alles Polen, darunter 34 Offiziere als Gefangene oder Verwundete, einige Kanonen und Fahnen fielen in die Hände der Sieger. Welch ein grandioser Sieg für das kleine Häuflein der Schill'schen Husaren, allein gelassen auf ihrem Weg in die Freiheit !

Schon am nächsten Tag – es war der 24. Mai – erreichte das Regiment die letzten Dörfer vor Stralsund, der alten Hansestadt an der Ostsee, am Übergang zur Insel Rügen. .

Sechs Tage Herr von Stralsund

25. – 30 Mai 1809

Am Morgen des 25. Mai stand das Husaren-Regiment von Schill bereit zum Sturm auf die Tore Stralsunds. Die Stadt war eine alte Festung, die im 30-jährgen Krieg längere Zeit von Wallensteins Truppen belagert worden war. Jetzt aber war es mit der Stadtbefestigung nicht mehr weit her. Mit einem Scheinangriff auf das nach Westen hin gelegene Tor gelang es von Schill, die wenigen Verteidiger dorthin zu locken, während der Hauptteil seiner Husaren sich auf das nördlich gelegene Knieper Tor warf und es nach nur kurzem Kampf erobern und öffnen konnte.

Insgesamt waren nicht mehr als etwa 50 Artilleristen als Besatzung in der Stadt, diesmal ausschließlich Franzosen. Nach dem ersten Abschuss ihrer wenigen Geschütze flohen sie panisch durch die Straßen der Stadt, verfolgt von den wütenden Reitern der Schill'schen Husaren. Im Hof des Zeughauses in der Stadtmitte waren die wenigen übrig gebliebenen feindlichen Soldaten eingekesselt und schwenkten eine weiße Fahne zum Zeichen ihrer Kapitulation. Doch die Husaren auf ihren Pferden und nunmehr in der Überzahl, droschen weiter mit ihren Säbeln auf die Gegner ein. Fast alle wurden niedergemacht. Ein Zeichen anständiger Kriegsführung war das nicht, wenn es auch zu verstehen war.

Stralsund, die einzige größere Stadt Schwedisch-Pommerns, war nun in den Händen der preußischen Husaren. Hier wollte von Schill sich gegen Angreifer von außen verteidigen, bis er, wie er zuversichtlich hoffte, von englischen Schiffen abgeholt werden konnte. Für diese Zeit musste er dafür sorgen, dass die Stadt und Festung nicht von außen angegriffen und gar erobert werden konnte. Mit der Macht des Siegers setzte er alles daran, die Stadttore in der Festungsmauer, die die Stadt auf der Landseite umgab, für eine erfolgreiche Verteidigung stark zu machen.

Zu seiner großen Überraschung fand Schill dabei eine tatkräftige Hilfe in der Person eines ehemaligen schwedischen Offiziers, Friedrich Gustav von Petersson, der als einer der ganz wenigen Schweden nach der Besetzung Stralsunds durch die Franzosen dort zurückgeblieben war. Er gehörte zur stark franzosen-feindlichen Partei in der schwedischen Armee, die allerdings zuletzt durch einen Putsch gegensätzlich gesinnter schwedischer Offiziere in Stockholm und die durch sie veranlasste Installierung Karls XIII. als schwedischen König in Schweden die Macht verloren hatte. Petersson stellte sich dem Eroberer Major von Schill mit seinen Erfahrungen und Beziehungen in Stralsund zur Verfügung – und er wurde sofort von diesem beauftragt, die Arbeiten zur Verbesserung der Mauern und Tore der Festung Stralsund zu leiten.

Schon am Tag nach seinem Einzug in die Stadt Stralsund ließ Schill seine Soldaten rund 1000 Bauern aus den Dörfern vor den Toren holen, die an den Stadttoren die zum Teil eingefallenen Mauern wieder aufrichten sollten. Für diese Arbeiten brauchte er natürlich Geld, das er den Bauern bezahlen musste. Wer anders konnte es liefern, als die Stadtkasse Stralsunds ?

So ließ Major von Schill am 30. Mai, sechs Tage nach seinem Eintreffen dort, von einer Druckerei ein „Publikandum" [126] drucken, das in den Straßen aufgehängt wurde. „Durch die mit den Waffen in der Hand erfolgte Besitznahme hiesiger Stadt und Festung trete ich … in die Rechte des Eroberers." Darin verfügte er die Beschlagnahme der Stralsunder Stadtkasse.

Anders als in den Städtchen der Altmark oder sogar Mecklenburgs, durch die das Regiment gezogen war und Quartier gemacht hatte, war die Stimmung der Einwohner Stralsund gegenüber der preußischen Truppe keine freundliche. Man empfand sie als das, was sie auch war, als Last und sogar Bedrohung. Preußen waren die Stralsunder schließlich nie gewesen.

---

[126] wörtlich „Bekanntzumachendes"

Und die Gerüchte, die natürlich selbst durch geschlossene Stadttore in die Stadt drangen, brachten auch keine erfreulichen Nachrichten. Sie behaupteten, in etwas größerer Entfernung hätte eine ganze Armee Biwak bezogen, insgesamt über 6000 Mann. Es handelte sich um Dänen und Holländer, die in den letzten Tagen in Eilmärschen nach Osten geschickt worden waren.

Es schien sich um eine Ironie des Schicksals zu handeln, dass das dänische Kontingent von einem Offizier deutscher Herkunft befehligt wurde, dem General Johann von Ewald. Er hatte als junger Offizier zu den von den Engländern nach Amerika geschickten hessischen Söldnern gehört, die die aufständischen Amerikaner bekämpfen sollten. Er hatte diese Kämpfe überlebt und als Söldner in der Zwischenzeit in den Diensten verschiedenen Souveräne gestanden. Noch immer war er begeistert von der Kampfesweise der Amerikaner, die mit ihren „Riflemen" [127] über die in starren Linien kämpfenden Truppen auf englischer Seite gesiegt hatten. Er hatte viel Verständnis für die so ganz andere Kampfweise des preußischen Majors von Schill. Jetzt aber war er Kommandeur des Truppen-Kontingents, das der König von Dänemark nach der Beschießung Kopenhagens durch britische Kriegsschiffe dem Kaiser Napoleon und „Herren Europas" zur Verfügung gestellt hatte, und er hielt sich an seinen Eid gebunden, den er dem dänische König abgegeben hatte.

Eigentlich wollte ja das Königreich Dänemark sich neutral halten in den Kämpfen zwischen der „Landmacht" Frankreich und der „Seemacht" England in diesen Jahren nach 1806. Doch im Frühjahr 1809 war der britische Admiral Nelson mit einer großen Flotte vor der dänischen Hauptstaft Kopenhagen erschienen und verlangte ultimativ die Auslieferung der dänischen Flotte, die nicht in französische Hände fallen sollte. Als sich der dänische König weigerte, belegte der britische Admiral die dänische Hauptstadt mit einem mehrtägigen Bombardement aus den Geschützen der

---

[127] „Gewehrmänner", gemeint zum Krieg herangezogene bewaffnete Zivilisten, geeignet für einen „Kleinkrieg", nicht für die noch am Anfang des 19. Jahrhunderts in Europa übliche Kampfweise in starren Linien.

britischen Flotte. Die meisten dänischen Kriegsschiffe wurden bei dieser Gelegenheit größtenteils versenkt. Doch danach hatte Napoleon einen neuen Verbündeten. Der dänische König schloss sich nun bereitwillig dem großen Bündnis europäischer Herrscher unter der Ägide Napoleons gegen das überhebliche England an.

Die Schar der Soldaten Schills betrug inzwischen fast 1300 Mann. Denn auf dem langen Marsch durch die Altmark und sogar später im Mecklenburgischen hatten sich gar nicht so wenige Freiwillige der Schill'schen Infanterie angeschlossen. Sie konnten mit den von den westphälischen und jetzt auch noch von französischen Kriegsgefangenen erbeuteten Waffen ausgerüstet werden. Aber wie wenige waren das gegenüber der feindlichen Übermacht !

Militärisch gesehen war die Lage der in Stralsund eingeschlossenen Soldaten des Majors von Schill dennoch verzweifelt, wenn nicht aussichtslos. Einige seiner Offiziere sahen das auch so. Sie bekamen Gewissensbisse, was ihre Loyalität zum preußischen König anging, weil man doch nicht wisse, wie der das eigenmächtige Handeln des Majors von Schill beurteilen würde. Sie wollten sich zwar gewiss nicht dem Feind ergeben, aber sie wollten versuchen, sich über das zu Preußen gehörigen Hinterpommern – östlich der Oder-Mündung – in die Heimat und nach Berlin durchzuschlagen. Was dann mit ihnen geschehen würde, müssten sie abwarten.

Hauptsprecher dieser Meinung war der preußische Major Leopold von Lützow, der nur wenige Tage vorher beim Kriegsrat in Bernburg so wortgewaltig zum Aufbruch in die Altmark – oder korrekter in das jetzige Königreich Westphalen – plädiert hatte. Schill hatte weder die Absicht noch die Macht, ihnen den Abzug zu verbieten. Einige Offiziere und etwa 300 Mann – alles Infanteristen – zogen noch in der Nacht des 30. Mai aus Stralsund nach Süden ab.

Der letzte Kampf

Stralsund, 31. Mai 1809

Am letzten Mai-Tag ging die Sonne schon sehr früh auf, schließlich waren es nur noch drei Wochen bis zur kürzesten Nacht des Jahres. Aber diesmal hing eine dichte Wolke über der Insel Rügen, wo für Stralsund die Sonne aufgehen sollte. War dies ein Zeichen Gottes für den Ausgang dieses schrecklichen Tages ?

In der Nacht hatten die Soldaten des Schill'schen Regiments kaum geschlafen, denn sie mussten an den verschiedenen Toren der Stadtmauer Wache halten. Schon ganz früh am Morgen erfolgte der erwartete Angriff der feindlichen Truppen auf das südliche Triebseer Tor. Es gelang zunächst, diesen Angriff abzuwehen. Doch bald stellte sich heraus, dass dieser Angriff ein Täuschungsmanöver gewesen war, denn nun griffen überlegene Truppen der dänischen und holländischen Streitkräfte das Knieper Tor im Norden der Stadt an, schossen es mit Kanonen in Stücke und drangen von dort in die Straßen der alten Stadt ein.

Ein erbitterter Kampf entbrannte nun in den engen Straßen Stralsund, wobei die Reiter Schills immer mehr aufgesplittert wurden. Dutzende fielen sofort, viele andere wurden verwundet und lagen lange in den Straßen, ein Teil flüchtete und versuchte, sich in Häusern zu verstecken. Die Straßen der Stadt waren kein für Husaren geeignetes Kampffeld.

Ihr Befehlshaber Schill selbst versuchte sich auf seinem Pferd durch mehrere Straßen der Altstadt zu retten, doch überall tauchten Scharen der fremden Soldaten auf und schossen auf alles, was eine Husarenuniform trug. In der Fährstraße ereilte ihn sein Schicksal. Mehrere Kugeln trafen ihn, er fiel vom Pferd und wurde noch im

Sterben vom Bajonett [128] eines Feindes in den Unterleib getroffen. Offenbar starb er, kaum dass sein Körper auf der Straße lag.

Erst lange nach dem Abklingen des Kampflärms trauten sich die ersten Stralsunder Bürger wieder auf die Straßen hinaus. Während der Straßenkämpfe hatten sie sich klugerweise in ihren Häusern verschanzt. Nun musste man daran gehen, die Toten fortzutragen. Manche Schwerverwundete fanden bei dieser Gelegenheit noch den Tod, weil es einfacher war, Tote zu begraben, als Verwundete zu pflegen.

Bei dieser Gelegenheit wurde auch der Leichnam Schills entdeckt. Ihn trug man in das städtische Rathaus. Denn der Befehlshaber der aus zwei Nationen gestellten Truppen, die die „bandites prussiens" ausschalten sollten, der französische General Gratien, hatte einen erschreckenden schriftlichen Befehl bei sich: er sollte, wenn man deren Anführer erwischen sollte, den Kopf an den König Jerome in Kassel schicken. Um das tun zu können, wurde der tote Schill im Rathaus entkleidet, und ein holländischer Feldarzt trennte den Kopf ab und steckte ihn zum Haltbarmachen in ein Fass Spiritus.

Dieses Fass mit seinem makabren Inhalt sollte noch ein höchst merkwürdiges Schicksal haben. Als man das Fass in Kassel vor den König Jerome hinstellte und dessen unverwesten Inhalt herausholte, soll der König weiß vor Entsetzen geworden sein und gerufen haben: „Weg mit dem schrecklichen Kopf !" Fass und Inhalt kamen dann für einige Jahrzehnte nach Leiden in Holland, wo es an der dortigen Universität einen berühmten Anatomen gab, der solche medizinischen Merkwürdigkeiten sammelte. Erst viele Jahr später war es möglich, den Kopf würdig zu begraben. Schills kopfloser Leichnam war wie die anderen Toten seines Regiments in Stralsund namenlos und ohne kirchliche Zeremonie in einer Ecke des städtischen Friedhofs verscharrt worden.

---

[128] Ein neben der Gewehrmündung befestigter langer Dolch, im 18. und 19. Jahrhundert eine gefürchtete Waffe im Nahkampf

Der Sieg über die „Aufrührer und Banditen", wie später Napoleon und König Jerome die Truppe Schills bezeichnete, war vollkommen. gelungen. Der Weg „ins Feld und in die Freiheit" – so hatte es ja im Lied Schillers geheißen – war in Wahrheit für sie der Weg in den Tod und für viele der Weg in die Gefangenschaft gewesen – und für einige auch noch nachträglich in den Tod.

Kapitel 11

Opfer eines grausamen Feindes

Juni – Oktober 1809

Das schreckliche Los der Gefangenen

Sommer 1809

Einigen kleineren Gruppen von Offizieren und Soldaten Schills war es gelungen, zu entkommen. Sie waren ja noch am Vorabend der Eroberung Stralsunds über Greifswald geritten, ohne feindliche Truppen anzutreffen und konnten von dort weiter über die Inseln Usedom und Wollin bis ins preußische Hinterpommern jenseits Stettins gelangen. Die Festung Stettin hatte zwar auch eine französische Besatzung, aber der kleine Trupp konnte die Stadt umgehen, und es wurde es ihm möglich, nach einigen Wochen Berlin zu erreichen. Diese Soldaten wurden hier wegen Desertion aus der preußischen Armee vor Gericht gestellt. Allerdings behandelte man sie wegen des patriotoschen Eifers, der ihrer Tat zugrunde gelegen hatte, mit Milde und bestrafte sie nur mit einigen Monaten Festungsarrest. Immerhin, sie waren noch glimpflich davon gekommen.

Viel, viel schlimmer erging es mehreren hundert Husaren, nämlich Unteroffizieren und Mannschaften, die sich angesichts der überwältigenden Übermacht der Feinde ergeben hatten und damit in Gefangenschaft geraten waren. An ihnen vollzogen die Sieger ein mehr als grausames Urteil.

Es war wohl eine Anordnung von sehr hoher Stelle, wahrscheinlich von Kaiser Napoleon selbst, das diese nun in die Hand des Gegners geratenen Männer nicht als Kriegsgefangene behandelt werden sollten, die immerhin einigermaßen human behandelt wurden. Nein, sie sollten nach einem 20 Jahre alten französischen Gesetz aus den Revolutionszeiten als „Banditen" angesehen werden, und das bedeutete „lebenslängliche Zwangsarbeit".

Zunächst wurden unter den Gefangenen diejenigen aussortiert, die eigentlich aus dem Königreich Westphalen stammten. Beim Marsch durch die Altmark hatte das Regiment ja etliche Freiwillige aufgenommen, und von diesen wiederum gerieten nun in Stralsund einige in Gefangenschaft. Für sie stellte ein vom Sieger eingesetztes Kriegsgericht fest, es handele sich um „Rebellen". Sie wurden zum Tode durch Erschießen verurteilt. Doch wurde dieses Urteil noch nicht sofort vollzogen, sondern sie mussten erst einmal mit ihren bedauernswerten Kameraden den Marsch in eine ungewisse Zukunft antreten.

Vierzehn Mann waren es, die zusammen mit den übrigen Gefangenen zunächst von Stralsund nach Westen abtransportiert wurden. Man schloss sie, jeweils zehn Mann, mit ihren Füßen an lange Ketten und ließ sie dann zu Fuß den langen Weg in ihr endgültiges Schicksal antreten, bewacht von Soldaten der Sieger mit ihren Gewehren und langen Peitschen zum Antreiben der müden Gefangenen.

Als der Transport in Braunschweig angekommen war und dort eine Nacht im Kerker der Stadt eingeschlossen wurde, ließ man am nächsten Morgen die „Westphalen" unter den Gefangenen aussortieren. Sie wurden an die Stadtmauer geführt, und ein Erschießungskommando vollzog sofort die Todesurteile, ohne dass die „Delinquenten" irgendwie darauf vorbereitetet worden.

Diese unerwartete Aktion war im Grunde nichts anderes als die grausame Reaktion auf eine schreckliche Demütigung, die die Behörden des Königreichs Westphalen erst vor ganz kurzem, und zwar eben hier in Braunschweig, hatten hinnehmen müssen.

Nur zwei Wochen vor dem langsamen Gefangenentransport aus dem Osten Deutschlands war nämlich ein anderer Trupp Soldaten, die sogenannte „Schwarze Schar", von Süden her in die Stadt Braunschweig eingezogen.

In den Geschichten, die sich die Menschen im Norden Deutschlands im Sommer des Jahres 1809 erzählten, spielte diese „Schwarze Schar" vielleicht eine noch größere Rolle als die Schill'schen Husaren, von denen ja auch allerlei Gerüchte im Gange waren.

Der Herzog von Braunschweig-Wolfenbüttel-Oels, Friedrich Wilhelm mit Namen, hatte im Jahr 1807 durch einen Federstrich Napoleons sein Land verloren. Immerhin war er einer der souveränen Fürsten gewesen, die einst zusammen das „Heilige Römische Reich deutscher Nation" gebildet hatten. Kurzerhand schenkte der französische Kaiser das Ländchen seinem Bruder Jerome zur Abrundung für sein Königreich Westphalen. Denn der Herzog war zugleich preußischer General und befehligte ein Korps seiner Landsleute unter preußischer Fahne. Nach den verlorenen Schlachten von Jena und Auerstedt im Oktober 1806 gelang es ihm, mit seinen Soldaten, immerhin rund 3000 Mann, auf österreichisches Gebiet, nach Böhmen, überzutreten. Dort warteten der Herzog und sein Soldaten-Korps auf eine Gelegenheit, sinnvoll im Kampf gegen den korsischen Eroberer einzugreifen.

Im Frühjahr 1809, in der Vorbereitung auf den erwarteten Krieg zwischen Österreich und Frankreich, hatte der Herzog und General mit Österreich eine Vereinbarung über den Einsatz seines Korps gegen Frankreich getroffen. Doch der Krieg verlief ja alles andere als günstig für Österreich; schon Mitte Mai 1809 besetzten französische Truppen Wien. Herzog Friedrich Wilhelm von Braunschweig beschloss daher, seine Truppe möglichst zu retten und sich vom Böhmen über das neutrale Sachsen und quer durch das Gebiet des Königreichs Westphalen bis an die Nordsee durchzuschlagen, um seine Soldaten von englischen Schiffen nach England bringen zu lassen. Ihr Weg würde sie dabei dicht an ihrer Heimat Braunschweig vorüberführen. Die Soldaten dieses Korps trugen schwarze Uniformen, daher nannte man sie in den in diesem Jahr in Deutschland reichlich umlaufenden Geschichten „die schwarze Schar"..

Auf dem Weg zur Nordsee war diese Truppe, die gut bewaffnet war und sich schnell bewegte, mehr oder weniger unbehelligt geblieben. Denn Soldaten des Königreichs Westphalen oder gar Franzosen, die sich ihnen hätten in den Weg stellen können, gab es gerade hier nicht. Nur wollte es der Zufall, dass ganz in der Nähe der Stadt Braunschweig, der einstigen Residenz des Herzogs und Anführers der „Schwarzen Schar", zwei Kompanien der Feinde ihr sozusagen in den Weg liefen. Sie wurden schnell zersprengt und verjagt.

Siegreich zog danach der Herzog von Braunschweig in seine angestammte Hauptstadt ein, die für den Moment von feindlichen Truppen frei war. Allerdings, bleiben konnte er hier mit seinen Soldaten nicht, das war völlig klar. Dafür war die Übermacht feindlicher Truppen in der weiteren Umgebung zu groß. Daher zog die „schwarze Schar" schon am nächsten Tag weiter, im Geschwindmarsch. Einige Tage später erreichte sie unbehelligt den kleinen Hafen Brake an der unteren Weser, schon gut 7 Meilen [129] unterhalb der Stadt Bremen. Und tatsächlich konnten seine Leute kurz danach in englische Schiffe einsteigen, die sie dann – immer noch unbehelligt von feindlichen Soldaten – heil nach England brachten.

Der Präfekt des „Departements de la Leine" – so hießen neuerdings die größeren Verwaltungsbezirke im Königreich Westphalen; einer hatte sogar seinen Sitz in Braunschweig - war über diese Niederlage natürlich höchst empört und zugleich gedemütigt. Zusammen mit seinen paar Gendarmen hatte er für einige Tage aus seiner Hauptstadt flüchten müssen. Als ihm jetzt, zwei Wochen später, der Zufall einige „Rebellen" aus Westphalen in die Hände spielte, unter den von Stralsund nach Frankreich getriebenen Gefangenen, befahl er aus eigener Machtvollkommenheit, die ja bereits zum Tode Verurteilten aus dem Königreich Westphalen sofort zu erschießen, hier in seiner Stadt Braunschweig und unverzüglich. Das sollte gewissermaßen die Revanche für die

---

[129]   etwa 25 Kilometer

schmähliche Niederlage kurz zuvor sein. Zahlreiche Bürger der Stadt Braunschweig wurden auf Geheiß der Behörden Zeuge des grausamen Schauspiels.

Der Rest der armen Gefangenen musste noch am gleichen Tag an ihren Ketten weiter nach Westen trotten, einem ungewissen Schicksal entgegen.

Ihr Schicksal erfüllte sich erst, als sie nach langem weiteren Marsch in Frankreich angekommen waren. In zwei Seehäfen, in Brest und in Toulon, lagen alte große Schiffe, sogenannte Galeeren. Im Altertum und im Mittelalter wurde mit Schiffen dieser Art Seeschlachten geschlagen, doch jetzt dienten sie nur noch als Gefängnis für Verbrecher besonders schlimmer Art. „Zwangsarbeiter" hießen sie, auf Französisch „Travailleurs forcée" Die Buchstaben „T.F." wurde den Verbrechern mit einem Brenneisen auf den Rücken gebrannt. Danach wurden die Verurteilten auf den Schiffen an Bänke angekettet und mussten für den Rest ihres Lebens mit großen Rudern ihr Schiff bewegen, nach dem Takt von Trommeln und „ermuntert" von Peitschenhieben grausamer Wächter. Erst wenn sie gestorben waren, wurden sie von ihren Ketten befreit und kurzerhand über Bord geworfen. Dieses Schicksal war auch den „Kriegsgefangenen" aus dem Schill'schen Regiment zugedacht [130].

---

[130] Erst nach der ersten Niederlage Napoleons im Jahr 1814 befreite eine Klausel des Friedensvertrages die Gefangenen aus Stralsund aus diesem furchtbaren Strafvollzug.

Ein Gewitter

Gut Pankow, 16. September 1809

Die Sonne schien von einem strahlend blauen Himmel an diesem Tag, der zwar eigentlich schon zum Herbst gehörte, aber doch noch einmal so erschien, als sei es ein wunderbarer Sommertag. Doch die junge Juliane zu Putlitz schien das gar nicht wahrzunehmen. Seit Wochen war ihr eher nach Weinen als nach fröhlichem Lachen zumute, spätestens seit das Gerücht das Gut Pankow erreicht hatte, dass das Husaren-Regiment von Schill Ende April aus Berlin zu einem Angriff auf das Königreich Westphalen ausgerückt sei und dann nach einem erfolgreichen Gefecht in der Nähe von Magdeburg stetig nach Norden gezogen sei, gar nicht so weit von Pankow entfernt, aber auf dem westphälischen Westufer der Elbe.

Und dann war im Juni ein Viehhändler auf seinem mageren Pferd auf dem Gutshof in Pankow eingetroffen, mit einer schlachtreifen Kuh am Strick. Der behauptete, direkt aus Meyenburg, dicht an der Grenze zum Großherzogtum Mecklenburg Schwerin, zu kommen. Was er dort gehört hatte, verkündete er lauthals allen Gutsbediensteten und auch der Familie der Gutsbesitzer, die die Neugier trieb, sich von der Treppe zum Gutshaus dieses offenbar neueste Gerücht anzuhören.

Das allerdings war nun niederschmetternd gewesen, für das ältere Ehepaar aus patriotischen Gründen, aber für die junge Juliane auch ganz persönlich. In Stralsund, der Stadt an der Ostsee, so hatte der Viehhändler berichtet, seien die Soldaten Schills von einer riesigen Übermacht französischer Truppen überwältigt worden, Schill sei tot, und viele seiner Soldaten auch. Andere seien in Gefangenschaft geraten. Ein Teil von Schills Soldaten sei allerdings auch über Preußisch-Pommern entkommen.

Die junge Juliane war wie benommen, seit sie das gehört hatte. Ihr Verlobter, ihr Geliebter, Albert von Wedell – was war mit ihm ? Zählte er zu den Toten, zu den Gefangenen oder zu den Entkommenen ? In den nächsten Wochen konnte sie kaum an etwas anderes denken als an das mögliche Schicksal ihres Verlobten.

Heute war nun ihr 20. Geburtstag. Doch Freude wie sonst an den früheren Geburtstagen kam bei dem jungen Mädchen nicht auf. Dabei hatten sich ihre Eltern so große Mühe gegeben, ihr den Tag so schön wie möglich zu machen. Der Vater hatte ihr ein lustiges Hütchen mit einer Feder darauf geschenkt. Ein fahrender Kleiderhändler war vor Wochen mit seinem Eselskarren auf dem Gut vorbeigekommen und hatte alle möglichen Erzeugnisse der Schneiderkunst – „aus Berlin, der Hauptstadt", wie der Händler immer wieder versicherte – mitgebracht. Dort sei das, was er hier vorführen könne, gerade „große Mode", „tout le monde" [131], vor allem natürlich junge Damen von Stande würden sich dort nur noch mit den eleganten Kleidern und vor allem solchen Hütchen auf den Straßen sehen lassen.

Die junge Juliane bedankte sich natürlich sehr bei ihrem Vater für das Geschenk, wie es von ihr erwartet wurde. Doch als sie dann damit alleine war, packte sie es in ihren Kleiderschrank. Irgendwie hatte sie das Gefühl, bereits in ihren jungen Jahren eine Witwe zu sein, der solche frivole Kleidung nicht zustehen dürfe. Ihr Verlobter, der junge Leutnant Albert von Wedell, wie ging es ihm ? War er tot, oder verwundet ? Gehörte er zu den Gefangenen ? An ihn musste Juliane zu Putlitz fast ständig denken.

Auch ein anderer Teil ihres Lebens war ja schließlich seit einem dreiviertel Jahr auf sehr traurige Art erloschen. Erst war ihr verehrter „Orchester-Chef", der Geiger Hinzpeter, kurz vor Weihnachten auf schaurige, bis heute nicht aufgeklärte Art, umgekommen. Dann waren schon im Januar ihre beiden Brüder zum Studium nach Göttingen gezogen, und schließlich war dann auch noch ihr

---

[131] „jedermann"

sympathischer „Orchester-Kamerad", der französische Sous-Lieutenant de Neuville, mit seinen Soldaten abgerückt. Einst hatte es keinen Tag gegeben, an dem nicht Juliane zu Putlitz für einige Stunden an ihrem Pianoforte gesessen und geübt hatte, dem Instrument immer gekonnter die richtigen Töne zu entlocken., entweder allein oder im Verein mit ihren drei Orchester-Kollegen. Jetzt stand das massige Pianoforte schon seit einem halben Jahr unbeachtet in der Ecke ihres Zimmers.

Immerhin hatte die junge Adlige eine andere Beschäftigung entdeckt, die sie auch mit ihrem hohen gesellschaftlichen Rang ausüben konnte, ohne dass die Umwelt sich darüber mockieren [132] konnte. Das war die Sorge für die Blumen im kleinen Gärtchen, die hinter dem Gutshaus einen bunten Fleck im unterschiedlichen Grün des Rasens und der Kräuterbüsche im Pankower Gutsgarten bildeten.

Vor gut 20 Jahren war es wohl gewesen, dass ein Freund der Familie der damals noch jungen und ausnehmend hübschen Gattin des Gutsherrn, Juliane, einen Beutel voll Zwiebeln einer Tulpenart mitbrachte, die rote Blüten hervorbringen sollten. Auch eine genaue Anleitung hatte der Besucher hinterlassen, wie man mit diesen Tulpen umgehen müsse, damit sie jedes Jahr immer wieder neue schöne Blüten schenken könnten. Denn man musste jedes Jahr im Frühherbst, wenn die Blüten ihre Köpfe hängen ließen, die alten Tulpenzwiebeln aus dem Beet holen, die daneben gewachsenen kleinen Zwiebeln sorgfältig sammeln und als neue Grundlage für schöne Blüten in den sandigen Boden der Prignitz einpflanzen.

Mutter Juliane hatte die jährliche Pflege dieses kleinen Tulpenbeetes zu ihrer eigenen Aufgabe gemacht, sie ließ keine Gutsmagd daran, höchstens Wasser zum Gießen durfte die ihr bringen.

Seit einigen Jahren war die Pflege dieses Tulpenbeetes nun in die Hand ihrer Tochter übergegangen. Jetzt im Sommer hockte sie fast

---

[132]   sich abfällig äußern

täglich neben ihrem Blumenbeet und zupfte Unkraut und gelb gewordene Blumenblätter heraus, hackte den Boden mit einer Küchengabel locker und goß vorsichtig Wasser nach. Das hatte auch mit der symbolischen Bedeutung gerade dieser Tulpen zu tun, die nach dem Volksmund ein Zeichen für die Sehnsucht nach einem geliebten Mann seien.

Jetzt im September war die Zeit, da man die alten Zwiebeln aus dem Boden holen und dafür die kleinen jungen Zwiebeln einpflanzen musste. Das war eine erhebliche Arbeit, die einige Stunden Zeit erforderte. Juliane war jedoch froh darüber, so konnte sie doch mit sich und ihren Gedanken an ihren Verlobten allein sen.

Immer wieder glitten bei der Arbeit am Tulpenbeet Julianes Gedanken zu dem geliebten Mann, um dessen Schicksal sie sich Sorgen machte. Lebte er überhaupt noch ? Wie mochte es ihm gehen ? „Ich liebe ihn doch so", dachte sie und streichelte eine Tulpenblüte, als sei dies die Backe ihres Verlobten:

Bei dieser Beschäftigung hatte Juliane zu Putlitz überhaupt nicht bemerkt, dass Wolken aufgezogen waren, Anzeichen für ein Gewitter. Für diese Jahreszeit, im September, war es ungewöhnlich, aber angesichts des warmen Sommerwetters, das heute den ganzen Tag über geherrscht hatte, auch nicht unmöglich. War Juliane bei ihrer Arbeit im Sitzen eingeschlafen und war das, was sie vor sich sah, ein Traum ? Oder war es eine von Gott gesandte Erscheinung, eine Vision, die ihren fernen Geliebten plötzlich wie einen Menschen aus Fleisch und Blut vor ihre Augen führte ? Er stand da, mit einem Arm, den er in die Höhe reckte, und er schien etwas zu rufen, aber was das war, konnte Juliane nicht verstehen.

Im gleichen Moment ertönte ein ungeheurer Knall. Ein Blitz hatte in eine hohe Eiche im nahen Wald eingeschlagen. Juliane erwachte aus ihrem Traum. Mit mächtigen Sprüngen gelang es ihr, gerade noch die zum Garten gerichtete Tür der Gutsküche zu erreichen, bevor der mit dem Gewitter verbundene Wolkenbruch ausbrach.

Schills letzte Opfer

Wesel am Rhein, 16. September 1809

Die in Gefangenschaft geratenen Offiziere Schills, elf an der Zahl, wurden getrennt von den einfachen Soldaten und Unteroffizieren nach Westen transportiert, mit einigen in Stralsund requirierten Kutschen, wenn auch streng bewacht, aber immerhin wesentlich schneller als die Mannschaften. Wer eigentlich über ihr Schicksal entschieden hat, wurde auch später nie recht klar. Vermutlich war es Kaiser Napoleon selbst, dessen menschenverachtende Rachsucht sich darin ausdrückte.

Dass es nicht der König Jerome von Westphalen war, ergab sich schon daraus, dass man die gefangenen Offiziere vorübergehend in den Kasematten der Festung Wesel am Rhein unterbrachte, die nach den Neuordnungen der Territorien in Deutschland durch Napoleon inzwischen zum Gebiet des „Großherzogs von Berg" gehörte. Diesen künstlich geschaffenen Pufferstaat am Niederrhein, der unteren Lippe und der Ruhr hatte der Kaiser einem seiner bewährten Generäle, Murat, geschenkt, der auf diese Weise zum Großherzog „geadelt" wurde.

Dann gab es einige Zeit des Wartens. Wahrscheinlich mussten erst Anfragen nach Paris geschickt werden, wie mit den Gefangenen weiter zu verfahren sei, und die Antwort von dort abgewartet werden. Schließlich wurde ein Kriegsgericht aus Offizieren verschiedener benachbarter Garnisonen zusammengestellt,, aus „großherzoglich-bergischen", „königlich-westphälischen" und französischen Regimentern.

Auch ein Portugiese war dabei, ein Oberst, der ein Regiment Soldaten aus seinem Heimatland befehligte, das einst, als Frankreich das Königreich auf der iberischen Halbinsel besetzt hatte, zwangsweise der Befehlsgewalt des französischen Kaisers unterstellt worden war. Jetzt waren diese Soldaten als Besatzungstruppen in

Deutschland, und zwar ausgerechnet hier in Wesel, stationiert, ohne jede Information davon, dass in ihrer Heimat längst ihre Landsleute zusammen mit englischen Soldaten erfolgreich die Franzosen aus dem größten Teil des Landes hinausgeworfen hatten.

Das Urteil dieses Kriegsgerichts stand schon vor der Beratung fest, denn Kaiser Napoleon hatte es so verfügt. Diese Leute da aus dem fernen Stralsund waren die Anführer von „Banditen" gewesen, nicht von anständigen Soldaten, und sie mussten daher nach dem französischen Gesetz aus der Revolutionszeit hingerichtet werden und durften nicht als normale Kriegsgefangene behandelt werden. Aber der Form musste genügt werden, ein „unabhängiges" Gericht musste nach dem Gesetzeswortlaut entscheiden.

Der Beschluss fiel schon nach kurzer Beratung, und natürlich so, wie jedermann es erwartet hatte. „Die Rebellen und Aufrührer waren Banditen im Sinne des Gesetzes. Daher sind Leopold Jahn, Daniel Schmidt, Friedrich von Galle, Friedrich von Trachenberg, Adolf von Keller, Friedrich Felgentreu, Konstantin Gobain, Kurt von Wedell, Albert von Wedell, Johann Flemming, Karl von Keffenbrink zum Tode verurteilt. Das Urteil ist durch Erschießen zu vollstrecken."

Dann ging alles sehr schnell. Eine Stunde gewährte man den Verurteilten, noch Abschiedsbriefe zu schreiben. Eigentlich hatte der Garnisonskommandeur von Wesel vor, die Exekution direkt an der Festungsmauer durchführen zu lassen. Aber die Reaktion der deutschen Einwohner des Städtchens, bei denen sich der Wortlaut des Urteils in Windeseile herumgesprochen hatte, war so bedrohlich für die Besatzungsmacht, dass es dem Befehlshaber besser erschien, den Hinrichtungsort etwas weiter nach außen, auf die Wiesen am Fluss Lippe, kurz vor dessen Vereinigung mit dem Rhein, zu verlegen.

Dort standen dann am Mittag des 16. September 1809 elf Holzbohlen, in die Erde eingegraben. An sie wurden die elf jungen Offiziere Schills geführt. Sie hatten sich allerdings dagegen verwahrt, an diesen Bohlen festgebunden zu werden, und auch das übliche Verbinden der Augen lehnten sie ab. Sie wollten als stolze Soldaten aufrecht stehend wie im Gefecht sterben und den feindlichen Kugeln ins Auge sehen. Wenigstens diesen Wunsch erfüllte man ihnen dann doch.

Bevor noch das Kommando „Feuer" ertönte, hörten die Zeugen und auch die wenigen Einwohner von Wesel, die schließlich doch den Weg auf die Lippewiesen gefunden hatten, den Ruf der letzten Opfer Schills wie aus einem Mund: „Es lebe der König von Preußen !" Dann ertönten die Schüsse des Exekutionskommandos, einer halben Kompanie Infanteristen.

Doch nicht alle Verurteilten waren sofort tot. Den Leutnant Albert von Wedell hatte von all den vielen Schüssen nur einer am linken Arm getroffen. Er richtete sich auf, stieß den unverwundeten Arm in die Luft und rief: „Schießt besser, Leute !" Eine Minute später ertönte wie ein Donnerschlag de zweite Salve, die diesmal auch dem letzten Offizier Schills den Tod brachte.

Die Leichen der Offiziere wurden auf Geheiß des französischen Festungskommandanten dort, wo sie gestorben waren, verscharrt, ohne religiöse Zeremonie, ohne Kreuze des Gedenkens. Sie waren ja nach seiner Ansicht – und auf Befehl seines obersten Herrschers, des Kaisers Napoleon – keine Soldaten, sondern nur rechtlose Rebellen gewesen [133].

---

[133] Im Jahr 1835 wurde an der Stelle ihrer Hinrichtung den elf Offizieren ein Denkmal von der Stadt Wesel errichtet.

Die Witwe, die eigentlich gar keine war

Gut Pankow, Oktober 1809

Gerüchte schwirrten schon längst in der Prignitz umher, was seit dem Frühjahr in den Nachbarländern geschehen war. Alle Menschen, die das interessierte – das waren allerdings nur wenige – wussten, dass die so großartig geplanten Aufstände der Deutschen gegen die französische Fremdherrschaft kläglich gescheitert waren. Allerdings, Genaueres wusste niemand, und das wurde ja auch von den unklaren Gerüchten nicht erzählt.

Auf Gut Pankow in der Prignitz war bereits seit langem wieder die alte Routine eingetreten, wie sie vor der Einquartierung französischer Besatzungssoldaten für zwei Jahre geherrscht hatte. Welt-abgeschieden und still verliefen die Tage. Endlich hatten die Bewohner des Schlosses und die Bauern des kleinen Dorfes ringsherum wieder Ruhe vor den französischen Soldaten, die ja früher immer wieder plötzlich bei ihnen auftauchen und nach Dingen suchen konnten, die in ihre Mägen und ihre Küche passten. Auch die Finanzen des Gutsherren begannen sich zu erholen,

Die Familie der adligen Gutsbesitzer hatte sich vielleicht noch enger zusammen geschlossen, als das kurz nach dem Ausbruch des unseligen Krieges im Jahr 1806 üblich gewesen war. Wieder waren sie nur zu dritt. Damals waren die Söhne und Brüder als junge Soldaten bei ihren Regimentern, heute waren sie als Studenten auf der Universität Göttingen. Immerhin wussten Eltern und Schwester, dass es ihnen gut ging, denn sie hatten schon mehrfach Briefe nach Pankow geschrieben.

Es war Mitte Oktober des Jahres 1809, als die Postkutsche, die durch Pankow fuhr, einen Brief an das „hochedle Fräulein Juliane Gans Edle zu Putlitz in Pankow" ablieferte. Mit zitternden Händen öffnete die junge Frau das zusammen gefaltete Papier und starrte auf die wenigen Zeilen des Briefes. Die Unterschrift identifizierte ihn eindeutig als eine Nachricht ihres Verlobten. Doch was sie las, wollte nicht in ihren Verstand.

„Meine geliebte Juliane, weißt du noch, wie wir im letzten Herbst durch den Park von Pankow gewandert sind und Pläne für unsere gemeinsame Zukunft gemacht haben ? Es macht mein Herz schwer, dir mitteilen zu müssen, dass es diese Zukunft nicht mehr geben wird. Man hat mich soeben zum Tode verurteilt, zusammen mit meinen zehn Kameraden, die vom ruhmreichen Regiment Schills übrig geblieben sind. Jetzt habe ich gerade noch die Zeit, von dir Abschied zu nehmen, meine geliebte Juliane. Meine letzten Worte werden ein Hoch auf den König von Preußen sein und meine letzten Gedanken werden dir gelten. Vergiss mich nicht !. Dein dich bis zum Tode liebender Albert von Wedell."

Das Papier sank Juliane aus der Hand und fiel unbeachtet zu Boden. Die junge Frau war eine Adlige und als solche von kleinauf gewöhnt, ihre Gefühle und ihre Worte im Zaum zu halten. Jetzt aber strömten die Tränen unbeherrscht aus ihren Augen und sie war unfähig, auch nur ein Wort von sich zu geben. Auch kein anderer Laut war von ihr zu hören.

Ihre Eltern waren bei der Ablieferung des Briefes zugegen gewesen, jetzt hob die Mutter das Papier vom Boden auf, las es und reichte es dann wortlos an ihren Mann weiter. Auch ihr flossen jetzt die Tränen. Dem würdigen Herrn Gebhard zu Putlitz ging es ähnlich, nur wusste er sich so weit zu beherrschen, dass er nicht sichtbar in Tränen ausbrach. So herrschte lange Schweigen im Salon des Gutshofes Pankow, ehe wieder einer der drei Adligen sich bewegte.

Zwei Wochen später traf ein anderer Brief aus Wesel in Pankow ein. Er war verfasst von einem gewissen Anton Ludwig Brauer, der sich als einer der wenigen deutschen Augenzeugen der Hinrichtung der elf Offiziere Schills vorstellte. Vom Postmeister in Wesel habe er erfahren, dass der Leutnant Albert von Wedell vor seinem Tod zwei Briefe geschrieben habe, einen an seine Eltern und einen an seine Verlobte, das sehr geehrte Fräulein Juliane Gans Edle zu Putlitz in Pankow in der Prignitz im Königreich Preußen. Es dränge ihn, den Briefschreiber, der hochwohlgeborenen jungen Dame mitzuteilen, was er selbst als Augenzeuge miterlebt habe. Der Leutnant Albert von Wedell sei zunächst von den Kugeln des Exekutionskommandos nur am linken Arm getroffen worden, Er habe darauf seinen rechten Arm emporgestreckt und gerufen: „Schießt besser, Leute !" Erst danach habe ihn die nächste Salve der Musketen getroffen. Das sei am 16. September des Jahres 1809 um 3 Uhr nachmittags geschehen.

Als Juliane diesen Brief gelesen hatte wurde sie blass und ließ das Papier des Briefes fallen. Genau um diese Zeit hatte sie im Garten des Guts bei ihren Tulpen gesessen und den Traum – oder die Vision ? - ihre Geliebten gehabt, wie er mit hocherhobener rechter Hand dastand und wie genau in diesem Augenblick ein Blitz in die alte Eiche im Schlosspark gefahren sei, mit dem unmittelbar folgenden fast unerträglich lauten Donner.

Es wird berichtet, dass die Tochter des Gutsherrn von Pankow, Juliane Gans Edle zu Putlitz, von diesem Tage an nur noch in schwarzen Kleidern zu sehen war, als sei sie eine Witwe. Dabei war sie doch gerade erst seit zwei Jahren verlobt und nie verheiratet gewesen.